Les mutations de la lecture

« Les cahiers du livre », copubliés par le Pôle des métiers du livre de l'IUT Michel de Montaigne et les Presses universitaires de Bordeaux, ont pour but d'explorer les arcanes des métiers du livre. À partir de rencontres avec des professionnels et d'études sur « la galaxie Gutenberg », « Les cahiers du livre » espèrent servir une meilleure connaissance de l'édition et de ses métiers pour les amis du livre d'aujourd'hui et de demain.

Ces cahiers s'insèrent dans un ensemble de collections publiées par le Pôle des métiers du livre au sein des Presses universitaires de Bordeaux sous la responsabilité de Marie Dinclaux et Jean-Pierre Vosgin. Ces différentes séries regroupent des travaux de recherche dans les domaines des bibliothèques-médiathèques, de la librairie et de l'édition, de la sociologie du livre et de la lecture, des documents numériques, destinés aux professionnels, aux chercheurs, aux curieux, aux bibliophiles.

Pour tous renseignements, merci de contacter le secrétariat du Pôle des métiers du livre au 05 57 12 20 11.

Université Michel de Montaigne — Bordeaux-III
Domaine universitaire — 33607 Pessac cedex — France
pub@u-bordeaux3.fr — www.pub.u-bordeaux3.fr

ISBN 978-2-86781-788-5

Les cahiers du livre

Les mutations de la lecture

Sous la direction d'Olivier Bessard-Banquy

IUT Michel de Montaigne
Université Bordeaux-III
Pôle des métiers du livre

Presses universitaires de Bordeaux

Où en est la lecture ?

En guise d'introduction

Peu de sujets sont plus délicats ou passionnels que celui de la lecture. Ceux qui en connaissent les bonheurs, qui ne peuvent imaginer de passer une journée sans ouvrir un livre, qui associent la traversée des textes au seul moyen de faire advenir la lumière, refusent de concevoir qu'il soit possible de vivre hors du commerce avec la création ou la pensée humaines. Certains de ces bibliomanes considèrent même volontiers que le patrimoine écrit est supérieur à tout autre parce que ses apports, ses richesses, ses grâces sont au-delà de ce que le reste des pratiques culturelles est en mesure d'offrir. « Il faut aujourd'hui un certain courage, face à l'opinion dominante, pour oser affirmer que jeux vidéo et clips télévisés, Internet, vie quotidienne, tout cela charrie en masse de l'information, de la distraction, du plaisir, de la peur, de la jouissance, *mais pas de la pensée*, si on entend par là une capacité de prendre ses distances, de revenir sur ce qu'on a vu et sur soi », écrit Danièle Sallenave[1]. Aux amoureux de la chose écrite les livres comme les journaux sont nécessaires pour être formés ou informés. Mieux : la littérature elle-même, loin d'être un mode d'évasion dans des mondes parallèles, reste plus que jamais un moyen de connaissance du monde essentiel et irremplaçable[2].

À ces apôtres de la culture la plus haute s'opposent volontiers des démocrates bon teint qui dénoncent cette passion excessive pour l'écrit et considèrent que toutes les productions, y compris les plus dégradantes, doivent être offertes aux publics dans un souci de pluralité généreuse. S'ils sont d'accord à l'occasion pour que quelques dérisoires budgets soient engagés dans la défense des arts et lettres, ces penseurs réjouis[3] de l'éclatement des pratiques s'opposent farouchement à toute forme de stigmatisation des loisirs les moins honorables. Cette seconde vision des choses semble l'avoir largement emporté aujourd'hui et peut-être est-ce là ce qui explique que les acteurs de la vie intellectuelle — à commencer par les grands éditeurs — aient globalement renoncé à toute forme de volontarisme culturel pour offrir sans vergogne des productions de faible intérêt substantiel à des consommateurs avides de divertissements.

Aux côtés des professionnels du spectacle, ravis de pouvoir imposer leurs sous-produits, de nombreux intellectuels saluent cette ouverture des pratiques et assimilent volontiers les penseurs contrariés par le peu de poids de la vie de l'esprit aujourd'hui à quelques grincheux passéistes. Si la grande culture est toujours défendue dans des médias jugés élitistes comme Arte ou Radio France, il faut surtout ne plus dire du mal des sous-productions *trash* et renoncer à tout esprit critique au motif que des publics pourraient en prendre ombrage[4]. Tout concourt à minimiser la dévalorisation des cultures savantes à laquelle la société assiste, à moins qu'elle ne l'ait précipitée elle-même ; chacun est invité, par les sectateurs de l'époque, à s'adapter à un monde où les pratiques les plus nourrissantes sont devenues ou redevenues l'affaire d'une élite. Derrière les discours inquiets sur l'illettrisme, ont ainsi demandé deux sociologues, ne faut-il pas voir « un nouvel avatar des campagnes ambiguës de l'élite pour la moralisation ou le perfectionnement du peuple[5] » ? N'est-ce pas déplacé désormais que de vouloir la culture pour tous ? Pourquoi s'affliger du peu d'engouement d'un large public pour le cœur de la pensée, du savoir et de la réflexion ? En démocratie toutes choses s'équivalent et il n'y a plus de raison de surestimer des productions nobles par rapport à d'autres types d'œuvres tout aussi respectables, quand bien même elles s'avèrent mélanger cynisme et vulgarité, bêtise et méchanceté. La défense des lettres et de la spéculation intellectuelle est globalement devenue ringarde, sauf si elle est menée avec humour comme dans *L'Autofictif* d'Éric Chevillard[6].

Remarquons avant que d'aller plus loin que la lecture a toujours été un sujet d'affrontement et que, s'il a longtemps été question de la surveiller, il est désormais de bon ton de la prescrire[7] (parce qu'elle est justement menacée). La situation s'est bizarrement inversée mais la question est restée tout aussi sensible. La lecture était dangereuse hier, elle est bien vue aujourd'hui. Elle devait être surveillée chez les jeunes filles, elle doit être séduisante pour les enfants désormais. Elle pouvait égarer ou conduire au rêve voire au fantasme, elle doit de nos jours former les esprits. Elle pouvait même conduire aux pires débauches et entretenir des passions coupables, elle ne saurait plus avoir que des vertus. Ce ne sont plus des censeurs sévères qui s'affrontent à des écrivains libres mais des prescripteurs amoureux de l'écrit qui bataillent contre des démocrates qui ne voient pas de mal à ce que la *Star Academy* remplace Alexandre Dumas. Les uns se battent pour que le livre continue d'être au cœur de l'école et trouve à séduire les jeunes qui peuvent être les lecteurs de demain, les autres pensent que la marche du monde est incontrôlable et que si l'écran est plus séduisant que le *codex* il n'y a pas lieu de s'en affliger — il faut s'y faire.

C'est donc un sujet délicat qui est ici abordé, dans le souci de le cerner au plus juste, en évitant le double écueil d'une sorte de réjouissance bêtasse face au développement de la lecture numérique et d'une inquiétude grave devant le déclin — inéluctable ? — de la lecture traditionnelle. Il faut éviter la complainte sur le mode du « rien n'est plus comme avant » et s'interroger sur les causes et les conséquences d'une mutation des pratiques culturelles à l'ère de l'écran. Certaines formes de lecture sont en plein essor, d'autres en recul — qu'est-ce que cela change pour les professionnels du livre ?

Et que nous disent, pour commencer, les dernières études du ministère de la Culture sur les pratiques de lecture ? 74 % des Français de quinze ans et plus avaient lu, en 1997, au moins un livre au cours des douze derniers mois, ils ne sont plus que 70 % dix ans plus tard. 18 % avaient lu de dix à dix-neuf livres et 19 % plus de vingt livres, ils ne sont plus que 14 % et 17 %. Bref, il n'y a plus qu'un Français sur trois pour fréquenter les livres, véritablement. « D'une enquête à l'autre, lit-on dans *Livres Hebdo* qui résume le travail d'Olivier Donnat[8], chaque génération perd une partie de ses forts lecteurs et voit le nombre de ses non-lecteurs augmenter. » « Depuis plusieurs décennies, la lecture des livres [semble subir] une certaine dévaluation à la bourse des valeurs culturelles, que le succès d'internet n'a fait qu'amplifier. [...] Ne faut-il pas admettre que le fait d'être un amateur de littérature a perdu une partie de son pouvoir de marqueur social, notamment dans les rangs masculins des jeunes générations[9] ? » « Les évolutions en matière de livres lus se dessinent en parallèle : alors qu'en 1997 la catégorie "romans autres que policiers" arrivait largement en tête des préférences, elle a subi un très fort recul, au profit notamment de celle des romans policiers. Et au tassement global de la fiction constaté par l'étude s'oppose une montée en puissance du livre pratique, catégorie refuge pour les faibles lecteurs[10]. »

Les statistiques de la lecture font ainsi apparaître une nette désaffection pour la fiction et plus globalement pour la lecture suivie. De plus en plus la lecture de consultation, la lecture rapide, la lecture-zapping l'emporte sur la lecture soutenue qui demande attention et concentration. Non seulement pour les jeunes lecteurs le livre n'est plus qu'un divertissement très secondaire (seulement 6 % des 18-30 ans déclarent que la lecture est leur activité préférée[11]), mais ils délaissent sans regret les belles lettres pour le pratique, la BD, le polar, la SF et la *fantasy* : à la question « Quel genre de livres avez-vous lus au cours des douze derniers mois ? », les 18-30 ans sondés par Ipsos n'ont évoqué la littérature classique (22 %) et le roman contemporain (19 %) que bien après le pratique (43 %), la BD (38 %), le polar (35 %) et la SF (34 %) [12]. « Parallèlement à la montée d'une culture de divertissement dans les médias audiovisuels, explique Bernard Lahire, on assiste à une baisse générale de fréquence des pratiques dans tous les secteurs culturels classiques. Avant, lorsque l'on avait un certain niveau de diplôme, on pensait que c'était important d'aller à l'opéra ou de lire des textes réputés exigeants. Avec la multiplication du nombre de grands diplômés, il y a une baisse de la valeur symbolique de ces éléments culturels qui remplissent plus difficilement leur fonction de distinction. D'une façon paradoxale, la culture lettrée a souffert des effets de l'explosion scolaire. Elle était une denrée rare qui pouvait marquer une différence assez nette entre l'élite et le peuple. Ce n'est plus le cas aujourd'hui[13]. » Ajoutons pour aggraver le tableau que l'on est désormais un gros lecteur au-delà de vingt livres lus par an tous domaines confondus ; un jeune qui lit des BD quand il n'y a rien à voir sur TF1 est aujourd'hui catégorisé gros lecteur, alors que dans les débuts de la sociologie de la lecture non seulement il fallait lire plus pour être répertorié parmi les gros lecteurs mais encore les personnes sondées pouvaient-elles se sentir encouragées à exclure de leur comptabilité personnelle tout ce qui ne semblait pas relever de la lecture savante : il était entendu qu'être un lecteur voulait dire être un lecteur lettré[14].

Malgré tout ce qui a pu en minimiser les effets, l'affaissement de la lecture de littérature classique et moderne n'a pu être masqué. Les gros lecteurs sont en voie de disparition, les lecteurs moyens se maintiennent, les non-lecteurs progressent. La lecture ne baisse pas en soi, mais la lecture savante ou lettrée est en régression. La littérature perd de son attractivité, les autres domaines de divertissement, la BD notamment, gagnent du terrain. Nous sommes entrés dans un monde où le livre de littérature n'occupe plus la place qui a pu être la sienne auparavant. L'audiovisuel supplante l'écrit dans les pratiques de divertissement et de culture. « Ce n'est pas à la fin de la lecture que l'on assiste, assure *Le Monde* du 19 mars 1999[15], mais à la fin de la lecture comme fait culturel total, c'est-à-dire à la remise en cause du modèle littéraire et humaniste où le livre incarne la source de toutes les connaissances, de toutes les expériences et de tous les divertissements. »

Une lecture utilitariste s'est développée au détriment de la lecture savante. Hier mère de toutes les pratiques, reine parmi les loisirs, la plongée dans les textes s'est banalisée. Pour beaucoup, elle n'est plus la promesse d'une vérité bientôt révélée, elle n'a plus la grandeur de l'accès à tout ce qui peut être riche. Elle n'est plus qu'un moyen de s'approprier au plus vite un contenu nécessaire. Elle n'est plus assimilée au plaisir, à l'évasion, au songe, elle est une pratique parmi bien d'autres, sans saveur particulière. Elle est même décourageante si elle demande trop d'effort, désespérante si elle déconcerte, si elle égare.

Ravalée au rang de simple technique, elle a cessé d'intéresser, d'être l'objet du désir. Elle attire encore à elle des jeunes que des histoire de fantômes ou de sorcières font rêver, mais en moins grand nombre que par le passé. Et si une version télévisuelle ou cinématographique existe des mêmes histoires celle-ci est bien souvent préférée au livre qui prend trop de temps et demande trop d'effort. Une fois grands, les anciens amateurs de livres, les lecteurs enfiévrés de *Harry Potter* délaissent plus volontiers la lecture pour d'autres loisirs, dans les interstices de leurs emplois du temps trop serrés. Et la part de leur budget réservé aux livres est en baisse également[16].

Moins chéris, moins recherchés, les livres sont plus volontiers empruntés qu'achetés ou collectionnés. La figure de l'honnête homme a globalement disparu, l'idée que la lecture est formatrice, nécessaire chez celui qui veut s'élever, *se distinguer*, a vécu. « J'ai toutes les envies du monde d'être savant, s'écrie le M. Jourdain de Molière qui croit la noblesse supérieurement raffinée ; et j'enrage que mon père et ma mère ne m'aient pas bien fait étudier dans toutes les sciences, quand j'étais jeune[17]. » Les jeunes, à l'attention desquels sont aujourd'hui produites les émissions-reines de la télé-poubelle, peuvent-ils encore comprendre le désir naïf du bourgeois qui rêve de se faire gentilhomme ? Les bibliothèques privées, quand elles existent, sont bien plus le reflet libre des goûts du lecteur que la construction patiente d'un fonds qui honore celui qui s'attache à se cultiver. Si certaines sont transmises à la mort du lecteur, combien sont revendues toute séance tenante par des héritiers qui n'en voient plus l'intérêt et préfèrent tirer quelque argent de ces vieilles bimbeloteries ? Bien sûr le web recèle des richesses et chacun peut à loisir découvrir bien des choses par le net ou la télévision, mais qui peut croire que c'est un usage vertueux de ces médias qui en est fait pour l'essentiel ? Pour une recherche de savoir ou d'information sur le net, combien de surfs sur des pages de divertissements *trash*[18] ? De toute évidence, pour bien des jeunes, la lecture patiente, attentive, pourvoyeuse de sens et de contenus, est devenue barbante. Le président de la République élu en 2007 n'a-t-il pas lui-même donné le coup de grâce aux pulsions culturelles en vouant aux gémonies la princesse de Clèves ?

Paradoxalement, pourtant, peu d'époques ont plus fait pour la lecture que la nôtre. À l'école les enseignants ne cessent de renvoyer aux livres en insistant sur leurs richesses, leurs surprises, leurs beautés. Chaque année, partout, des foires, des festivals, des salons rappellent la joie de lire et favorisent la rencontre des auteurs et des lecteurs. Des concours de nouvelles, de poésies, sont là pour inciter les plumitifs à donner libre cours à leurs imaginations. À la radio, à la télévision, les écrivains ne sont pas oubliés, convoqués sur des plateaux pour parler de leurs livres ou participer à la vie de la cité. Et que dire de la chaleur des librairies ? de l'ingéniosité des éditeurs ? de la splendeur des médiathèques jusque dans les villes les plus reculées ? C'est là une des grandes bizarreries de la vie culturelle. Jamais les bonnes volontés n'ont été mieux partagées, jamais elles n'ont semblé lutter avec aussi peu de réussite face au désert qui avance. La politique culturelle menée depuis plus de trente ans est-elle un gigantesque échec dû à un soutien émietté à des pratiques trop variées, mêlant le rap aux lettres ou l'opéra[19] ? Ou bien a-t-elle au contraire permis de limiter la casse et d'empêcher que le pays ne soit encore plus dévitalisé ?

De nombreux penseurs en tout cas se sont émus de cette évolution qui semble annoncer un monde où la culture — l'étude, la vie de l'esprit — est devenue simple distraction, où la réflexion intérieure a été balayée par le divertissement. Ceux qui ont connu l'épanouissement dans les livres, dans les bonheurs de la révélation intellectuelle, semblent avoir du mal à se réjouir de la mort lente d'un modèle de civilisation, d'approfondissement de soi par la plongée dans le meilleur de la production humaine. Pour beaucoup de ces mandarins, c'est ni plus ni moins l'idéal des Lumières qui a été liquidé. Car que vaut la liberté sans savoir ou sans éducation ? Comment être libre sans être capable de s'autonomiser par l'esprit, par la réflexion élaborée, par la capacité de jugement nourrie par des savoirs, des pratiques, une volonté de toujours s'enrichir, s'élever, par l'étude et la spéculation cérébrale ? Comment croire que la lecture savante puisse peu à peu sinon disparaître du moins devenir marginale dans la formation des esprits sans que cela ne s'accompagne d'inquiétants effets ?

Alain Finkielkraut constate « la défaite de la pensée[20] », Renaud Camus dénonce la « dictature de la petite bourgeoisie[21] » qui a imposé ses goûts culturels liés au divertissement, Danièle Sallenave rend hommage au travail qui est fait à l'école mais ne voit plus comment à eux seuls les pédagogues peuvent lutter contre les mouvements de fond de la société qui invitent à tout sauf à l'effort intellectuel[22]. Il n'y a plus de public « pour ce qu'il faut bien appeler [...] *l'ennui*, écrit Renaud Camus, le bel ennui de la culture, ce délai, ce détour, cette remise à plus tard du sens et de la compréhension, de la jouissance et de l'intellection, à quoi se reconnaissent si souvent les grandes œuvres, les grandes pensées et la haute connaissance, avec ce consentement préalable à la médiation, à l'aliénation provisoire, au détachement de soi, à la non-coïncidence, qu'elles exigent de leurs postulants et qui sont, en nombre de cas, la condition de leur rayonnement[23] ».

Que l'on cède ou non au charme de la déploration, le fait est là, la scolarisation massive des élèves n'a pas entraîné un mouvement d'adhésion de masse à la culture, contrairement à ce qu'ont pu affirmer jadis « les niveau-montistes[24] ». De toute évidence, l'Éducation nationale n'a pas su donner le goût de l'effort intellectuel, de la fréquentation des grandes œuvres. Qu'est devenue d'ailleurs la lecture des textes classiques hors études scolaires ? Rien ou peu s'en faut. La fréquentation des chefs-d'œuvre n'est plus que le seul fait globalement des enseignants de lettres ou d'autres professionnels du monde culturel. « Aujourd'hui, les livres de Flaubert rejoignent, dans la sphère pacifiée du loisir, les romans, les séries télévisées et les films à l'eau de rose dont s'enivrent les incarnations contemporaines d'Emma Bovary, et ce qui est élitiste (et donc intolérable) ce n'est pas de refuser la culture au peuple, c'est de refuser le label culturel à quelque distraction que ce soit, écrit Alain Finkielkraut. [...] La démocratie qui impliquait l'accès de tous à la culture se définit désormais par le droit de chacun à la culture de son choix (ou à nommer culture sa pulsion du moment[25]). » « La non-pensée, bien sûr, a toujours coexisté avec la vie de l'esprit, remarque-t-il encore, mais c'est la première fois dans l'histoire européenne qu'elle habite le même vocable, qu'elle jouit du même statut[26]. » « La logique de la consommation détruit la culture, écrit-il enfin. Le mot demeure mais vidé de toute idée de formation, d'ouverture au monde et de soin de l'âme. C'est désormais le principe de plaisir [...] qui régit la vie spirituelle. Il ne s'agit plus de constituer les hommes en sujets autonomes, il s'agit de satisfaire leurs envies immédiates, de les divertir au moindre coût. Conglomérat désinvolte de besoins passagers et aléatoires, l'individu postmoderne a oublié que la liberté était autre chose que le pouvoir de changer de chaîne, et la culture elle-même davantage qu'une pulsion assouvie[27]. » Personne ne nie que la culture la plus haute existe encore, personne ne conteste même qu'elle soit encore défendue à l'occasion, mais elle l'est au même titre, et non plus *légitimement*, que n'importe quelle autre pratique comme le karaoké ou la pêche à la mouche.

Les thuriféraires de l'époque rétorquent que ces jérémiades sont dues au regret d'un ordre ancien où les intellectuels ont pu avoir une place de choix. Ces dinosaures d'une autre époque, disent-ils, ne font que s'apitoyer sur leur paradis perdu et pleurent l'effondrement de leur pouvoir. Derrière la défense de Proust ou de Céline, assurent-ils encore, se cachent tout à la fois une célébration de la culture légitime, supérieure, et une haine des classes défavorisées, promptes à faire la fête aux sous-productions les plus navrantes[28]. Bien des penseurs des pratiques contemporaines constatent que les inégalités dans l'accès à la culture sont plus que jamais criantes mais refusent farouchement de croire que cet écrasement de tout, que ce refus des hiérarchies culturelles puisse en être justement la cause, bien qu'il ait pourtant favorisé la logique du pire au cœur des médias de masse. Tous concèdent qu'il faut certes continuer de faire lire Zola à l'école et de recommander une énième exposition Van Gogh au journal de 20 heures mais il est entendu qu'il ne faut surtout pas critiquer la télé-poubelle qui vend du « temps de cerveau humain disponible » au motif que d'aucuns pourraient en être vexés. Pas un de ces ardents défenseurs du mélange des pratiques ne se pose pourtant la question de savoir comment l'effort que demande la lecture de Zola est encore acceptable aux yeux du plus grand nombre quand toute la vie sociale — à l'exception de l'école, ultime et dérisoire rempart — invite à l'insouciance du divertissement. Comment la littérature peut-elle survivre quand le plaisir n'est plus lié à la tonification du « muscle cérébral », à la découverte toujours plus fine du monde, mais au refus de penser, à la plongée rassurante dans des idées simples, des sous-produits anesthésiants ?

Les plus zélés des adorateurs de l'époque mettent enfin en avant les sublimes possibilités du numérique, la joie du net, la folie des blogs, le fait que la lecture, interactive, démocratique[29], soit au cœur de ces activités — mais aucun ne se demande comment demain de nombreuses personnes peuvent en faire le meilleur usage quand c'est au contraire l'utilisation la moins engageante, la moins formatrice, la moins substantielle qui en est faite pour l'essentiel. Tous se réjouissent des possibilités de l'époque, aucun ne se demande comment pousser le plus grand nombre à s'en saisir et s'en nourrir. Tout est ramené à un subjectivisme généralisé. À chacun le droit de lire — ou de ne pas lire[30] — en toute liberté. Interdit de considérer que ce manque de goût pour l'étude et la vie spirituelle puisse avoir des conséquences sur la vie sociale, la capacité de création, la vitalité intellectuelle. (Combien de jeunes qui jadis auraient pu vouloir s'engager dans la vie culturelle délaissent maintenant ces carrières pour préférer une vie facile dans la publicité, la communication, les médias ? « L'art et la littérature, écrit Éric Chevillard, sont des disciplines bien ingrates quand on sait que la réussite professionnelle telle qu'on l'entend ordinairement et qui, pour les autres activités humaines, couronne tout de même une certaine excellence, n'a en l'occurrence rien à voir avec la qualité de l'œuvre, laquelle souvent, bien au contraire, la dessert ou la condamne. Nous voyons donc des artistes et des écrivains travailler en toute conscience, sinon à leur perte, en tout cas à leur ruine, engageant leurs forces et leur talent dans l'accomplissement d'une œuvre dont ils ne tireront pour tout profit que davantage de solitude encore, de pauvreté, de détresse et d'humiliation sociales. Et il faut être fort aujourd'hui, très fort, pour trouver son salut dans la chose en soi[31]. » Combien d'écrivains morts-nés n'avons nous pas perdus, révulsés par avance par l'horreur de la condition d'auteur dans un monde matérialiste à l'excès où ils savent ne plus pouvoir trouver place ?)

« Est-ce vraiment si grave, si les jeunes lisent moins ? demande Anna Gavalda, auteur de *best-sellers* pour jeunes urbaines. Quand on a entre 18 et 30 ans, aujourd'hui, le monde est dur. Et il y a tellement d'autres choses à faire que de lire : construire sa vie, d'abord, ce qui n'est pas facile. Ce qui est important, ce n'est pas les livres, c'est la curiosité intellectuelle[32]. » Mais qui peut croire qu'une véritable curiosité intellectuelle puisse ne pas passer par les livres ? « Comment aurait-on accès, si on ne lit pas, à toute cette part de nous-mêmes, nous humains, qui s'est fixée dans les livres[33] ? » demande Danièle Sallenave.

Notre propos n'est pas d'intervenir dans ce débat qui agite penseurs et intellectuels mais de réfléchir sur les motifs de cette baisse et sur les effets produits par ces mutations dans le domaine du livre. Car si les livres sur la question de la lecture sont nombreux, rares sont ceux qui se demandent ce que cela change pour les professionnels. Pourtant, ces mutations bouleversent radicalement la face de l'édition et de la librairie. Le livre n'est pas menacé dans ce mouvement de déculturation ou de légitimisation des sous-productions. Il doit évoluer. Se faire plus divertissant sans doute, plus ouvert, moins élitiste. Utiliser davantage d'artifices pour se faire connaître car si les lecteurs sont désormais dans un rapport plus lâche, moins passionnel, avec les livres ils deviennent *ipso facto* moins attirés par ce qui fait la richesse des œuvres en elles-mêmes. Il faut plus que jamais tout faire pour créer le désir de lecture. Et cette impulsion est d'autant plus difficile à donner que la lecture est en concurrence frontale avec mille autres loisirs bien plus tentants pour les jeunes générations, à commencer par le net ou les jeux vidéo. Alors que les lecteurs d'hier étaient très attachés aux livres, ceux d'aujourd'hui sont toujours prêts à les sacrifier pour de nouvelles idoles. Leurs motivations d'achat, les caprices de leurs lectures semblent plus impalpables ou introuvables. Le marché est devenu volatil. Sans doute à terme la publicité pour le livre à la télévision est-elle inévitable pour lutter à armes égales contre les autres tentations de la vie moderne. S'il faut éviter que quelques acteurs dominants écrasent le marché, il n'y a plus lieu de ne pas faire sur écran la promotion de la joie de lire, du gai savoir, des bonheurs de l'étude.

Sans doute faut-il aussi aller plus loin dans la baisse des prix du livre, poursuivre encore et toujours le grand mouvement de démocratisation des volumes entamé au XIXe siècle. Ne jamais oublier que les lecteurs occasionnels, s'ils sont moins aisés financièrement, sont surtout moins passionnés que les gros lecteurs. Alors qu'un grand amateur de livres ne peut se passer de ses œuvres les plus chères, y compris en période de crise, un lecteur moyen rogne dès qu'il y a tempête sur ce genre de dépenses. Le livre, qui a résisté si bien aux crises dans le passé, du fait de l'engouement de ses fidèles, n'est-il pas de fait condamné à subir davantage les aléas et les revirements des crises économiques ? N'est-ce pas toute la stabilité même du monde du livre, fort hier de ses ardents défenseurs, qui est aujourd'hui en question ? Comment savoir demain ce que voudront lire les lecteurs occasionnels aux goûts insondables ? Le livre sera-t-il toujours un cadeau de choix pour Noël ? Restera-t-il assez de fins lettrés pour faire vivre « La Pléiade » ? Quelle sera la vitalité de la création s'il n'est plus du tout rentable de publier de jeunes auteurs ? de nouveaux romans ?

Enfin, plus technophiles, moins aptes à se concentrer, les lecteurs de demain, habitués au numérique, attendent-ils de l'édition de petits textes à très bas prix ? Vendus sur des plateformes variées ? Auto-édités même à l'occasion, cédés pour un euro symbolique ? Lira-t-on demain sur tablettes des textes plus ramassés ? plus atomisés ? interactifs ? La littérature devra-t-elle se faire plus simple d'accès, composée tout spécialement pour être lue de manière fragmentée, dans le bus ou dans le métro ?

Le livre-objet devra-t-il en retour se faire plus beau pour concurrencer le numérique ? Les lectures futiles se feront-elles de plus en plus sur écran, abandonnant le papier aux lectures sérieuses ? La joie de lire sera-t-elle plus intense demain sur de belles tablettes numériques, toutes en couleurs et en technicités, que sur de vieux poches jaunis par le temps ? Peut-on espérer même que les tablettes fassent venir à la lecture des jeunes technophiles réfractaires au bon vieux *codex* ? Quel peut être l'avenir de la lecture ? Ces questions sont celles qui se posent aux professionnels, car ils ont pour mission, pour responsabilité, de chercher à faire lire, d'aller trouver tout le temps de nouveaux lecteurs. Ils le doivent plus que jamais étant donné le peu de goût des jeunes générations pour l'objet-livre. C'est leur avenir qui dépend très directement de leur capacité à aller séduire ceux qui sont trop éloignés du livre aujourd'hui. Le numérique peut être en l'espèce une vraie chance, comme a pu l'être en son temps France Loisirs. C'est le vœu qu'il faut formuler ici pour que « la galaxie Gutenberg », sous une forme revue et corrigée, survive à la fin du XXe siècle.

Notes

1. Danièle Sallenave, « *Nous, on n'aime pas lire* », Paris, Gallimard, 2009, p. 106.
2. Voir Danièle Sallenave, *Le Don des morts*, *Sur la littérature*, Paris, Gallimard, 1991.
3. Chacun se souvient qu'il n'y a pas si longtemps deux chercheurs ont assuré que « le niveau monte ». Dans leur ouvrage qui est une sorte d'éloge de l'école républicaine formant des bataillons de jeunes brillants, raffinés, cultivés, les deux sociologues n'hésitent pas à se féliciter de voir que le livre préféré dans les quartiers nord de Marseille s'avère être *Les Lettres persanes*. Des extraterrestres, tombés du ciel par mégarde, pourraient presque croire, à la lecture de cette étonnante étude, que la France entière le soir est plongée dans la lecture de Montaigne ou la spéculation à partir des maximes de La Rochefoucauld… (Christian Baudelot, Roger Establet, *Le Niveau monte*, Paris, Seuil, 1989).
4. Ainsi du courroux des stars invitées sur le plateau de tel *talk-show* du samedi soir, ulcérées qu'un critique à la verve un peu trop talentueuse puisse ne pas avoir goûté leurs *fast books*, généralement rédigés par des nègres.
5. Cité par Bernard Lahire, *L'Invention de « l'illettrisme »*, Paris, La Découverte, 1999, p. 148.
6. Voir les différents volumes du blog d'Éric Chevillard publiés sous le label de L'Arbre vengeur.
7. Voir les travaux de Roger Chartier sur la lecture.
8. Olivier Donnat, *Les Pratiques culturelles des Français à l'ère numérique*, Paris, La Découverte-ministère de la Culture et de la Communication, 2009.
9. *Ibidem*, p. 146.
10. Voir *Livres Hebdo*, n° 793, 16 octobre 2009.
11. Voir *Livres Hebdo*, n° 796, 6 novembre 2009.
12. *Ibidem*.
13. Voir *Livres Hebdo*, n° 801, 11 décembre 2009.
14. Voir Nicole Robine, *Lire des livres en France des années 1930 à 2000*, Paris, Cercle de la librairie, 2000.
15. Ces développements résument la conclusion du livre de Christian Baudelot, Marie Cartier, Christine Détrez, *Et pourtant ils lisent…*, Paris, Seuil, 1999.
16. La part relative du budget dévolu au livre dans le budget total des foyers a baissé de 25 % de 1970 à 2006 (selon *Livres Hebdo*, n° 785, 21 août 2009).
17. Célèbre réplique du *Bourgeois gentilhomme*, acte II, scène 4.
18. Voir le listing des dix mots clés les plus recherchés en 2011 sur Yahoo. Http ://www.presse-citron.net/les-mots-cles-les-plus-recherches-par-les-internautes-francais-en-2011-yahoo.
19. Voir Marc Fumaroli, *L'État culturel*, Paris, De Fallois, 1991.
20. Alain Finkielkraut, *La Défaite de la pensée*, Paris, Gallimard, 1987.

21. Renaud Camus, *La Grande Déculturation*, Paris, Fayard, 2008.
22. Danièle Sallenave, « *Nous, on n'aime pas lire* », *op. cit.*
23. Renaud Camus, *op. cit.*, pp. 94-95.
24. « Le lycée ne forme pas des hordes de barbares illettrés ; il inculque bien, au contraire, une adhésion forte et spontanée [*sic*] à l'univers de la littérature » (Christian Baudelot, Roger Establet, *op. cit.*, p. 98).
25. Alain Finkielkraut, *op. cit.*, p. 142.
26. *Ibidem*, p. 143.
27. *Idem*, pp. 150-151.
28. Voir Bernard Lahire, *op. cit.*, pp. 298-304.
29. Voir François Bon, *Après le livre*, Paris, Seuil, 2011.
30. Voir Daniel Pennac qui, bien avant de faire l'éloge des cancres, a convenu qu'il était tout à fait bienvenu de ne pas lire (*Comme un roman*, Paris, Gallimard, 1992).
31. Éric Chevillard, *L'Autofictif*, en date du 13 octobre 2011.
32. Déclaration lors d'un débat organisé par *Livres Hebdo* sur la lecture des 18-30 ans, n° 797, 13 novembre 2009.
33. Danièle Sallenave, « *Nous, on n'aime pas lire* », *op. cit.*, p. 102.

Entretiens professionnels

« L'acte de lecture reste un phénomène inconnu »

Entretien avec Nicole Robine

Nicole Robine, docteur d'État en lettres et sciences humaines, est chercheur en sociologie de la lecture. Elle a notamment enseigné à l'université Michel de Montaigne Bordeaux-III et a été expert pour le livre et la lecture dans des organismes officiels français et étrangers. Elle a participé à tous les travaux de l'école de Bordeaux de Robert Escarpit et a publié de nombreux articles et ouvrages sur la sociologie de la lecture dont *Lire des livres en France des années 1930 à 2000* paru au Cercle de la librairie.

Dans Lire des livres en France des années 1930 à 2000 *vous parlez plus souvent des études et des enquêtes que de la lecture en soi, est-ce la sociologie de la lecture qui vous intéresse plus que la lecture elle-même ?*

Dans le livre auquel vous faites allusion, j'ai choisi de m'intéresser aux enquêtes psychosociales sur la lecture. Y sont présentées d'abord les premières études empiriques puis les véritables enquêtes sur la lecture qui débutent en 1955. Deux cents enquêtes, de 1955 à 2000, y sont évoquées en tout. Depuis cette date, d'autres enquêtes ont eu lieu qui sont de plus en plus intéressantes car elles s'inscrivent dans un contexte d'expansion des médias.

Qu'en est-il de la lecture pour les périodes auxquelles vous vous êtes intéressée ? Peut-on parler d'une expansion de la lecture entre l'immédiat après-guerre et aujourd'hui ? Comment jugez-vous l'évolution de la lecture dans la société française ?

La donne scolaire a changé au milieu des années 1970 avec le collège pour tous. Mais au-delà des seules questions scolaires, c'est toute la vie qui s'est trouvée modifiée avec l'importance prise par les médias et la hausse des niveaux de vie. Aujourd'hui tout est en train de changer grâce à internet et à ses multiples applications dont nous n'avons rien vu encore.

La lecture de livres a-t-elle augmenté à vos yeux ? Et quels types de livres ont pu en profiter ?

Tout dépend de ce que vous entendez par « lecture ». Qu'est-ce que la lecture ? Le mot même peut avoir bien des significations différentes. J'ai parlé il y a un instant d'un changement de la donne scolaire alors que ce sont en fait les outils de la lecture qui se sont grandement modifiés. Vous parlez de lecture de livres. Mais que signifie la lecture de livres ? Est-ce lire un livre d'un bout à l'autre ? Est-ce seulement consulter un livre ? De plus en plus, la lecture tend à devenir une sorte de consultation bien plus qu'une traversée du livre en continu. Mais ces différences de sens ne sont pas toujours prises en compte lors des enquêtes. Les personnes interrogées sont restées fidèles à l'idée que lire un livre consiste à le lire vraiment d'un bout à l'autre. Alors qu'en même temps, aujourd'hui, nous apprenons aux jeunes, notamment au centre de ressources et de documentation des collèges et lycées, à consulter les ouvrages, à prélever des informations dans les textes.

Mettez-vous en question la capacité des enquêtes sur la lecture à apprécier véritablement la lecture suivie des livres ?

Certes, il est loisible de se demander, dans les enquêtes sur la lecture, quelle peut être la part de la lecture de consultation et la part de la lecture continue. Mais dès qu'il est fait appel à la mémoire, dès que les études sont fondées sur des déclarations, des problèmes surgissent. Les enquêtes ne peuvent pas tout. Elles peuvent beaucoup, et elles l'ont montré, mais elles n'arriveront jamais à rendre compte précisément du processus de lecture. Que se passe-t-il dans la tête des gens quand ils lisent ? L'acte de lecture reste un phénomène inconnu. Il existe aussi d'autres types de lecture que la lecture de livres. La lecture de la presse quotidienne sur papier a énormément baissé alors que la lecture de magazines a augmenté. Pour répondre enfin à l'une de vos premières questions : il y a de plus en plus de gens qui lisent. Grâce à ce qui a été évoqué, l'importance de la donne scolaire, la hausse des niveaux de vie et l'offre culturelle de plus en plus importante, offre qui passe par toutes sortes de médias. Mais il y a beaucoup moins de gens qui lisent des livres. C'est là un des paradoxes de notre bel aujourd'hui.

Au travers des enquêtes apparaît donc une hausse de la lecture qui n'est pas nécessairement une hausse de la lecture de livres…

Une hausse du nombre de gens qui lisent, assurément. L'évaluation portée par les enquêtes est scandée par le nombre de livres lus par an. L'appel à la mémoire, lors de l'enquête, lors de l'interrogation des personnes sondées, est aléatoire. Il est à noter, depuis 1945 jusqu'à la dernière enquête de 2008, que l'offre culturelle est toujours plus importante, que les médiateurs du livre s'investissent davantage pour faire parler des ouvrages et que les ressources aussi bien matérielles qu'humaines augmentent en continu. Et cela grâce aux efforts qui ont permis une hausse du nombre des bibliothèques, une hausse du nombre des points de vente du livre, une hausse de l'information sur les livres, avec l'aide de la télévision, de la radio et aujourd'hui d'internet. Il y a de plus en plus de lecteurs mais les très gros lecteurs sont de moins en moins nombreux et lisent de moins en moins. Cette évolution paradoxale a été jadis résumée par une formule restée fameuse : « La France lit plus mais les Français lisent moins. » De plus en plus de gens ont accès à la lecture parce qu'ils en ont les moyens. Nombreux sont ceux qui s'insurgent, à juste titre, contre l'illettrisme et mettent en avant le fait que 150 000 jeunes sortent du système scolaire sans diplôme, mais il n'y en a jamais eu si peu. La vision que nous avons des gens qui ont obtenu le certificat d'études des années 1930 aux années 1960 est une vision fantasmée. La majorité des jeunes de cette époque n'ont pas obtenu le certificat d'études. Il faut l'avoir en tête. Aujourd'hui, il n'y a jamais eu si peu de personnes non diplômées sortant du système scolaire et encore sortons-nous tous de cette période d'études de plus en plus tard. Légalement il n'est plus possible de sortir de l'école en France avant seize ans mais en réalité ceux qui en sortent les premiers quittent les établissements de l'Éducation nationale vers dix-huit ans. Dans les années 1930, les jeunes en sortaient aux alentours de douze ans après une fréquentation des bancs de l'école assez sporadique.

Les statistiques établies à partir des enquêtes sur la lecture sont réalisées sur la base de déclarations personnelles. La mémoire peut faire défaut, vous l'avez dit, et il est bien difficile pour chacun de comptabiliser le nombre de livres lus effectivement en une année. Quelle foi accordez-vous aux déclarations des enquêtés ? Quelle part d'erreur, volontaire ou non, vous semble probable dans ces statistiques ? Considérez-vous les enquêtes et leurs résultats comme fiables ?

Les enquêtes sont globalement fiables. Il est évident par ailleurs que la méthodologie des enquêtes a évolué. Ce n'est pas un hasard si ces enquêtes surgissent au cœur des années 1950. C'est à ce moment que la psychologie sociale se détache de la sociologie à laquelle elle est encore très liée. C'est aussi le moment où l'opinion publique est nouvellement prise en compte. Notamment grâce aux travaux de Jean Stoetzel, le fondateur de l'Institut français d'opinion publique. Oui, globalement, je crois ce que nous disent les enquêtes. D'abord nous n'avons pas beaucoup de moyens d'appréciation et il faut utiliser ce que nous avons. Ces études sont quand même complétées par les statistiques établies par le ministère de la Culture. Dans la foulée les techniques d'études se sont affinées. La façon de poser les questions s'est modifiée ainsi que la façon d'exploiter les documents. Les outils sont devenus de plus en plus fiables. Mais les choses restent chargées d'aléas, de difficultés. Nous ne pouvons pas prévoir la consommation de livres. Et nous ne sommes pas en mesure de savoir si un livre aura du succès ou non. Il reste une part d'impondérable même si l'édition semble s'être employée à fabriquer bien des livres formatés pour aller au devant du succès. Malgré tout, l'édition, qui est bien souvent présentée comme un jeu, reste soumise aux hasards, et la liste des succès imprévus est tout aussi longue que celle des *best-sellers* espérés qui ne se sont pas vendus…

Mais pensez-vous, comme certains de vos confrères, que, des années 1950 aux années 1970, parce que la lecture est alors très valorisée socialement, certains des enquêtés ont pu avoir tendance à surestimer leurs lectures, à gonfler, volontairement ou non, le chiffre des œuvres lues ? Et considérez-vous qu'aujourd'hui la chute de ces mêmes chiffres témoigne d'une baisse véritable de la lecture ou simplement d'une moindre valorisation de la lecture ? Y a-t-il désormais une nouvelle tendance inverse à sous-déclarer les lectures chez les enquêtés ?

Oui, je suis tout à fait d'accord avec Olivier Donnat qui dans sa dernière enquête du ministère de la Culture explique bien cette évolution. D'un autre côté, lire des livres ne signifie pas la même chose dans les années 1960 et dans les années 2000. De nos jours, je l'ai dit, lire des livres, c'est aussi les consulter. Et dans les enquêtes apparaissent des lectures qui n'avaient pas droit de cité avant, tels le roman sentimental ou le roman policier. Tout apparaissait jadis sous la seule catégorie de « romans ». Et les enquêtés eux-mêmes considéraient, suite à l'enseignement scolaire qu'ils avaient reçu, que le roman policier, le roman sentimental ou encore les petits magazines ne relevaient pas de la lecture au sens noble et plein du terme. Aujourd'hui, tout est compté, y compris les mangas ou les bandes dessinées.

Les enquêtés eux-mêmes avaient-ils le réflexe de ne pas déclarer certaines de leurs lectures jugées peu sérieuses ? Ou bien les enquêteurs les encourageaient-ils à ne déclarer que les lectures légitimes ?

Les enquêteurs ne précisaient rien. Ils avaient une liste et cochaient en fonction des réponses. Les enquêtés s'autocensuraient. Mais au fil des ans les questionnaires se sont ouverts à toutes sortes de lectures. Lire n'est plus seulement lire des livres, c'est aussi consulter un dictionnaire. Tout ceci ne pouvait apparaître avant, tels que l'on concevait à la fois la lecture et le questionnaire.

Aujourd'hui tout est comptabilisé, y compris les lectures de consultation. Si l'enquêté se souvient au moment de faire sa déclaration d'avoir consulté tel livre, peut-il le comptabiliser ?

Oui, mais il n'est pas sûr que l'enquêté compte la lecture de consultation du dictionnaire en papier, de Wikipédia, ou la consultation d'internet comme une lecture. Lire, c'est lire un texte écrit. Mais, dans la tête des enquêtés, consulter internet, c'est-à-dire lire des textes écrits en ligne, est-ce de la lecture ? Cela compte-t-il comme un acte de lecture ? Tout est confus aujourd'hui.

Le nombre de gros lecteurs a visiblement baissé. Les dernières enquêtes sont même assez alarmistes, mais vous rappelez, dans vos travaux, que les enquêtes ont toujours eu ce ton d'inquiétude et de déploration, quand bien même le nombre de lecteurs a semblé augmenter. Toutefois, au fil des enquêtes, il semble qu'il soit devenu beaucoup plus aisé d'être catégorisé gros lecteur. Aujourd'hui, un jeune qui lit quelques bandes dessinées, de temps à autre, se retrouve assez vite rangé dans le groupe des gros lecteurs. Alors que, dans les premières enquêtes, il semble que n'aient pu être comptabilisées comme gros lecteurs que les personnes dépassant de loin les vingt livres par an…

Avant il fallait lire vingt-cinq livres par an pour entrer dans la catégorie des gros lecteurs.

Jamais plus ?

Non. C'est déjà beaucoup, même s'il est vrai qu'il y a des gens qui lisent bien plus encore.

Vingt-cinq livres par an, cela ne fait jamais que deux livres par mois, cela n'est pas grand-chose…

N'oubliez pas que pendant longtemps la presse a été très lue, en plus des livres. Dans les familles il n'y avait ni internet ni télévision. Les modes de vie ont totalement changé et les mentalités avec. Deux livres lus par mois, pour des gens dont la lecture et la culture sont le métier, ce n'est peut-être rien du tout. (Encore que…) Mais deux livres par mois pour quelqu'un qui a des horaires réglés, une vie occupée, des charges de famille, c'est déjà beaucoup. Sans parler du fait que le temps passé devant la télévision n'a cessé d'augmenter…

Le ministère de la Culture a fait tomber le seuil des plus gros lecteurs de vingt-cinq à vingt livres par an, est-ce à vos yeux pour masquer la baisse tendancielle des lecteurs boulimiques ou dans un souci de simple adaptation à l'évolution de la vie et à la prise en compte de l'essor des loisirs variés ? Peut-on être un gros lecteur en lisant des bandes dessinées et des mangas au rythme de deux par mois tout en ayant d'autres activités parallèles ?

Je crois qu'il ne faut pas oublier que les plus gros lecteurs sont ceux qui lisent le plus de bandes dessinées et de mangas et que les petits lecteurs lisent beaucoup moins de bandes dessinées et de mangas que les gros lecteurs. Les gros lecteurs lisent aussi *autre chose* que des bandes dessinées et des mangas.

À part quelques rares exceptions, ils ont pour habitude de lire toutes sortes de textes. Ce sont d'ailleurs toujours les mêmes qui se rendent aux expositions, qui visitent les monuments historiques, qui multiplient les sorties et vont aux spectacles, etc. Ce sont toujours les mêmes personnes qui profitent de tout. Je ne le leur reproche pas. Mais il est évident que ce n'était pas ce qu'avaient imaginé les militants des années 1950 aux années 1980. La démocratisation de la lecture, la démocratisation de la culture a bien eu lieu. Mais pas du tout comme nous pouvions l'espérer jadis. D'où les lamentations de certains...

Comment comprenez-vous ces refrains de la déploration entonnés par de nombreuses personnes ? N'est-il pas vrai que la massification de l'enseignement aurait pu ou dû donner beaucoup plus de gros lecteurs ?

La déploration a toujours existé. À la fin du XIXe siècle, il y a eu de bonnes âmes pour pleurer parce que la bicyclette allait tuer le livre. Tout cela me fait penser à la déploration relative à la baisse du niveau scolaire. Socrate en parlait déjà. La baisse du niveau n'existe pas. Le niveau monte et a même beaucoup monté. Les jeunes savent plus de choses que nous n'en savions nous-mêmes mais dans des domaines différents. Ils ne savent pas ce que nous avons appris parce que la vie a changé tout simplement et que l'enseignement aussi a changé. L'école fait le maximum, les enseignants font le maximum pour accrocher les élèves à la lecture. Et pour favoriser l'ouverture au monde. Les médias aussi contribuent à cette ouverture au monde. Ceux qui sont âgés se rendent compte de l'extraordinaire ouverture au monde d'aujourd'hui par rapport aux années 1960. Années qui étaient déjà bien ouvertes par rapport aux années de l'immédiat après-guerre pendant lesquelles la France était en reconstruction. Il y a toujours eu des gens pour assurer que tout a pu être mieux avant. C'est une illusion. Je ne veux pas le leur reprocher, les illusions permettent de vivre. Et nous sommes tous pétris d'illusions. Celles sur la lecture ont été très importantes. Les militants des années 1950 pensaient que lorsque le nombre de librairies serait multiplié par deux ou plus, l'accès au livre démocratisé et les prix du livre cassés, tout le monde lirait. Dans le sillage d'André Malraux, les amoureux des lettres pensaient aussi que tout le monde allait lire les grandes œuvres. De même croyait-on à la nécessité — à la vertu — de donner le meilleur de la culture à ce que l'on appelait alors le peuple. Mais le peuple a le droit de choisir, tout le monde a le droit de choisir. Je crois que ce qu'on a gagné aujourd'hui c'est le droit de lire si l'on en a envie et le droit de ne pas lire si l'on ne veut pas lire.

Accordez-vous foi à la théorie selon laquelle la lecture, devenue trop accessible, n'est plus un phénomène de distinction sociale ?

La lecture n'est plus une pratique de distinction. D'abord parce qu'elle n'ouvre plus autant au pouvoir qu'avant. Dans les siècles passés, depuis que l'écriture existe, depuis les débuts de l'Histoire, la lecture a débouché sur le pouvoir, a mené au pouvoir. La domination des signes écrits confère un pouvoir. Un pouvoir social, un pouvoir financier, attaché au pouvoir social. La lecture a eu cette finalité-là. Aujourd'hui, ce n'est plus le cas. Encore que ce ne soit pas vrai à cent pour cent. La lecture a donné les moyens de s'exprimer, de s'affirmer. Et ces moyens ont été augmentés grâce à l'école qui apprend à parler. La lecture n'ouvre plus les mêmes perspectives qu'avant. Les choses ont changé depuis la mort de Bourdieu. La vie sociale et la vie politique se sont modifiées et la société est en pleine mutation avec le développement exponentiel des nouvelles technologies.

Pensez-vous qu'il y a des moyens d'action à développer pour que la lecture de livres touche davantage le public voire le grand public ? Ou pensez-vous que dans une société ouverte, démocratique, il est quasiment impossible de faire plus que ce qui est déjà fait ?

Nous pouvons toujours faire plus… Mais à quoi sert la déploration ? Cette idée que tout était mieux avant est une illusion, je l'ai dit. Je pense que la majorité des choses sont bien mieux maintenant même si tout n'est pas parfait.

Mais l'idée que par la lecture lettrée ou savante chacun peut acquérir une autonomie, une liberté de penser et donc une capacité à s'élever, à se distinguer pour parler comme Bourdieu, cette idée ne semble plus guère partagée, y compris par les élites économiques ou politiques qui n'ont de cesse de moquer les vanités de la culture. L'idée que tout le monde a profit à plonger dans les livres et le savoir, l'idée, venue des Lumières, que la liberté n'est possible qu'éclairée, cette idée semble quand même très largement avoir été liquidée, ne trouvez-vous pas ?

C'était le rêve des Lumières en effet. Mais cette époque est révolue et heureusement. S'il fallait faire advenir la lumière c'est qu'il y avait beaucoup de gens dans l'ombre ou la pénombre. L'esclavage était aboli mais le système reposait quand même sur une exploitation sociale. Je ne dis pas que tout est parfait aujourd'hui mais assurément les conditions de vie se sont grandement améliorées pour la plupart des gens. Et puis la lecture n'est pas une fin en soi. Lire pour lire, à quoi bon ? Lire pour vivre, pour s'enrichir, pour s'ouvrir l'esprit, pour se distraire, oui. Mais chacun exerce sa liberté de la façon qui lui convient le mieux. Chacun est libre. De lire ou de ne pas lire. De lire de la grande littérature ou des sous-produits culturels. Et d'ailleurs qui n'a jamais lu que de la grande littérature ? Tout le monde a eu du plaisir, jeune ou moins jeune, à lire des romans feuilletons, des récits d'aventure, des œuvres de Dumas ou d'autres, jadis décriés, mais si plaisants, si captivants.

Vouloir faire en sorte que davantage de gens découvrent le plaisir de la lecture, et notamment de la lecture savante, de littérature ou d'essais, de textes qui enrichissent l'esprit, n'est-ce pas quand même une noble cause ?

Mais c'est ce que fait l'école. Et il ne me semble pas qu'elle ait l'intention d'abandonner cette belle ambition…

« Gardons-nous de trop idéaliser la lecture des temps passés »

Entretien avec Olivier Donnat

Olivier Donnat est sociologue au Département des études, de la prospective et des statistiques (DEPS) du ministère de la Culture et de la Communication. Il est notamment l'auteur des *Français face à la culture* et *Regards croisés sur les pratiques culturelles*.

Que vous inspire l'évolution de la lecture et plus précisément de la lecture lettrée ? Comment comprenez-vous le recul de cette forme de traversée des textes ?

Prenons les résultats des enquêtes sur les pratiques culturelles. L'avantage de ces enquêtes est leur ancienneté : le fait que la toute première ait été réalisée en 1973 permet d'avoir une vision globale de l'évolution des pratiques. Malgré l'observation d'une diminution de la lecture de livres, j'insiste sur le fait que cela ne signifie pas nécessairement que les Français d'aujourd'hui lisent moins que les Français des années 1970. En effet, non seulement nous lisons sur de nombreux supports différents, mais une profonde transformation des genres de livres lus est intervenue. Les succès que rencontrent depuis un certain temps les bandes dessinées, et plus récemment les mangas, les *comics*, chez les jeunes, changent la donne ; certains de ces genres de livres n'existaient pas il y a dix, vingt ou trente ans. Le roman policier, quant à lui, est un genre plutôt masculin originellement. Alors qu'aujourd'hui le cœur du lectorat de littérature — des femmes de classes moyennes ou supérieures, diplômées, plutôt urbaines — s'intéresse à cette catégorie de livres que l'on appelle « les polars ». La situation est assez complexe et il ne faut pas interpréter la baisse observée dans les enquêtes comme un désintérêt pour la lecture. Il existe une certaine distance, un retrait, peut-être, par rapport au monde du livre, notamment chez les jeunes, un désintérêt pour certains types de lectures, mais ce retrait n'est ni définitif ni global ou général. Enfin, je suis intimement persuadé que la baisse enregistrée par les enquêtes est probablement supérieure à ce qu'elle est dans la réalité. Lors des enquêtes sont enregistrées des déclarations de pratiques et non des pratiques effectives : les personnes interrogées répondent aux questions de l'enquêteur mais rien n'assure que leurs réponses constituent une photographie exacte de la réalité. La question du nombre de livres lus, en particulier, est une question redoutable. « Combien de livres ai-je lus au cours des derniers mois ? » Qui peut prétendre répondre avec exactitude à une telle question ? Nous ne pouvons que raisonner à partir d'ordres de grandeur approximatifs. Étant donnée la faible valorisation des pratiques de lecture aujourd'hui, il est logique de penser qu'une partie de la population et notamment des jeunes est moins tentée de surestimer la quantité de livres lus et déclarent de fait un nombre de livres lus plus proche de la réalité que cela n'a pu être le cas dans les années 1970.

Pensez-vous qu'auparavant la tendance à la surestimation des lectures a pu être forte ?

Oui, la lecture a été longtemps fortement valorisée socialement. Quand on regarde la proportion de gens qui se disent forts lecteurs dans les années 1970, on est encouragé à le croire. Et même si nous n'avons pas de preuves effectives de cette surestimation de la lecture quelques indices tout de même nous mettent la puce à l'oreille. Si la baisse de la lecture de livres avait eu dans la réalité l'ampleur qu'elle a eue dans les enquêtes, alors probablement le chiffre d'affaires de l'édition aurait baissé très fortement, ce qui n'a pas été le cas. Il a plutôt augmenté dans les années 1970-1980 et il se maintient depuis, malgré la crise ; il n'a jamais été marqué par une chute spectaculaire. Bien sûr il est difficile de trouver des éléments de comparaison fiables : acheter un livre n'est pas forcément le lire et inversement chacun peut lire un livre acheté par quelqu'un d'autre. Je crois néanmoins que si l'ampleur de la chute de la lecture avait été effectivement celle qu'indiquent les enquêtes les effets de ce décrochage auraient été plus sensibles sur le chiffre d'affaires de l'édition. J'en conclus donc que cette baisse des chiffres de la lecture, bien réelle, est en partie liée à une moindre surestimation du nombre de livres lus que par le passé.

Ne faut-il pas aussi considérer que, dans les déclarations prises en compte, les personnes interrogées jadis étaient encouragées à ne considérer que les livres de littérature dite légitime alors qu'aujourd'hui les personnes enquêtées ont peut-être davantage tendance à tout comptabiliser, y compris livres pratiques, BD ou mangas ?

Je n'en suis pas certain. Le questionnaire s'est affiné et depuis les années 1990 figure une question qui permet de savoir si les lecteurs de bandes dessinées considèrent celles-ci comme des livres à part entière. Quand les enquêteurs demandent : « Avez-vous compté dans le total des livres que vous avez donné les bandes dessinées ou les mangas ? » il n'y a qu'un lecteur sur quatre qui donne une réponse positive. La plupart d'entre eux continuent à faire une séparation entre les « vrais » livres d'un côté et les bandes dessinées et les mangas de l'autre. J'ai tendance à ajouter que s'ils sont lecteurs de toutes sortes de livres cette différenciation est plus marquée encore. Plus le lecteur est un gros consommateur de livres, et notamment de romans, et moins ces différents types de livres tendent à se confondre dans son esprit.

On a l'impression que l'évolution des outils tend à masquer une sorte de déclin. On a l'impression qu'aujourd'hui on est plus facilement gros lecteur qu'hier. Avant, pour être gros lecteur, il fallait vraiment lire de la grande littérature et abondamment ; aujourd'hui, avec vingt livres lus par an — n'est-on pas tombé de vingt-cinq à vingt d'ailleurs ? —, vingt bandes dessinées lues frénétiquement, n'est-on pas tout de suite catégorisé gros lecteur ?

Assez peu quand même parce qu'il y a peu de gens qui lisent exclusivement de la bande dessinée. Il y en a, chez les jeunes, au moment de l'adolescence, mais à cet âge on est en général aussi lecteur d'autres choses, ne serait-ce que pour répondre aux exigences du système scolaire. Cela dit, la part des forts lecteurs a effectivement baissé, c'est un mouvement général. Depuis les années 1970, nous assistons à une diversification considérable de l'offre de loisirs et les manières d'utiliser son temps libre ont énormément évolué. Depuis longtemps déjà, regarder la télévision a été un moyen très facile d'utiliser gratuitement son temps libre et d'occuper les temps morts du quotidien ; jusqu'à une période très récente le temps passé devant la télévision n'a cessé de croître, une grande partie du temps libre a été absorbée par les loisirs audiovisuels : cassettes vidéo, DVD, consoles de jeux, etc. Mais les sorties également ont progressé, la fréquentation des cinémas est bonne, la promenade dans un parc d'attraction très courante, il y a mille manières d'utiliser son temps libre.

Gardons-nous par ailleurs de trop idéaliser la lecture des temps passés. Je pense qu'auparavant bien des gens lisaient entre autres parce qu'ils s'ennuyaient ou qu'ils n'avaient rien d'autre à faire et que la télévision et plus généralement les écrans occupent désormais largement ce terrain. La télévision est un outil assez formidable pour tuer le temps ou combler les interstices du quotidien quand on ne sait pas trop quoi faire, et aujourd'hui c'est internet qui tend de plus en plus à remplir cette fonction : on surfe de site en site sans intention précise, on envoie des messages sans réel contenu, etc. Par ailleurs, le temps s'est accéléré et notre temps libre est de plus en plus fractionné. Du même coup, la lecture et notamment la lecture de romans qui exige du temps long s'intègre plus difficilement dans nos modes de vie. La lecture de romans réclame une attention soutenue, une bonne concentration, une disponibilité intellectuelle, ce n'est pas toujours simple d'être dans les bonnes dispositions pour lire tranquillement. C'est une activité qui exige de l'attention et qui va difficilement de pair avec d'autres activités alors que les jeunes générations ont pris l'habitude de faire plusieurs choses en même temps sur les écrans où les activités souvent se succèdent ou se mélangent à un rythme soutenu : elles peuvent tout à la fois travailler, lire leurs *emails* ou jouer tout en écoutant de la musique en fond sonore.

Comment comprenez-vous la moindre valorisation de la lecture dans le monde d'aujourd'hui ? Êtes-vous d'accord avec l'idée que la scolarisation massive a entraîné un effondrement de la valeur distinctive de la lecture comme pratique d'une élite culturelle ou intellectuelle ?

Globalement, je partage les analyses de Bernard Lahire quand il fait état d'une perte de la foi en la littérature liée à la massification scolaire et à l'élargissement du champ des légitimités culturelles. Le fait que le ministère de la Culture se soit intéressé depuis les années 1980 à des formes d'expressions artistiques jadis considérées comme inférieures ou peu légitimes a eu pour effet de disséminer ou d'affaiblir l'idée d'une hiérarchie culturelle. Aujourd'hui, l'idée qu'il existe une différence de nature entre les arts majeurs et les arts mineurs est devenue difficile à défendre, au moins en public... L'affirmation d'une hiérarchie des valeurs est quelque chose qui dans le régime démocratique qui est le nôtre passe mal. Le domaine de la culture comme celui du religieux d'ailleurs n'échappe pas au processus d'individualisation qui caractérise nos sociétés : chacun suit son propre chemin, chacun construit son propre système de croyances à partir d'éléments piochés à droite et à gauche, à partir d'interprétations plus ou moins personnelles de tout un ensemble de choses.

Ne faut-il pas rappeler pourtant qu'un livre de Marcel Proust ne peut être confondu avec un texte de la série Harlequin ? Que si Marcel Proust est reconnu comme un grand écrivain par des personnes qui appartiennent à une élite intellectuelle ce n'est pas en raison de cette adoption par une élite mais du fait qu'il existe des explications objectives permettant d'établir que cette littérature comporte des éléments qui en font une forme d'expression plus riche pour l'esprit que les sous-produits culturels ?

Sur quels critères s'appuyer pour démontrer objectivement que cette littérature est meilleure qu'une autre ? Ou que telle musique est meilleure que telle autre ? Bien sûr ce raisonnement fonctionne parfaitement quand on met en regard ce qu'il y a de meilleur dans la haute culture et ce qu'il peut y avoir de pire dans la culture de masse. Qui peut nier que la lecture de Montaigne soit plus enrichissante pour l'esprit qu'une émission de *prime time* de TF1 ? Mais si l'on regarde les choses d'un peu plus près et que l'on prend le moins bon de la haute culture et le meilleur des cultures populaires ? Un mauvais roman d'avant-garde vaut-il mieux qu'un bon morceau d'un groupe de rock innovant ? Les critères de jugement sont brouillés depuis la relative légitimation dont bénéficient depuis le début des années 1980 des formes artistiques considérées jusqu'alors comme mineures : depuis qu'elles font l'objet de lectures savantes — pensons à la manière dont on parle aujourd'hui du rock ou de la bande dessinée — tout est devenu confus, compliqué. Dans le domaine de la culture de masse figurent aujourd'hui des productions assez sophistiquées dont il est difficile de contester la qualité. Les séries télévisées des années 2010, par exemple, sont-elles d'une qualité inférieure à la moyenne des films qui sortent au cinéma ? Cela me semble difficile à soutenir. La haute culture n'est plus le seul domaine où s'exerce la réflexion ; des critiques, des chercheurs ou des amateurs ont proposé des lectures diversifiées et montré la richesse de productions qui peuvent sembler peu élaborées vues de l'extérieur ; ce que nous appelions encore il n'y a pas si longtemps la culture de masse produit également des œuvres de qualité.

Persiste l'idée que la production la plus fine est dédiée à quelques happy few *mais cette idée n'a aucune espèce de réalité, notre culture entière le montre, que l'on songe aux chefs-d'œuvre de la littérature qui ont su plaire à un large public comme le* Voyage au bout de la nuit *de Céline ou* Belle du seigneur *d'Albert Cohen…*

Oui, c'est tout aussi vrai avec le cinéma : les grands films, classiques, sont très appréciés des cinéphiles et ont en même temps remporté de très grands succès publics.

Vous constatez dans votre dernière étude sur les pratiques culturelles qu'à chaque génération la lecture semble un peu plus en recul, ou du moins la lecture de littérature traditionnelle ou de création. Que peuvent faire les éditeurs et autres professionnels du livre pour essayer d'inverser la tendance, pour essayer de faire en sorte que les nouvelles générations soient davantage intéressées par la lecture de littérature ?

Internet transforme radicalement notre rapport au livre et à la culture en général ; sur ce point, on ne peut que renvoyer aux réflexions d'historiens comme Roger Chartier qui considère que les mutations que nous vivons aujourd'hui sont du même ordre que celles qui avaient suivi la naissance de l'imprimerie au XVe siècle. La diffusion d'internet a été d'autant plus rapide et ses effets d'autant plus massifs que le terrain avait été largement préparé par la montée en puissance régulière des consommations audiovisuelles depuis la fin des années 1960. Les jeunes générations ayant grandi avec la télévision et la musique ont un imaginaire fortement structuré par l'image et par le son, ce qui les rend peut-être moins sensibles aux formes d'expression comme la littérature qui suppose de faire fonctionner son propre imaginaire à partir des mots et des mots seuls. Par ailleurs, les dispositifs de réception (la télécommande, la souris de l'ordinateur...) donnent du pouvoir au consommateur qui peut intervenir à tout moment comme bon lui semble et commenter ou modifier à l'infini les contenus sur la toile. Pour les générations qui ont grandi dans un monde où ce type de pratique et de rapport aux œuvres s'est imposé, il y a un besoin d'expression de soi ou d'intervention qui transforme radicalement la position du lecteur — une nécessité d'interactivité.

La littérature n'est-elle pas en train de redevenir une petite affaire pour quelques esprits raffinés comme sous l'Ancien Régime ?

Peut-être. À la condition de ne pas oublier qu'il existe aujourd'hui des esprits raffinés qui encore une fois s'intéressent aux séries télévisées ou à d'autres productions de la culture de masse qu'on aurait tort de considérer comme vulgaires ou sans réel contenu culturel. C'est assez impressionnant de voir le nombre de thésards qui se penchent aujourd'hui sur les séries télévisées et qui proposent des études savantes de ces différents objets.

Les catégories qui vous ont servi pour établir des statistiques sur une longue période risquent d'être bouleversées voire éclatées avec l'évolution des pratiques culturelles. Comment jugez-vous tout cela ? Et comment travaillez-vous aux outils d'appréciation de l'avenir ?

Ces évolutions suscitent de nombreuses interrogations. Notre enquête sur les pratiques culturelles était jusqu'à présent conçue de manière assez simple : toutes les activités étudiées renvoyaient à un support ou à un média, et le questionnaire abordait ainsi successivement la télévision, la radio, la presse, les livres, etc. Dans cette perspective, regarder la télévision, c'était regarder un programme de télévision en direct sur un téléviseur. Mais aujourd'hui tout cela vole en éclats : sur internet chacun peut écouter la radio, regarder des vidéos, suivre le journal télévisé en différé, consulter des blogs, des journaux, écouter des livres lus, de la musique, lire des textes, tout se mélange, tous les médias et toutes les formes d'expression culturelle se retrouvent fondues, emmêlées, sans qu'il soit toujours possible de les identifier clairement. C'est dire à quel point toute la structuration de l'enquête explose. Il faut se poser de nouvelles questions, ne plus se demander comment les gens lisent la presse, mais comment les gens s'informent. Le réseau Facebook est-il pour les jeunes générations le principal moyen d'information ? *Quid* de Google News ? Il faut passer d'une approche en termes de support et en termes de média à une approche en termes de contenu, ce qui appelle une profonde refonte de notre dispositif d'enquête mais aussi plus largement de nos manières de penser les pratiques culturelles.

Au fond, vous êtes plutôt optimiste…

Jean-Claude Passeron parlait très justement dans l'un de ses textes de « l'illusion du jamais-vu » et de « l'illusion du toujours-pareil » ; plus on avance en âge, plus on devient sensible à ce qui disparaît et moins on est apte à repérer ce qui apparaît. Pour ma part je vois bien tout ce qui est en train de disparaître du monde que j'ai connu, mais j'essaie de rester attentif à ce qui est nouveau. Tout ce qui émerge aujourd'hui est très excitant d'un point de vue culturel, les nouvelles technologies offrent de réelles opportunités pour accéder aux œuvres ou produits culturels et en faciliter la circulation en supprimant les obstacles ne serait-ce que territoriaux. Par ailleurs, comment ne pas voir dans la diffusion d'internet au moins une promesse d'avancée du processus démocratique ? Il n'y a plus de position instituée, plus de légitimité *a priori*, tout le monde peut s'exprimer, c'est pour moi un extraordinaire acquis. Cela peut bien entendu susciter de légitimes inquiétudes, mais il me paraît essentiel que les milieux culturels ne succombent pas à la tentation de la citadelle assiégée. Dans le domaine de la littérature, le danger est réel, le livre numérique peut être une chance pour certains, un tombeau pour d'autres, les éditeurs ont raison d'être perplexes, bien des questions liées à l'électronique restent en suspens — quel modèle économique risquent d'imposer les *majors* du numérique, Google, Apple, Amazon ? comment se prémunir contre le piratage ? etc. —, mais le repli n'est pas une solution. Il faut s'efforcer de comprendre la portée des mutations à l'œuvre et non se murer dans une position d'hostilité, de fermeture. Les jeunes générations ont des habitudes, des pratiques, radicalement distinctes de celles des générations précédentes, leur rapport à l'imaginaire, à l'information, à la culture, est différent, ils ont des attentes et des manières de s'approprier les offres culturelles qui sont différentes. Il faut s'y faire, que cela plaise ou non, tout retour en arrière est impossible.

« C'est un nouveau style de vie qui est en voie de s'imposer : le modèle de l'honnête homme cultivé est battu en brèche »

Entretien avec Bernard Lahire

Bernard Lahire est professeur de sociologie à l'École normale supérieure de Lyon et directeur de l'équipe « Dispositions, pouvoirs, cultures, socialisations » du centre Max Weber (CNRS). Ses travaux portent sur la production de l'échec scolaire à l'école primaire, les modes populaires d'appropriation de l'écrit, les réussites scolaires en milieux populaires, les différentes manières d'étudier dans l'espace de l'enseignement supérieur, l'histoire du problème social appelé « illettrisme », les pratiques culturelles des Français, les conditions de vie et de création des écrivains.

Dans votre livre La Culture des individus, *vous décrivez une baisse des pratiques culturelles classiques et tout particulièrement de la lecture au milieu d'un grand bouillonnement de pratiques encore appelées « illégitimes » alors que ce sont des pratiques tout à fait décomplexées et acceptées aujourd'hui. Comment comprenez-vous la baisse de la lecture traditionnelle, lettrée, savante, face au développement voire à l'explosion de tout un ensemble de lectures de divertissement que certains intellectuels dénoncent ou déplorent ?*

Il me semble que pour arriver à comprendre l'évolution des pratiques de lecture, il faut les resituer dans un ensemble de pratiques culturelles qui sont effectivement liées à un modèle lettré ou humaniste. À l'époque de la création du ministère des Affaires culturelles, quand il a été décidé de « rendre accessibles aux Français les plus grandes œuvres du patrimoine mondial », la culture était quelque chose d'à peu près défini que tout le monde arrivait à cerner : c'étaient le théâtre, la musique classique, les musées, l'art, la littérature, la philosophie, etc. À l'époque, tout cela paraissait évident ; ceux qui déploraient une inégalité sociale d'accès à la culture avaient en tête cette vision des choses, cette conception de la culture ; il fallait que chacun pût avoir accès aux meilleures des œuvres du « génie humain ». Lorsqu'on parle aujourd'hui des inégalités d'accès à « la culture », il y a toujours quelques personnes perplexes pour demander : « Mais de quelle culture parlez-vous ? » Les choses ont changé, différentes formes de culture (longtemps tenues pour de la « sous-culture ») ont intégré l'espace public et se sont imposées. On parle autant de « culture rock » ou de « culture télévisuelle » que de « culture littéraire » ou « artistique ».

En littérature, certains genres mineurs ont gagné en légitimité, comme par exemple le roman policier ou le roman de science-fiction, très décriés à une époque et qui ont aujourd'hui leurs auteurs et leurs collections légitimes, leurs « classiques » et leurs « avant-gardes ». Les bandes dessinées, hier exclues de l'école, sont présentes désormais dans tous les établissements. Nous avons assisté, tout au long du XXe siècle, à un phénomène d'accroissement du nombre des formes culturelles admises comme légitimes ; *de facto*, le temps consacré aux grands genres culturels classiques est donc en régression, et la proportion des lecteurs de poésie, d'essais ou de littérature classique ne cesse de baisser y compris parmi les plus diplômés. D'une part, l'augmentation du nombre de genres devenant légitimes contribue globalement à une désacralisation de l'ensemble. D'autre part, les publics qui s'intéressent à des genres culturels plus modernes gagnent du terrain au détriment de ceux qui restent attachés à la culture lettrée traditionnelle.

Les transformations du système scolaire ont aussi leur part dans cette affaire. Depuis les années 1980-1990, les sociologues de la lecture se sont penchés sur les évolutions des élèves au collège. François de Singly, par exemple, a mené une enquête sur la lecture des collégiens et s'est rendu compte qu'il existait des élèves de milieux supérieurs, le plus souvent des garçons, très calés en français et surtout en math, qui ne lisaient pas beaucoup pour autant. Jusque-là, la sociologie avait plutôt eu tendance à considérer que la compétence faisait le goût et qu'en toute logique ces élèves bons ou très bons en français devaient être de grands lecteurs. Au lieu de cela, les enquêteurs ont découvert, au sein du système scolaire, de très bons élèves qui n'ont pas de goût particulier pour la lecture. Et si l'on suit ces mêmes élèves dans leurs parcours, comme je l'ai fait en prenant pour objet d'étude l'enseignement supérieur, on constate qu'ils sont nombreux dans les filières scientifiques, techniques ou commerciales, qu'ils ont très bien réussi scolairement, certains sont même devenus élèves des grandes écoles, mais qu'ils n'ont jamais acquis le goût, non seulement de la lecture, mais encore du théâtre, du concert de musique classique ou des sorties dans les musées d'art. Leur univers est construit sur d'autres bases : ils plébiscitent des loisirs de défoulement, ils organisent des soirées pour faire la fête, ils aiment le sport de compétition, etc. C'est un nouveau style de vie qui est en voie de s'imposer : le modèle de l'honnête homme cultivé est battu en brèche. L'école a contribué à cet état des choses parce que nous sommes passés, pour aller vite, d'une sélection par le latin à une sélection par les mathématiques ; nous avons déporté progressivement le lieu de la sélection, d'une culture humaniste, classique, vers une culture scientifique longtemps décriée. Il a été longtemps admis que les mathématiques et la technique ne sauraient relever de la culture générale ; or c'est cette culture-là, par l'influence du système scolaire, qui est devenue dominante — à tel point même que l'on conseille désormais aux élèves désireux d'accéder aux filières d'élite littéraires de commencer par travailler le plus sérieusement du monde les matières scientifiques pour être sûrs d'accéder aux plus hautes marches du podium. Faire le choix d'une filière scientifique quand on veut viser de hautes études littéraires ou artistiques, c'est pour le moins paradoxal. C'est pourtant la réalité des choses.

On a l'impression que, dans le passé, même les gens de science avaient une sorte de culture générale qui était quasiment impérative à un certain niveau de réussite sociale, or aujourd'hui on sent bien que cette nécessité n'est plus. Comment comprendre que tout ce qui a fait le cœur de la culture lettrée et savante ait été bizarrement balayé alors même que cette poussée des cultures scientifiques n'est en rien incompatible avec un vieux fonds de culture générale ?

Je pense que les ingénieurs, les managers, les cadres commerciaux, les patrons de l'industrie et du commerce qui avaient plus ou moins l'habitude d'aller au théâtre, à l'opéra, au musée, ou de lire de la littérature ou des essais, parfois savants, étaient « dominés » par la culture lettrée ; ils étaient eux-mêmes convaincus que ce qu'ils maîtrisaient — leur bagage scientifique, technique, pragmatique — ne relevait pas de la culture mais plutôt de l'ordre des savoirs, des compétences ou des connaissances professionnels. Pour eux, la culture, c'était la culture dominante des élites, lettrées, classiques, et ils lui rendaient hommage en s'efforçant, bon gré ou mal gré, de conserver un contact régulier avec elle. Progressivement, avec les transformations du système scolaire, s'est développé un processus de « décomplexion » ; toutes ces personnes qui se sont longtemps « forcées » à se cultiver ont pris davantage leur autonomie et affirmé leur goût, c'est-à-dire parfois leur absence de goût au sens traditionnel du terme. C'est un peu ce qui s'est passé historiquement avec la noblesse et la bourgeoisie : au début de son ascension sociale et politique, la bourgeoisie a commencé à vouloir s'approprier les us et coutumes de la noblesse ; pour exister symboliquement, elle a imité les signes et les codes d'un certain art de vivre aristocratique qui a persisté malgré la perte de l'influence économique et sociale de la noblesse. Les premières générations de bourgeois après la Révolution ont continué à avoir des stratégies d'anoblissement, à vouloir changer de nom pour s'affilier à des branches de la noblesse ; puis, quand ils ont eu tout le pouvoir et qu'ils ont senti qu'ils n'avaient plus rien à envier à la noblesse, ils ont rompu les liens pour placer au centre de la légitimité culturelle la culture scolaire de l'école méritocratique. Nous assistons aujourd'hui, d'une certaine manière, à un deuxième moment de revanche — revanche d'une bourgeoisie à fort capital économique, tout à fait décomplexée, n'ayant aucune honte parfois à déclarer ne pas lire et préférer le divertissement.

Renaud Camus va jusqu'à parler d'une sorte de « dictature de la petite bourgeoisie », dictature de ses goûts, de ses habitudes, qui se sont imposés à tous. Difficile d'y échapper dès que l'on allume la radio ou la télévision où les programmes sont chaque année plus vulgaires, plus grossiers, dès que l'on pénètre dans un café où les plaisirs de la conversation bien souvent sont devenus impossibles du fait de la musique rock qui y règne en maître. Lire dans les transports collectifs aujourd'hui même relève de la gageure voire de l'impossible du fait des nuisances de toutes sortes. La distraction, le divertissement semblent l'emporter chaque jour davantage sur l'étude, la réflexion, la distinction de soi. Comment recevez-vous les discours d'inquiétude d'Alain Finkielkraut ou de Renaud Camus, parmi d'autres ? Votre lecteur a souvent l'impression que vous êtes dans une sorte de constat tempéré, à distance, que vous ne jugez pas, que vous vous en tenez à une simple analyse. Est-ce qu'être sociologue c'est forcément s'interdire tout regard critique ?

En sciences sociales, il importe d'abord et avant tout de comprendre et d'expliquer l'existant. Juger, tout le monde sait faire, et c'est même un sport national de haute compétition... En revanche, rendre raison des choses, cela demande du travail et du temps, de la méthode et de la rigueur aussi. Qu'on le déplore ou qu'on s'en réjouisse, nous avons à constater, par exemple, la baisse de l'intérêt pour la littérature classique. L'enquête de 2008 sur les pratiques culturelles des Français révèle que la baisse de la fréquentation des textes se poursuit ; le faible lectorat de littérature classique est globalement un lectorat féminin. La culture lettrée, jadis partagée par l'ensemble des élites, n'est plus l'apanage que des seules élites qui travaillent dans les métiers de la culture et du savoir. Lire un livre hier relevait de la culture générale, alors que les mathématiques ou la technologie étaient perçues comme des cultures spéciales, associées à des milieux professionnels particuliers. Dès qu'une culture spécialisée devient un élément d'une culture générale, et donc dominante, elle fonctionne comme un principe de distinction, de séparation du légitime et de l'illégitime, du haut et du bas, de l'universel et du particulier, du noble et du vulgaire, du sacré et du profane, etc. Renaud Camus, Alain Finkielkraut ou encore Danièle Sallenave sont pour moi des sortes de baromètres de l'état de la culture lettrée. Il faut comprendre leur « réaction » (au double sens du terme) par rapport à leur trajectoire : ce sont des personnes qui souffrent du fait que le monde est en train de se transformer. Le monde où des personnes comme elles auraient pu être dominantes jadis, du fait de leur culture et de leur savoir, disparaît progressivement sous leurs yeux. La culture scientifique, mathématique, commerciale, moderne est en train de s'imposer, et les agrégés de lettres, de philosophie, convertissent leur déception en une sorte de « déclinologie » permanente, en une conception très pessimiste du monde.

Ne vous semble-t-il pas que ce qu'ils ont eu en partage, ce qu'ils ont hérité de l'humanisme ancien, des Lumières en particulier, ils regrettent de ne plus le voir partagé ? N'est-ce pas naturel de trouver dommageable qu'il n'y ait pas plus de personnes désireuses de s'élever par l'esprit, par la culture et d'acquérir une sorte d'autonomie intellectuelle ? Est-ce vraiment stupide de considérer qu'il n'y a pas de possibilité d'être un citoyen libre sans être éclairé ? Est-ce vraiment leur position de pouvoir menacée qui inquiète Alain Finkielkraut et ses amis ? Ou plutôt le simple fait que leur position d'intellectuel ne soit pas davantage partagée ?

Les deux vont de pair. Si les valeurs, les compétences, les croyances ne trouvent plus le marché favorable à leur expression, elles ne vous permettent plus de vous faire écouter. Le sociologue n'est pas amorphe devant cette situation, mais il fait attention de ne pas projeter ses déceptions personnelles sur l'ensemble du monde social. Les déclinologues sont amenés parfois à avoir des positions extrêmement radicales. En tant que sociologue, je n'ai pas essentiellement à juger, mais j'entends analyser effectivement les motifs d'aigreur de ceux qui se sentent en crise.

S'il y a moins de personnes pour apprécier Proust, Céline ou Beckett et peut-être davantage pour lire les sous-produits de la grande édition commerciale, il y a peut-être lieu de regretter les effets que cela produit. Ce qui caractérise la culture classique, ce n'est pas forcément qu'elle soit la culture de l'élite lettrée mais qu'elle ait des vertus ou des qualités supérieures pour ceux qui s'en nourrissent. Peut-être n'est-il pas aberrant de considérer que les livres de la série Harlequin d'un côté, les volumes de Proust de l'autre n'offrent pas tout à fait le même profit pour l'esprit humain ?

On peut faire de la sociologie des genres culturels indépendamment du contenu, dire que, par exemple, tel genre perd ou gagne du terrain dans la lutte pour la reconnaissance ou pour l'existence. Il est clair pourtant que le sociologue se doit d'analyser la nature des produits en question, la nature de l'offre et ce à quoi elle ouvre. Une culture commerciale pragmatique, tournée vers les réalités économiques, n'apporte pas les mêmes éléments critiques sur la société ni la même réflexivité sur soi que les cultures philosophiques, romanesques, poétiques ou que les sciences humaines et sociales. Aller au bout de l'analyse, c'est aussi montrer les nouveaux rapports au monde qui sont promus.

Le sociologue peut aussi constater qu'il n'y a pas de fermeture ou d'étanchéité parfaite entre ces univers, la « sous-culture » de divertissement d'un côté, les « grandes œuvres » de l'autre. Une de mes recherches après *La Culture des individus* a porté sur les écrivains et s'intitule *La Condition littéraire*. Il est composé de portraits d'écrivains questionnés sur leurs parcours de lecteur, leur découverte de la lecture, la révélation qu'ils ont eue en matière littéraire. Ceux qui écrivent les textes les plus exigeants aujourd'hui, qui peuvent jouir d'une reconnaissance littéraire importante, sont souvent passés par la fréquentation des œuvres les plus populaires et commerciales (bibliothèques rose et verte, *comics*, etc.). Il suffit de lire *Les Mots* de Sartre pour s'en rendre compte : le futur auteur de *La Nausée* est, enfant, dans un univers lettré avec son grand-père, agrégé d'allemand, et pourtant il se nourrit de revues et de romans populaires (autorisées par les femmes de la famille). Est-ce que Sartre aurait pu devenir l'intellectuel qu'il est devenu sans passer par ces périodes de passion pour des lectures d'identification ? Je ne le crois pas. C'est une erreur de penser que l'on puisse aller directement à Proust, Flaubert ou Mallarmé sans passer par des lectures autrement plus légères, ludiques.

Nous avons eu au XIXe *siècle une grande culture populaire qui a gagné en légitimité ; tous les feuilletonnistes comme Alexandre Dumas, Paul Féval, Ponson du Terrail et bien d'autres ont été abondamment lus. La littérature populaire de l'époque ne manquait pas d'ambition alors qu'aujourd'hui l'impression se dégage que les publications pour le grand public sont au rabais. Certaines des maisons qui sont actives dans ces domaines semblent animées d'un souci du marketing très agressif et publient des auteurs dont le moins que l'on puisse dire est qu'ils ne brillent pas par leur originalité et leur souci de la forme. Il est même loisible de se demander si dans certaines maisons un excès de finesse et de nuance n'est pas jugé comme un handicap pour réussir à toucher le grand public...*

C'est possible. Il faudrait, pour en être sûr, surveiller l'évolution des formes de la littérature grand public. Il ne fait pas de doute qu'une partie d'entre elles est de plus en plus formatée selon les règles du marketing, et donc probablement travaillée voire retravaillée pour atteindre un maximum de lecteurs.

Dans les entretiens que vous avez réalisés pour La Culture des individus *les personnes interrogées avouent bien souvent ne pas vouloir plonger dans des œuvres « trop compliquées » ou « trop littéraires ». Bien des lecteurs semblent découragés par tout ce qui est trop élaboré et qui demande un effort de type intellectuel ou conceptuel. Encore une fois, il semble qu'au XIXe siècle les promoteurs de la culture populaire aient certes eu le désir de distraire, de divertir, à l'aide de textes riches en aventures et en rebondissements, mais ils n'ont jamais considéré qu'il fallût pour autant manquer d'ambition et donner à lire des textes au rabais. Voyez la richesse du vocabulaire des œuvres des feuilletonnistes ou de Jules Verne. Si l'on suit la théorie de Bourdieu sur la distinction, aujourd'hui il y a tant de gens qui sont dans des pratiques de pur divertissement qu'en toute logique la lecture des littératures les plus fines aurait dû devenir du dernier chic, du plus grand snobisme, n'est-ce pas paradoxalement dans ce triomphe de la culture de masse abrutissante qu'il faut voir un espoir de renaissance pour les pratiques culturelles les plus ambitieuses ?*

Je ne sais pas. Je suis toujours gêné dès lors que l'on globalise un peu trop. Est-ce que les forts volumes de plusieurs centaines de pages que constitue la série des *Harry Potter* sont moins riches en aventures et en rebondissements que les œuvres des auteurs que vous citez ? Je n'en suis pas sûr. Ce que je peux dire, en revanche, c'est que dans les entretiens que nous avons menés, nous avons bien repéré, chez nombre d'enquêtés, des stratégies de distinction tout à fait classiques (par exemple chez les amateurs de musiques étrangères, rares ou inconnues). Ces jeux de distinction n'ont pas disparu, mais il est bien difficile de les mesurer à l'échelle de la société dans son ensemble. Ce qui est remarquable, c'est qu'ils ne sont plus partagés par l'ensemble des élites. Mais ils perdurent à l'intérieur de sous-groupes.

N'y a-t-il pas de rapports à la culture qui échappent justement à ces stratégies que vous évoquez ? N'est-il pas possible de préférer Bach au rap parce que c'est simplement plus agréable à l'oreille ? Ou, pour en revenir à la question de la lecture, ne peut-on pas préférer Louis-Ferdinand Céline à tel auteur de best-sellers américanisés simplement parce que c'est une littérature beaucoup plus puissante et enrichissante ? Ne peut-on pas préférer le meilleur de la culture non par stratégie consciente ou inconsciente mais dans le seul souci bien légitime de trouver du plaisir à jouir du meilleur de la production humaine ?

En parlant de distinction, et parfois même de « stratégie de distinction », Bourdieu a pu donner l'impression d'analyser les phénomènes de snobisme culturel, alors que sa thèse est beaucoup plus générale. Il reconnaît évidemment que les amateurs de haute culture croient réellement que cette culture les élève, leur ouvre des horizons, leur procure des impressions inattendues ou des émotions rares. Il n'a pas pour intention de prétendre que les amateurs d'art ne consomment les produits de la haute culture que par pure stratégie utilitariste. L'idée qui est la sienne est que la culture, lorsqu'elle est séparée de l'ordinaire et légitimée, produit objectivement des effets de distinction chez toutes celles et ceux qui parviennent à se l'approprier, et à se l'approprier de la façon la plus légitime possible. Bien sûr, il existe aussi des personnes qui sont dans des stratégies conscientes de distinction plus ou moins intentionnellement fabriquées, comme dans le film *Match Point* de Woody Allen où le héros, pour intégrer une famille d'aristocrates, lit une sorte de *digest* sur Shakespeare dans le but de faire illusion dans les conversations. Lors d'entretiens menés pour des travaux plus anciens (*Portraits sociologiques*, publiés en 2002), j'ai eu l'occasion de rencontrer une femme de notable qui m'a déclaré préparer des sortes de fiches de lecture pour son mari parce qu'il avait beaucoup de repas mondains ; ainsi pouvait-il parler à bon escient des sujets culturels les plus variés. En l'espèce, la culture est utilisée comme un moyen de se comporter en société, d'avoir un mot à dire sur les sujets à la mode. Beaucoup d'hommes politiques fonctionnent ainsi. Mais ce n'est pas là ce qui a intéressé un chercheur comme Pierre Bourdieu. Ce qu'il a étudié, c'est la hiérarchie des cultures qui fait qu'aimer Proust, la peinture impressionniste, la philosophie allemande ou la poésie hermétique, dans un certain état de l'offre et des hiérarchies culturelles, distingue les gens des amateurs de simples séries télévisées. Je suis personnellement convaincu qu'on se distingue d'autant plus et d'autant mieux qu'on ne cherche pas à le faire : la distinction n'est que l'effet des perceptions croisées de tous ceux qui croient en la légitimité de la culture en question.

Pendant longtemps, et aujourd'hui encore il me semble, le fait de bien parler en public a été perçu comme une formidable compétence par tous ceux qui ne maîtrisaient pas aussi bien ces codes linguistiques. Il suffisait à ceux qui avaient appris, *via* leur famille et l'école, à bien s'exprimer de parler « naturellement » pour être aussitôt entourés de regards flatteurs, de considérations admiratrices, et bénéficier de tous les effets positifs de cet avantage symbolique. Voilà ce que sont les *effets de distinction*, ce ne sont pas des stratégies (conscientes ou inconscientes).

Dans *La Culture des individus* j'ai réfléchi à l'opposition – utilisée par la latiniste Florence Dupont – entre « culture chaude » et « culture froide », culture participative, festive et joyeuse d'un côté, culture cérébrale, contemplative et silencieuse de l'autre, jugée bien souvent ennuyeuse par ceux qui participent du premier type de culture. Fêtes, sports et jeux d'un côté ; lecture, contemplation ou écoute savante de l'autre. Dans les évolutions en cours, il faut réfléchir à cette opposition et voir ce que la « culture froide » fait perdre par rapport à ce que la « culture chaude » propose. Et inversement, bien sûr.

Pour en revenir à la question de la culture littéraire, je pense aussi que le cinéma a contribué à sa marginalisation parce qu'il propose en un temps limité une expérience qu'un roman propose sur plusieurs jours, et parfois plusieurs semaines. Celui qui a besoin de s'évader ou de rentrer dans des mondes de fiction et d'aventure choisit aujourd'hui plus volontiers le cinéma qui a tout bouleversé. S'il y a eu une grande et forte littérature populaire au XIXe siècle, elle est aujourd'hui, dans les mêmes proportions, impensable. Pour la plupart des personnes qui veulent se détendre, se distraire, il est beaucoup plus facile d'aller au cinéma ou de regarder un film à la télévision : en deux heures de temps, elles ont toute l'histoire. C'est ce que disent parfois les enquêtés : entre le livre et le film, le choix du cinéma est celui qui est le plus divertissant et agréable. Le livre nécessite un effort, un travail, phrase après phrase ; lire demande de la technique et du savoir ; celui qui ne possède pas le vocabulaire doit même stopper sa lecture pour aller chercher dans le dictionnaire le sens des mots. Au cinéma, au bout de deux heures, que le spectateur ait compris ou non, c'est la même chose : le film est terminé. Le lecteur, lui, déroule l'histoire du livre par lui-même jusqu'au bout, à son rythme. Un roman, même relativement court, demande souvent une semaine de lecture, parfois plus, selon le temps que l'on peut y consacrer ; il faut dans certains cas revenir un peu en arrière pour ne pas perdre le fil du récit, etc. Ces « expériences » ont pris un coup de vieux, si je puis dire, avec la nouvelle culture de type événementiel. Le cinéma a ainsi écrasé beaucoup de possibilités de développement du côté de la littérature populaire.

Dans La Culture des individus *vous maintenez l'idée que bien des personnes peu versées dans la haute culture ont encore aujourd'hui une idée nette des hiérarchies entre cultures légitimes et illégitimes, mais ce qui frappe plutôt l'observateur aujourd'hui c'est l'extraordinaire décomplexion des non-lecteurs et plus globalement la décontraction de ceux que les cultures froides ennuient et qui n'ont plus peur de l'avouer voire de s'en vanter ouvertement. Est-ce que vous maintenez qu'il existe encore une hiérarchie forte dans la culture ? N'êtes-vous pas frappé au contraire par l'absence de normativité dans le monde de la culture aujourd'hui où tout se vaut à peu près ? Certes, la grande littérature existe encore mais tout semble aujourd'hui mis sur le même plan ; dans le journal* Le Monde *Virginie Despentes peut être encensée de la même manière que Pascal Quignard ou Jean Echenoz, cela ne vous choque-t-il pas ? Comment percevez-vous cela ?*

Nous sommes dans une situation intermédiaire, compliquée à définir ; il est vrai que des formes de relativisme culturel sont observables ; en même temps, perdurent des restes d'un monde ancien qui est celui que Bourdieu a analysé. À l'époque où nous avons fait les entretiens pour *La Culture des individus*, c'est-à-dire à la fin des années 1990, régnait encore un sens très net, chez la majorité des enquêtés, et à plus forte raison chez ceux qui ont un bon bagage scolaire, de la légitimité culturelle. Ceux qui avaient des pratiques peu légitimes avaient plus ou moins honte de l'avouer, et le sociologue devait alors avoir certaines stratégies de connivence pour obtenir des informations qui étaient finalement données sur le mode de l'excuse : « On m'a forcé à aller voir ce film », « Il n'y avait que cela au cinéma ce jour-là », « J'étais dans un gîte ou il n'y avait que ces livres-là alors je les ai lus... » Toutes les circonstances atténuantes – dont on sait qu'elles interviennent pour minimiser un crime... — y sont passées. Il est clair que ces personnes étaient travaillées par ces questions, qu'elles savaient parfaitement qu'un spectacle comique de Bigard et un opéra de Verdi ne sont pas comparables. Bref, on ne peut pas parler de relativisme généralisé ; les gens continuent à faire des différences, parce que le monde objectivement continue à opérer des différences. L'État d'ailleurs continue à soutenir bien davantage la grande culture que la culture populaire. On peut, bien sûr, constater par exemple qu'un groupe de hip-hop à Lyon, jadis en activité sur la place de l'Hôtel-de-Ville, s'est entraîné et produit à l'Opéra, mais il ne faut pas oublier que les danseurs ont dû transformer leur mode d'entraînement et se rapprocher des groupes de danseurs contemporains. Il y a une sorte d'absorption par la culture légitime des formes de culture extrêmement virtuoses qui ont d'abord existé dans la rue avant d'intégrer, en se transformant, les lieux institutionnels. Oui, il y a aussi des tags exposés dans certains musées d'art contemporain à New York ou ailleurs, mais finalement très peu, et en tout cas de façon tout à fait marginale par rapport à d'autres types d'œuvres. Je ne pense pas que toute différence soit abolie, loin s'en faut. Les stratégies d'absorption par la culture légitime ont d'ailleurs toujours existé. Chopin reprenait des airs populaires pour en faire des airs savants.

Les grandes différences entre pratiques culturelles perdurent, dans l'organisation matérielle et les pratiques des institutions comme dans la tête des gens, mais il est vrai que l'on observe aussi une moindre honte que dans les années 1970 à avouer des pratiques peu légitimes. Et d'ailleurs tous les sociologues aujourd'hui qui commentent la baisse des pratiques culturelles légitimes évoquent à un moment ou à un autre la très probable surestimation passée des pratiques du fait de la « vantardise » de ceux qui préféraient déclarer lire de la philosophie quand ils lisaient en fait davantage des volumes de la « Série noire »... À l'époque où le poids des cultures légitimes était beaucoup plus fort, les gens avaient tendance à surestimer leur consommation culturelle. Sans doute est-on plus près de la réalité des pratiques aujourd'hui. Mais les choses ne sont pas aussi simples. Moins on croit dans les vertus de telle pratique culturelle et moins on est poussé à s'y adonner, parce qu'alors elle ne semble plus aussi importante, ou aussi cruciale pour l'identité sociale, publique...

L'époque de Victor Hugo, le moment de ses funérailles nationales suivies par une foule compacte sur des kilomètres, n'est-ce pas là le dernier grand moment d'importance des lettres dans la vie française ? Même les personnes qui sont alors en bas de l'échelle et nouvellement scolarisées, qui ne lisent pas forcément Victor Hugo, savent qu'il existe quelqu'un de grande importance qui a pour nom Victor Hugo et pour qui ils ont le plus grand respect. Ils ont beau lire Ponson du Terrail ou Xavier de Montépin, ils savent qu'il existe une littérature supérieure qui est celle de Victor Hugo. Aujourd'hui ceux qui lisent Virginie Despentes peuvent de bonne foi croire qu'il s'agit là de la littérature d'aujourd'hui, voire de la grande littérature d'aujourd'hui, ils en ont entendu parler sur France Culture, ils ont vu dans Le Monde *des papiers dithyrambiques sur cet auteur, rien ne leur rappelle plus la différence de nature qui existe entre un Julien Gracq et des auteurs marketisés par des éditeurs désireux de séduire des lecteurs occasionnels de moins en moins lettrés…*

J'observe, comme vous, en lisant des papiers dans la grande presse nationale et dans les différents magazines culturels ou littéraires un manque évident d'ambition, d'esprit critique et d'analyse fouillée. Je m'intéresse beaucoup à la littérature et je vois très bien que l'on assiste depuis plus de vingt ans à un retour du roman le plus classique. Prenez Michel Houellebecq, par exemple : voilà quelqu'un qui dit sa détestation du Nouveau Roman, qui se réfère à Balzac, qui proclame son amour du roman traditionnel. Et on apprécie sa littérature pour des raisons liées aux thèmes de ses romans – c'est un romancier qui nous parle de notre temps, des problèmes de notre époque – et non pas pour la forme à travers laquelle il nous parle du monde. Si la critique était comparable aujourd'hui à ce qu'elle était dans les années 1970, elle mettrait en avant la production de Verticales, une petite partie de ce que publient POL ou les Éditions de Minuit. Et elle irait surtout dénicher des perles dans le catalogue de petits éditeurs français régionaux, mais aussi suisses, belges ou québécois, et les chroniquerait avec ferveur. Pour moi, tout cela n'est pas sans lien avec l'état politique de la France. Nous vivons dans un climat de restauration, avec le retour du conservatisme dans l'ordre culturel comme dans l'ordre politique. Nous sommes très clairement dans une sorte de mouvement de balancier, côté droit, et il est devenu tout à fait convenu de considérer que le Nouveau Roman a été une erreur. Tous ceux qui travaillent la forme et qui pensent qu'écrire ce n'est pas simplement raconter une histoire continuent d'exister, continuent d'être lus, mais ils sont de moins en moins défendus par des critiques littéraires qui, aujourd'hui, promeuvent des œuvres très *mainstream*. Et effectivement ils mettent bien souvent sur le même plan des écrivains de grande qualité et des auteurs comme Virginie Despentes, Amélie Nothomb (recrutée récemment par *Le Monde des livres*, en même temps qu'Éric Chevillard) ou Michel Houellebecq, dont on peut penser qu'ils n'auraient jamais eu autant de succès il y a quarante ans parce que personne ne les aurait pris pour de grands auteurs.

« Ce phénomène de désaffection apparente pour la lecture s'est manifesté à un moment de grandes politiques de lecture innovantes »

Entretien avec Martine Poulain

Titulaire d'une thèse et d'une habilitation à diriger des recherches en sociologie, Martine Poulain a été responsable du Service des études et de la recherche de la Bibliothèque publique d'information du centre Pompidou, rédactrice en chef du *Bulletin des bibliothèques de France*, puis directrice de Médiadix et de l'IUP Métiers du livre à l'université de Paris-X. Elle dirige actuellement le département de la bibliothèque et de la documentation de l'Institut national d'histoire de l'art. Elle a publié de nombreux articles dans des revues professionnelles et dans *L'Édition française depuis 1945* paru au Cercle de la librairie. Elle a dirigé le volume *Littérature contemporaine en bibliothèque* publié chez le même éditeur. Elle est également codirecteur et coauteur du *Dictionnaire encyclopédique du livre.*

Comment percevez-vous l'évolution de la lecture lettrée ? Que vous inspirent les statistiques qui montrent une sorte d'affaissement de la catégorie des gros lecteurs et tout particulièrement des gros lecteurs de littérature ?

Pour moi il n'y a pas de données précises sur la lecture littéraire. Nous avons d'une part des chiffres sur les gros lecteurs, sur l'aspect quantitatif de la lecture, et d'autre part des données sur les amateurs de romans. Mais sous ce terme sont confondues plusieurs catégories d'écrits, des textes les plus standard aux œuvres les plus exigeantes. C'est pourquoi nous avons peut-être besoin d'inventer de nouvelles études, qui cherchent à cerner le rapport différent qu'entretiennent les générations nouvelles avec, par exemple, l'univers littéraire, dont l'école a elle-même considérablement élargi les canons par rapport à la culture humaniste traditionnelle. L'intérêt pour des univers littéraires qui ne se cantonnent plus de longue date aux classiques ne signifie pas pour autant que des cultures communes ne se construisent pas autour d'œuvres qui, elles aussi, travaillent la langue, qui elles aussi interrogent le monde. J'ai toujours été frappée du fait que, malgré l'extension des corpus scolaires de textes littéraires et la multitude de l'offre éditoriale, les générations successives réussissent à avoir des références et des enthousiasmes communs. Certes, le corpus ne se limite plus aux classiques, mais des textes littéraires, des romans continuent de créer du lien. Nous avons ainsi vu il y a quelques années une mode Albert Cohen parmi nombre de jeunes de première ou de terminale. Le pavé qu'est *Belle du Seigneur* — publié, rappelons-le, en 1968 — est passé de mains en mains. Pourquoi ? et pourquoi à ce moment-là ?

Le phénomène de désaffection apparente pour la lecture de livres s'est manifesté à un moment de grandes politiques de lecture tout à fait innovantes, l'époque de Jack Lang, du prix unique du livre, de la valorisation des librairies et d'un développement sans précédent des bibliothèques. Certes, rien n'est jamais suffisant, mais depuis une trentaine d'années, nous avons eu de fortes politiques du livre et de la lecture, dont les collectivités territoriales ont largement pris le relais. Les discours de déploration tenus par ceux qui se délectent d'être les derniers lettrés dans une société d'analphabètes me paraissent dérisoires : ils réinventent un passé qui n'a jamais existé. Pour autant, les effets paradoxaux de la démocratisation demeurent ; le rapport de tous à un bien — le livre — devenu banal change, comme si le fait de ne plus avoir à le conquérir le rendait moins désirable. Mais le plus préoccupant est sans doute que la lecture de livres est également en diminution dans les catégories diplômées, supérieures, chez qui on pouvait la croire ancrée à tout jamais. Elle diminue également chez les étudiants et les jeunes. Ce n'est donc pas seulement un rapport au livre ou à la lecture qui change, mais un ensemble de relations aux objets culturels et aux valeurs sociales.

Je ne crois pas qu'on puisse en cette affaire opposer l'écran et l'imprimé, l'usage des nouveaux supports cohabite toujours avec les précédents, au moins à moyen terme. Nous manquons encore un peu de recul en France parce que les livres électroniques et autres tablettes numériques, qui se sont fort développés dans d'autres pays, aux États-Unis, au Canada ou ailleurs, n'ont pas vraiment connu le succès chez nous. Lecture d'écrits imprimés et lecture sur écran cohabitent pour l'instant très largement et les écrits pour tablettes ou *readers* n'ont d'ailleurs pas encore réussi à se distinguer fortement des modèles imprimés. Mais l'écrit sur écran, même s'il a encore une forme relativement classique, a déjà considérablement modifié nos modes de lecture, nos modes d'apprentissage, nos rapports aux savoirs, notamment par le processus de navigation, qui met à bas la construction séquentielle, hiérarchique, ordonnée du livre. Le lecteur a beaucoup plus de travail sur écran qu'avec un livre : il doit sans cesse trier les informations, veiller à ne pas se perdre tout en cliquant sur un grand nombre de liens possibles. Quel boulot ! Rude épreuve que de savoir zapper tout en essayant de rester concentré ! C'est au lecteur maintenant de réintroduire son ordre dans un écrit potentiellement infini qu'il passe son temps à désordonner.

Pour moi, l'écrit et l'écran sont deux univers complémentaires et non opposés. Dans le domaine de la recherche, par exemple, qui peut se passer du net ? Le travail bibliographique se fait beaucoup à partir du web, les catalogues des bibliothèques sont disponibles en ligne, et un très grand nombre de données sont également proposées sur la toile, ce qui a modifié le rapport à l'écrit. Nombre d'enseignants forment les jeunes à l'utilisation intelligente de ces deux ensembles, livres papier et sources électroniques, encourageant les élèves à chercher dans les imprimés et sur internet et à confronter les différentes sources. Lire sur écran s'apprend et c'est difficile tant l'offre est multiple et la déconcentration facile.

Pour en revenir à ces grands lecteurs, ils forment donc un ensemble hétéroclite. Les plus diplômés ou les étudiants demeurent les plus grands lecteurs de la population française, même si leur nombre diminue. Dans tout ce que je lis sur l'évolution de la lecture, je ne vois pas de nouvelles hypothèses fortes permettant de comprendre ces signes contradictoires, scolarisation massive et démocratisation de l'accès à la culture d'un côté, baisse des pratiques de lecture de l'autre. Je pense qu'un nouveau rapport à l'objet-livre devenu banal se met en place. Pour autant, je ne suis pas forcément d'accord avec Olivier Donnat quand il soutient qu'une des causes de cette baisse serait liée au fait que les gens ne surestiment plus comme par le passé le nombre de livres lus, au motif que, décomplexés, ils n'ont plus peur d'affirmer qu'ils ne lisent pas ou peu. Les choses sont pour moi plus complexes ou plus nuancées. Des chocs de lecture ont lieu, tous les jours, partout, dans tous les publics. La lecture peut toujours enchanter ou modifier des vies. Avec Martine Burgos, nous avons étudié, il y a de cela une dizaine d'années, en pleine guerre du Golfe, les trois mille lettres des auditeurs de France Inter souhaitant participer au jury du prix du livre de cette radio. C'est un public non représentatif, puisqu'il cultive un rapport fort au livre, mais il est très varié. Ces expériences de livres sauveurs, de livres essentiels dans un retour sur soi sont fascinantes. Dans tous ces courriers est développée une idée d'aller-retour entre le monde extérieur et le lecteur, nourris par le livre. Tous témoignent que lire est un moment vital de retrait par rapport au travail, aux enfants, au stress quotidien, qui permet un réel questionnement sur sa vie, soi-même, qui apporte une ouverture au monde. Toutes ces expériences-là de lecture existent toujours, chez des centaines de milliers de personnes, tous les jours.

La question des motifs profonds de cette baisse de la lecture littéraire reste entière. Dans les années 1980-1990 existait un espoir que la politique culturelle menée autour du livre, associée au fait qu'une part de plus en plus importante d'une tranche d'âge accédait au bac et poursuivait des études à l'université, allait entraîner une forte fréquentation du livre. C'est le cas, d'une certaine manière, mais en même temps le livre s'est extraordinairement dévalué ou banalisé, comme le montrent Baudelot, Cartier et Détrez dans leur travail *Et pourtant ils lisent...* Ce qui inquiète le plus, depuis une dizaine d'années, c'est ce que ces chiffres laissent entendre du rapport des élites — les couches sociales les plus traditionnellement lectrices — à la culture et à la lecture.

Si l'on se réfère aux théories de Bourdieu sur la lecture, et tout particulièrement sur la lecture lettrée, celle-ci a pour vertu première de permettre à chacun de se distinguer en premier lieu par rapport à soi, en un mot s'améliorer. En même temps, elle permet de marquer sa différence par rapport aux autres, c'est-à-dire de s'élever par une lecture enrichissante. Comment comprendre que la lecture savante ait perdu de sa superbe ? Qu'elle semble noyée parmi des pratiques de toutes sortes qui sont bien plus des pratiques de divertissement que de culture ?

Dans le livre de Bernard Lahire sur La Culture des individus *la lecture est évoquée entre le jeu de boules et le karaoké. Comment sommes-nous passés d'une période où la littérature a semblé être un élément essentiel de la formation des personnes à une société où visiblement elle ne semble plus avoir la moindre valeur ou le moindre intérêt pour la plupart des gens ? Même les élèves bons en français ne sont que très peu nombreux à montrer un véritable goût pour la lecture, semble-t-il...*

Dans les travaux de François de Singly, comme dans ceux de Christian Baudelot et de ses collègues, ces nouvelles relations entre compétences scolaires et lecture gratuite sont analysées. Ils montrent à quel point le rapport même à la littérature et à l'écrit aujourd'hui est devenu utilitariste. Les élèves font ce qu'il faut pour avoir de bons résultats, mais rien de plus. Ils le font pour avoir de bonnes notes et non parce que la lecture les enrichit. Mais, finalement, tout processus d'apprentissage, d'acculturation ne passe-t-il pas par une forme de contrainte, partiellement subie, qui ne devient goût réel qu'après coup, une fois oublié le rapport de maître à élève ?

Les travaux de Pierre Bourdieu ont énormément apporté à la compréhension des pratiques culturelles à une époque où les enjeux sociaux de ces pratiques n'étaient pas pleinement perçus. La sociologie hésite toujours entre un déterminisme un peu manichéen et une description non explicative du monde. La sociologie de Pierre Bourdieu est beaucoup moins déterministe que certains le pensent, car il montre à quel point les processus de domination culturelle sont par nature instables : si ce qui fait la valeur d'un goût est d'être peu partagé, il faut que les « dominants » en changent en permanence les frontières, car, qu'ils le veuillent ou non, les goûts circulent. Les rapports de force symboliques se redéfinissent en permanence. Dès qu'un goût est partagé, ceux qui veulent se distinguer choisissent autre chose, développent de nouveaux goûts. Quand le tennis est devenu une pratique ordinaire, certains sont passés au golf, et ainsi de suite... C'est ce qui est intéressant, nécessaire même dans l'approche sociologique : elle met au jour les enjeux sociaux des choix culturels.

Pour autant, il me semble erroné d'en conclure que tout intérêt culturel, toute lecture par exemple, n'est que prétexte à des positionnements sociaux. Les œuvres existent, en elles-mêmes, et si elles donnent lieu à des appropriations symboliques non exemptes d'enjeux sociaux, leur réception ne peut s'y réduire. Quiconque lit, écoute de la musique ou regarde un film se confronte à une altérité, à une œuvre, met en jeu son aptitude à la compréhension, à l'émotion, sa capacité de réflexion, etc. Ce qu'il faut, c'est tenter de comprendre ce qui se passe entre un livre et son lecteur, avec ses déterminismes et sa liberté. C'est ce qu'ont essayé de faire Michel Péroni et Bernard Lahire dans leurs travaux…

…Où néanmoins le plaisir n'a aucune place ! Quelle surprise de constater que dans La Culture des individus *à aucun moment il n'est envisagé que l'on puisse tomber dans la lecture par plaisir du texte, comme dit Barthes. À lire les sociologues, tout ne serait que stratégie, à aucun moment on ne peut avoir été séduit ou emporté par la beauté de quelques phrases…*

Dans les études sur la réception des textes il faut accepter que demeure une part de mystère. Comprendre ce qui se passe entre un livre, ou un texte, et ses lecteurs est extrêmement difficile. Qu'est-ce qui fait qu'un texte plaît ? Qu'il passe de mode ? Qu'il revienne subitement sur le devant de la scène ? De quoi est faite cette construction de soi à laquelle participe la lecture d'un livre ? Comment les livres changent-ils leurs lecteurs ? Plus que jamais ces questions sont sans réponse.

Il est vrai que les Lumières, avec leur soif d'exercice de la raison, puis le XIXe siècle qui s'est efforcé d'instaurer et d'encadrer nos libertés publiques, ont construit une croyance très forte dans les pouvoirs de l'éducation, dans laquelle le livre tient une place centrale comme vecteur de savoir. Notre héritage humaniste nous a légué aussi une grande croyance dans la littérature. Importantes, ces valeurs sont aussi des représentations qui contiennent une part mythologique. Le peuple des Lumières était analphabète et l'on craignait au XIXe siècle les « mauvais lecteurs » de feuilletons des journaux ou de textes impies. Encadrer la lecture du peuple, former de

« bons lecteurs » était alors l'objectif des élites, laïques ou cléricales.

On ne peut donc regretter sans fin une sorte d'âge d'or des lettres, en inventant un moment mythique de communion littéraire. La diffusion massive du livre est incroyable aujourd'hui ; plus de 60 000 titres sont publiés par an en France, le livre est globalement accessible à tous. Il y a plus de livres disponibles qu'une vie entière ne permettrait d'en lire. Pour ma part, je suis dans un état de bonheur absolu face aux possibilités de lectures qui s'offrent à moi, et dans un état de terreur à l'idée de tout ce que je n'aurai jamais le temps de lire…

Comment comprenez-vous la mission des bibliothèques ? Ont-elles pour fonction d'essayer de faire en sorte que toute forme de lecture ne soit pas en régression ? Quels sont les possibilités, les moyens et les outils à leur disposition ?

Les bibliothèques publiques constituent un dispositif essentiel pour développer la lecture et ses multiples apports, éducatifs, émotionnels, esthétiques, informatifs. Leur rôle n'est pas le même que celui de l'école. Pour les bibliothèques publiques, toutes les lectures sont légitimes, la littérature exigeante comme les biographies, les récits d'aventure, ou tout autre genre. C'est leur travail d'offrir des collections variées correspondant à toutes les formes de lecture.

Que les bibliothèques publiques pratiquent cet œcuménisme me paraît absolument légitime. Mais le font-elles vraiment ? Elles ont beau être très fréquentées, elles restent clivantes. Nous pouvons sans doute faire plus et mieux encore. La croissance des bibliothèques, leur fréquentation en hausse — bien que ce point soit l'objet d'innombrables chiffres et discussions contradictoires — ne profitent pas à toute la population. Il suffit d'aller dans n'importe quelle bibliothèque publique, le brassage est là, mais relatif ou partiel. Ce n'est pas la rue. Les bibliothèques se demandent en permanence ce qu'elles peuvent faire de plus, améliorer leurs collections, élargir les horaires d'ouverture, être plus dynamiques encore dans leurs relations avec les lecteurs. Notre offre est encore trop passive. Il faut plus de bibliothèques, plus d'offre, lutter contre le désert culturel, les baisses de budget. Il est incroyable par exemple qu'il n'y ait pas de rencontres entre les bibliothécaires de lecture publique et les documentalistes des écoles. Chacun de ces deux mondes a ses associations, qui de temps en temps s'invitent mutuellement, mais il n'y a jamais eu d'assises communes. Il faut aller plus loin.

La difficulté, pour les bibliothécaires, c'est de conseiller et d'aider les lecteurs tout en respectant leur liberté. Le libre accès aux livres est un succès car il facilite le rapport aux œuvres sans intermédiaire, il suscite des rencontres imprévues entre livres et lecteurs et fait de la bibliothèque un lieu de circulation autonome. Les professionnels doivent être présents et disponibles sans être envahissants. Mais les bibliothèques peuvent peut-être faire plus. La qualité des conseils de lecture me semble être moins forte dans les bibliothèques que dans les bonnes librairies. Le bibliothécaire n'est que peu vu comme un prescripteur abordable. Il faut peut-être renforcer la présence des bibliothécaires dans les rayons, sortir des bureaux qui confèrent aux professionnels une sorte de supériorité intimidante, de manière à être plus accessibles. Les libraires, parce que commerçants, semblent moins distants ; ils ne sont pas perçus comme des propriétaires du savoir, intouchables ou hautains.

Il est de notre responsabilité de tenter diverses stratégies. Peut-être faut-il d'ailleurs adopter des stratégies contradictoires, dans le temps et dans l'espace, par exemple séduire de nouveaux lecteurs par une offre conforme à leurs goûts sans renoncer à bâtir un assortiment de livres exigeants. Cette dualité doit être obsédante. Il faut se rappeler l'autobiographie extrêmement troublante de Richard Hoggart, *33 Newport Street*, dans lequel le sociologue anglais raconte comment il a été sauvé par la bibliothèque municipale qu'il a fréquentée étant jeune issu d'un milieu pauvre. Mais c'est le même Richard Hoggart qui, dans d'autres écrits, a vilipendé les bibliothèques publiques britanniques, les accusant d'offrir des collections de trop basse qualité, par populisme et démagogie. Nous sommes donc pris dans une tension permanente, car il faut continuer à satisfaire nos publics habituels ou traditionnels, et nous avons dans le même temps l'impérieuse mission de promouvoir la lecture sous toutes ses formes.

Pensez-vous que le futur de la publication électronique, de la disposition des textes sur différentes formes d'écrans qu'on ne connaît peut-être pas encore, soit une chance ? Comment voyez-vous l'avenir de la lecture à partir de ce que nous pouvons en percevoir aujourd'hui ?

Bien sûr, c'est une chance. L'offre d'écrits, d'images, de sons n'a jamais été aussi répandue que depuis l'internet. Le nombre de documents mis à disposition a crû de manière exponentielle. Et plus le temps avance, plus des ensembles de textes ou d'images numérisés de qualité se font une place, produits par des entreprises ou suite à des initiatives privées, par les bibliothèques, par les auteurs, par les chercheurs. C'est extraordinaire et les bibliothèques, les archives, les musées du monde y jouent un rôle de fournisseur non négligeable avec leurs millions de documents numérisés. Je pense que l'industrie du net réserve encore bien des innovations ou des inventions du côté de l'ergonomie, des moteurs de recherche ou des mises en forme de contenus.

Depuis longtemps, la technique va beaucoup plus vite que nos cerveaux. Cette accélération de la technique demande un travail fou d'adaptation aux humains ! Nous n'avons pas le temps de nous adapter à une technique qu'une nouvelle apparaît déjà. Mais en même temps que l'homme subit la technique, il la domestique, il l'influence, il lui donne d'autres sens et d'autres usages que ceux prévus par les concepteurs. Qu'a à voir l'internet d'aujourd'hui avec les usages prévus lors de son invention par des militaires américains ? Techniques et usages se confrontent et s'influencent. Les bibliothèques, comme d'autres groupes sociaux, ont à explorer les possibilités des techniques inventées pour proposer ce qui peut enrichir l'esprit humain.

Nul ne sait de quoi l'avenir sera fait. Il est possible d'imaginer que l'imprimerie disparaîtra, ou qu'elle occupera une part résiduelle dans la production d'écrits. Imprimés nouvelle manière et manuscrits traditionnels ont cohabité plus d'un siècle après l'invention de Gutenberg. Les hommes ont continué à écrire et à faire circuler des manuscrits, pendant que les premiers imprimés ressemblaient avant tout à des manuscrits, comme un livre sur internet ou sur liseuse aujourd'hui ressemble avant tout encore à un imprimé. D'autres inventions nous attendent !

Les nouvelles technologies comme l'iPad sont des inventions magiques ; avoir des centaines de livres à portée de main, c'est tout simplement extraordinaire, cela multiplie les possibilités. Peut-être un jour l'écran remplacera-t-il complètement l'imprimé — ce que je ne crois pas —, mais ce n'est pas là l'important. L'important, ce n'est pas l'enveloppe, le contenant, le support, la forme — c'est la qualité des textes et la qualité du rapport au texte.

Beaucoup de discours alarmistes ont été tenus sur le grand bazar du net, sur le manque de certification des textes, sur le mélange sauvage qui règne sur la toile. Mais les sociétés sont bien plus fortes qu'on ne le croit ! La vie, c'est le mélange et c'est souvent sauvage ! Des processus de certification, de validation des informations sont déjà à l'œuvre sur le net. Quant aux jeunes générations, elles apprennent et apprendront à faire la part des choses, à vérifier leurs sources et la validité d'une information. Les livres ne détiennent pas la vérité, pas plus qu'internet, cela fait bien longtemps qu'ils sont remplis d'erreurs…

Les millions de blogs, dans lesquels certains voient aussi une exhibition du moi, sont au contraire le signe d'un processus massif d'appropriation de la technique d'une part, d'expression écrite d'autre part. Le blog, c'est parfois le journal intime, qui passe par un retour fulgurant de l'écriture. Ce n'est pas inintéressant. L'écriture, même remplie de fautes d'orthographe, est toujours importante. Et les fautes d'orthographe sont parfois volontaires ou codées. Contrairement à ce que l'on pense, le mode d'écriture des SMS n'est pas entièrement subi, il est aussi construit.

Aujourd'hui plus personne n'oserait sérieusement dire que l'on peut se passer d'internet. La possibilité d'accéder à des données en ligne est fantastique. Il y a encore beaucoup à faire. Dans certains domaines de recherche, comme la sociologie ou l'histoire contemporaine, les apports sont très limités, dans certains cas même ils sont pour ainsi dire inexistants, par manque de textes numérisés. Cet outil ne satisfait pas vraiment pour l'heure la chercheuse que je suis. Internet et la numérisation satisfont peut-être davantage les chercheurs en sciences dures qui ont pour beaucoup abandonné le papier, et les chercheurs qui n'utilisent pas beaucoup les textes contemporains. En revanche, cela n'aide pas fondamentalement les spécialistes des questions d'aujourd'hui. La plupart des documents qui peuvent les intéresser restent sous copyright et sont peu accessibles par le net.

Nous nous trouvons donc une nouvelle fois face à un paradoxe. Par exemple, nous avons créé une bibliothèque numérique en histoire de l'art à l'Institut national d'histoire de l'art, car les magnifiques documents, notamment patrimoniaux, que nous y conservons sont ainsi plus aisément et plus largement accessibles. Mais notre offre se trouve entravée par le droit d'auteur, dont nous respectons par ailleurs bien évidemment la légitimité. La numérisation pratiquée par les bibliothèques remet à l'honneur les patrimoines qu'elles conservent. Parfait, notamment pour les historiens. Mais cette nouvelle forme de « repatrimonialisation » n'est pas sans poser des questions. Les bibliothèques ont dû lutter pendant des décennies pour ne pas être considérées comme des conservatoires, voire des mouroirs, de livres ; la numérisation ne doit pas conduire à un retour à des conceptions périmées. La question de la numérisation des œuvres indisponibles ou orphelines et de la place que peuvent y prendre les bibliothèques est donc essentielle. De même, la multiplication de documents numériques, d'une offre de savoirs, gratuits, contemporains, sur internet changera la donne.

Le savoir est pourtant loin d'être gratuit ; comment le rendre accessible gratuitement ou quasi gratuitement pour ceux qui en ont besoin ?

Le refus par les éditeurs au niveau international de *l'opt out* pratiqué par Google, dans lequel il revenait aux ayants droit d'œuvres protégées de demander le retrait de leurs œuvres, pour *l'opt in*, qui exige un accord préalable, est une bonne chose. Mais cela suppose aussi que les éditeurs se lancent résolument dans des politiques de numérisation offensives. Le nombre d'œuvres indisponibles ou orphelines, par exemple, est considérable. La communauté européenne a récemment autorisé les institutions publiques à numériser les œuvres orphelines. Espérons que cette circulaire sera respectée sans obstacles en France. Je parle en tant que directrice d'une bibliothèque de recherche : une part importante du savoir a été constituée par des politiques publiques. Les institutions doivent pouvoir mettre à disposition leurs publications, parce que cela n'empiète en rien sur le territoire des éditeurs commerciaux. Dans certains domaines, les fonds sont absolument énormes, depuis le XIXe siècle. Ce sont des sujets de politiques publiques

Je continue à penser que les éditeurs français sont très crispés sur la question du numérique. Fondamentalement, la plupart voient les bibliothèques comme des concurrents, comme Jérôme Lindon lui-même. C'est faux. Avec l'école, elles fabriquent des lecteurs, et donc des acheteurs ! Pourtant, il semble que les productions de nombre d'éditeurs soient tout à fait prêtes pour le numérique. Sans doute est-ce le modèle économique qui est pour l'instant incertain. Il est indispensable que les éditeurs français contribuent à la mise en ligne de documents. Il faudra d'une manière ou d'une autre remettre certaines œuvres indisponibles et orphelines sur le marché de la lecture. On le doit aux œuvres et à leurs auteurs. Je pense qu'il y a là des opportunités importantes, qui se mettent en place assez lentement en France.

Ne faut-il pas comprendre les angoisses des éditeurs qui ne savent pas encore comment ils peuvent gagner de l'argent dans cette activité ?

Mais il y a déjà des livres électroniques qui se vendent ! C'est une autre économie, c'est tout. Il y a pour moi une niche pour les éditeurs, renforcée par la baisse des coûts de numérisation, ou l'utilisation de fichiers aujourd'hui directement numériques. Il faut oser construire des secteurs numériques éditoriaux qui ne soient ni des classiques issus du patrimoine, ni des textes superficiels oubliés après deux mois d'existence. Les éditeurs ne peuvent plus se reposer sur leur stock. Il y a une politique à construire.

L'objectif des éditeurs ne peut pas consister seulement à « faire perdre Google », qui par ailleurs a fait considérablement avancer la numérisation, tant il a suscité de contre-propositions ! Il y a un besoin de construction d'alternatives qui ne peut pas être porté uniquement par les bibliothèques et par la puissance publique. Cela n'est pas normal et n'est bénéfique pour personne. Il y a une économie du livre numérique à construire, à inventer. Ce ne sont pas forcément les meilleurs qui risquent d'y parvenir les premiers, et c'est dommage.

« Nous cherchons toujours à capter de nouveaux lectorats »

Entretien avec François Laurent

Ancien éditeur chez Gallimard, auteur d'études sur le livre et l'édition, François Laurent est directeur général adjoint d'Univers poche.

Que fait la maison Pocket pour essayer de connaître son lectorat ? Celui-ci est-il perçu comme homogène et comment a-t-il évolué ?

Il nous est arrivé par le passé de faire des sondages en nous appuyant sur de grands organismes pour mieux cerner le lectorat ou la perception globale de la marque par les lecteurs. Aujourd'hui encore, la Sofres conduit des études sur les différents lectorats, études auxquelles nous avons accès. Nous suivons donc l'évolution de la lecture de manière globale.

Il est vrai que le lectorat de la fiction se féminise beaucoup, ce qui entraîne une certaine féminisation du livre et des couvertures en particulier. Cela peut passer par des éléments comme la rondeur d'une typographie que l'on préfère désormais à des caractères trop rigides, à des polices de caractère trop austères ou trop anguleuses. Dans le domaine de la non-fiction, le public reste essentiellement masculin. Nos sites internet sont également de bonnes sources d'informations qui nous permettent de mieux connaître nos lecteurs. Nous utilisons aujourd'hui ces nouveaux outils pour être en lien direct avec eux. Internet est un moyen sans pareil pour nous rapprocher de nos publics, leur proposer des animations voire les consulter dans certains cas.

La maison Pocket connaît-elle précisément le pourcentage de lectrices dans l'ensemble du lectorat ?

Je ne peux vous dire précisément pour une marque comme Pocket, nous avons beaucoup de collections variées, très différentes les unes des autres. Les séries de romans exclusivement féminins touchent très peu de lecteurs masculins. La grande collection de littérature générale est, elle, probablement plus dans la moyenne. Ainsi, peut-être, à 60 ou 65 % notre lectorat pour cet ensemble est-il aujourd'hui féminin. Il est vrai que nos très gros auteurs, comme Marc Lévy, Guillaume Musso, Douglas Kennedy, Sophie Kinsella, Isabelle Wolff, sont plutôt des auteurs lus massivement par les femmes, alors qu'Harlan Coben séduit peut-être encore majoritairement des hommes. Cela dit, le *thriller* lui aussi intéresse de plus en plus les femmes, est de plus en plus mixte.

Quand une nouvelle collection ou une nouvelle série est envisagée, que fait la maison pour essayer de savoir comment toucher au mieux son lectorat potentiel ?

Nous utilisons de plus en plus internet. Nous avons fait quelques essais récemment à partir d'une base de données importante pour solliciter un lectorat-cible afin de nous assurer que nos projets pouvaient plaire. Cela nous a permis d'ajuster les choses pour toucher au mieux notre cœur de cible. Il s'agit de romans féminins à petits prix publiés dans une série que nous avons baptisée « Les Romanesques ». Nous avons donc proposé à des internautes — des femmes — de devenir nos lectrices. Nous leur avons fait passer des manuscrits et en retour elles nous ont dit ce qu'elles en pensaient, si elles aimaient, si elles étaient prêtes à les acheter et à quel prix. Nous avons, en quelque sorte, fait nous-mêmes notre étude de marché. C'est une méthode de travail quelque peu empirique mais nous avons de bonnes raisons de croire que les résultats sont assez justes.

Les nouvelles méthodes de marketing sont-elles plus affinées désormais, plus détaillées ou plus ciblées ?

Disons que nous avons procédé ainsi mais je ne sais si mes collègues font de même. Cette expérience s'est révélée très intéressante pour Pocket, cela nous a rassurés sur la qualité de nos livres et convaincus que notre lectorat-cible pouvait être séduit. Maintenant, nous attendons de voir si cela se traduit par de bonnes ventes en librairie. Nous avons utilisé par le passé une technique d'enquête similaire pour le lancement d'un titre très important. Nous avons sollicité l'avis de lecteurs sur différents projets de couverture mais nous préférons rester discrets et travailler à partir d'une base de données fermée. Si l'on demande aux internautes de se prononcer de manière ouverte, tout le monde peut être au courant. Nous avons arrêté de travailler directement avec des internautes pour ce genre de choses car rien n'est imperméable et tout peut nous échapper. Les internautes ont souvent des blogs, des comptes Tweeter ou Facebook, l'information circule très vite, la moindre fuite peut être un problème — imaginez qu'un auteur apprenne par la bande que nous sommes en train de faire des essais de couverture, testés auprès du public, s'il n'est pas au courant lui-même, cela peut surprendre !

Suite à ces consultations, la maison Pocket a-t-elle changé la manière dont elle a envisagé de lancer la série ?

Disons que cela nous a confortés dans le choix d'une certaine ligne graphique en particulier. Nous verrons si nous aurons eu raison.

Et quand la maison Pocket publie des inédits, réalise-t-elle de même des études ou des sondages ?

Nous publions très peu d'inédits en fiction, Pocket est essentiellement une maison de *reprint*. Nous ne menons alors aucune étude particulière pour nous adapter à un public ou à un autre. Les quelques inédits que nous publions sont des *one shot*, des titres isolés, qui ne justifient pas une étude de marché.

Quand Pocket reprend des titres pour la fiction, la maison est-elle très attentive à la manière dont le texte est constitué pour qu'il puisse s'adresser aisément à un large public ? Ou bien la maison considère-t-elle que tout succès qui a déjà fait la preuve de sa viabilité en librairie peut intégrer le catalogue quel que soit le degré de complication ou d'élaboration du texte ? La maison cherche-t-elle essentiellement des textes faciles d'accès qui peuvent plaire largement au grand public ? Ou bien peut-elle reprendre des textes plus exigeants dès lors qu'ils ont eu du succès en première édition ?

Des textes exigeants font de belles carrières en librairie, on le voit tous les jours. Ce ne sont pas des textes que nous aurions spontanément publiés car bien des titres de qualité passent totalement inaperçus et le poche a quand même avant tout une fonction d'augmentation ou d'amplification de la diffusion à partir d'un premier succès. Pocket est une maison de *mass-market*, de grande diffusion, ce n'est pas notre vocation première que d'aller chercher des titres inconnus pour les révéler ou les faire connaître d'un large public. En revanche, certains titres comme, par exemple, le *Journal d'une femme adultère* de Curt Leviant, ou certains titres qui ont eu de francs succès chez Viviane Hamy, de très bonne tenue, ont toute leur place chez nous, car nous pouvons leur permettre de toucher un public encore plus large. Qu'un texte soit très littéraire ou non, notre réflexe est toujours de nous interroger sur son potentiel de vente. Réussir à vendre quatre, cinq ou six mille exemplaires est sans doute appréciable en grand format, mais pour Pocket c'est trop faible ; ces chiffres ne sont pas ceux d'un marché de masse. Nous cherchons des auteurs qui nous semblent avoir une marge de développement pour arriver à des niveaux de vente élevés voire très élevés. Quelqu'un comme Yasmina Khadra, par exemple, publié dans une maison littéraire — Julliard —, et qui n'est pas auteur de « livres faciles ». Ou bien Jean Teulé. De véritables écrivains qui ont toujours publié chez Julliard et qui touchent aujourd'hui un large public.

La maison se soucie-t-elle d'aller chercher de nouveaux publics ? A-t-elle des moyens, des idées, pour essayer de gagner de nouveaux lecteurs ?

Pocket a récemment créé à l'initiative d'une des éditrices, Valérie Miguel, une collection qui s'appelle « Bulles et Blogs » et dans laquelle sont publiées, comme son nom l'indique, des BD issues de la blogosphère. C'est là encore du *reprint* car tel est le métier de Pocket mais ces publications nous permettent de toucher de nouveaux publics, des internautes férus de dessins et de créations graphiques. Au Fleuve noir nous sommes en train de créer une collection, « Territoires », ancrée dans le domaine du fantastique, à destination des jeunes adultes qui aiment entre autres les histoires de dragons, de fantômes et de vampires. Aux signatures en librairie de Sire Cédric, qui écrit des textes aux croisements de ces différents genres, nous voyons venir des personnes au *look* gothique et nous nous en réjouissons. Nous cherchons toujours à capter de nouveaux lectorats. Comme vous le savez, le monde des lecteurs est un monde clos — quoi que nous fassions il reste toujours une bonne part de la population qui ne lit aucun livre par an — mais par une offre la plus diversifiée possible nous pouvons essayer de repousser les limites et parvenir à toucher un maximum de lecteurs. Quand je suis arrivé chez Pocket, mon patron de l'époque m'a dit quelque chose qui m'est resté : « Il faut qu'il y ait un Pocket pour tout le monde. Si quelqu'un passe à côté d'une table où sont disposés nos livres sans en prendre un seul, c'est que nous avons manqué quelque chose. » Pocket est un éditeur généraliste dont la vocation est de toucher tous les publics. Cela suppose une grande adaptabilité au marché, une réelle sensibilité à l'air du temps, à ce qui plaît, à ce qui peut séduire. Ces dernières années sont apparus par exemple ce que l'on appelle les *feel good books*, « les romans qui font du bien », dans la lignée des titres de Paulo Coelho. Certains ont connu de très gros succès. Un livre comme *L'Homme qui voulait être heureux* de Laurent Gounelle a rencontré chez nous un très large public — 550 000 exemplaires ont été vendus —, c'est la preuve qu'il correspond à quelque chose, trouve un écho particulier et unique. Ce type de livres a toute sa place chez nous. C'est le talent des éditeurs que de savoir deviner ce qui peut fonctionner et de publier les bons livres aux bons moments.

Le phénomène Harry Potter a-t-il été profitable ? Beaucoup de jeunes ont-ils découvert les joies de la lecture par Harry Potter avant d'en venir à d'autres livres ?

J. K. Rowling a montré que contrairement à ce que l'on peut croire les enfants sont capables de lire de gros livres. D'ailleurs, l'édition jeunesse, suite au phénomène Harry Potter, a effectivement publié de très gros livres et ce secteur éditorial aujourd'hui encore se porte très bien. Il existe un lectorat avide qui lit beaucoup de romans empreints de fantastique. Avec Harry Potter un autre phénomène est apparu : un fort lectorat adulte s'est mis à lire de la littérature jeunesse et y a pris plaisir. Un transfert s'est opéré, des adultes se sont mis à lire des textes pour enfants et y retrouvent un plaisir ancien, venu de loin, mêlé de magie, d'émerveillement, de surprise. Pour le reste il est bien difficile de savoir ce que sont devenus les lecteurs de Harry Potter ; certains sans doute sont restés fidèles à la *fantasy* et aux histoire de fantômes ou de vampires, d'autres ont sans doute évolué et lisent maintenant de la littérature générale, mais comment savoir dans quelle proportion ? Beaucoup de ceux qui ont aimé Harry Potter sont sans doute devenus des lecteurs assidus et nous en comptons, j'espère, un bon nombre parmi notre public.

Traditionnellement, les professionnels ont tendance à considérer que la maison Hachette, qui peut puiser dans les catalogues de ses structures littéraires, a plus de richesses potentielles à sa disposition pour nourrir les collections du Livre de poche. Pocket, de son côté, a beaucoup progressé, la marque est même devenue un temps leader dans le domaine du poche. Finalement, aujourd'hui, voyez-vous une différence entre ce que produit le Livre de poche et ce que fait Pocket ?

Ces deux éditeurs sont des éditeurs généralistes en concurrence frontale. Chacun a ses propres atouts. Tout cela stimule la créativité, il faut sans cesse innover. Nous pouvons nous différencier par nos choix éditoriaux, mais aussi par un travail graphique, un effort promotionnel, une créativité dans toutes les parties du jeu. Il ne s'agit pas seulement de trouver les bons titres à reprendre en poche, il faut les vendre ! Ce sont des batailles de titans : tout cela porte sur des millions d'exemplaires !

Quels sont les atouts de Pocket face au Livre de poche ?

Le Livre de poche appartient au groupe Hachette et peut donc à loisir puiser dans le catalogue des maisons de littérature générale liées au groupe, Stock, Grasset, Calmann-Lévy, Fayard, Lattès, parmi d'autres. Ce sont des maisons historiquement plus littéraires peut-être que Robert Laffont, les Presses de la cité, Belfond, le Cherche-midi, les maisons du groupe Editis auquel nous appartenons. Seule la marque Julliard, au sein d'Editis, apparaît « littéraire », mais elle est plutôt devenue une collection ou un sous-ensemble de la maison Laffont à laquelle elle est rattachée. Les succès plus littéraires sont peut-être chez Hachette, donc au Livre de poche, ce qui donne par contraste des allures plus commerciales ou marketing à nos belles réussites. Mais tout cela est à nuancer ; la course au chiffre d'affaires se fait sur le même type de livres et avec très peu d'auteurs très courtisés. Si Hachette a longtemps eu une image plus littéraire, aujourd'hui le groupe fait en sorte d'avoir des maisons plus commerciales dans sa besace pour concurrencer plus directement celles d'Editis. Voyez les publications de Calmann-Lévy ou de JC Lattès. Ces deux structures alimentent le Livre de poche en titres et en auteurs commerciaux qui complètent ce que peut apporter Grasset par exemple. Les auteurs de *thrillers* ne sont pas chez Grasset, Stock ou Fayard. Le Livre de poche doit en trouver ailleurs, chez Calmann-Lévy notamment. Dernier point : le Livre de poche s'appuie sur Albin Michel, une des plus grosses structures commerciales qui soit. Cette maison est un gros fournisseur de *best-sellers*, relevant de ce que les Anglais appellent la *literary commercial fiction*, c'est-à-dire des textes de réputation littéraire qui font de très gros scores — des textes d'auteurs comme Van Cauwelaert, Cauvin ou Pancol. Mais nous avons, nous, dans la même catégorie les textes de Douglas Kennedy. L'opposition est frontale — il faut se battre sur tout !

Le numérique vous semble-t-il une menace à court, à moyen ou long terme pour le poche ? Si le numérique devient de plus en plus tentant ou intéressant pour le public, est-ce que le poche ne perdra pas un peu de sa spécificité — être le livre le plus accessible pour tous ?

Oui, il y a une menace et particulièrement dans le domaine du *reprint*. Tout dépend de la politique de prix des éditeurs, de la manière dont ils entendent gérer le numérique. Tout dépend aussi du contexte français. Nous ne sommes pas tout à fait dans le cas de figure américain ou même anglais. Les librairies sont mortes dans ces pays, ce sont les supermarchés qui font la loi. Aux États-Unis où il n'y a pour ainsi dire plus de librairies, les chaînes elles-mêmes sont en difficulté. Borders a mis la clé sous la porte. Seul Amazon se porte bien et pèse sur le marché. Les éditeurs ont là très peu de marge de manœuvre. En France reste quand même un tissu très riche de librairies qui sont efficaces. Il y a un maillage du pays qui est très fort. Dans les villes, le livre est encore très présent : dans les endroits où l'on achète de la nourriture, on vend du livre, dans les magasins de bricolage, on vend du livre, dans les maisons de la presse, on vend du livre. Le livre est partout chez lui. Il peut être détrôné, les nouvelles technologies peuvent effectivement le faire tomber de son piédestal. Il est inévitable que l'*e-book* prenne une part du marché et bouscule les équilibres existants, et il est tout à fait possible que ce soit le poche qui en souffre le premier, le poche qui pour l'instant nourrit pour un bonne part l'économie du livre, ce qui veut dire que s'il est atteint c'est toute la chaîne du livre qui risque d'être secouée d'un même mouvement. Mais quand ? Comment ? Et dans quelle proportion ? C'est bien difficile à dire. L'offre numérique française n'est pour l'instant pas très importante par rapport à celle des Anglo-Saxons. Sur Amazon, aux États-Unis, on peut pratiquement tout acheter en numérique. Ce n'est pas du tout le cas en France aujourd'hui, nous sommes très en retard dans la numérisation des fonds. Et puis manque toujours le *reader* qui peut faire vraiment décoller le marché. Enfin, n'oublions pas que le prix unique peut être étendu au livre numérique ce qui permettra à l'éditeur de garder la maîtrise de ses prix de vente. Mais depuis le temps qu'on en parle, nous nous y préparons, le livre numérique finira bien par devenir réalité !

« Je reste optimiste, tout en regrettant la disparition annoncée des générations passées de grands lecteurs... »

Entretien avec François Gèze

Ingénieur civil des Mines, diplômé de l'École pratique des hautes études, François Gèze est né en 1948. Il est président-directeur général des Éditions La Découverte (Paris) depuis 1982. Il est président du groupe des éditeurs de sciences humaines et sociales du Syndicat national de l'édition et vice-président du Centre français d'exploitation du droit de copie (CFC) qu'il a présidé de 1996 à 1999. Il est membre fondateur et administrateur de l'Association pour le développement de la librairie de création (association créée en 1988 à l'initiative des Éditions de Minuit, Gallimard, Le Seuil et La Découverte, avec le soutien de France Loisirs). Il a été président, de 1990 à 1993, de la Commission de liaison interprofessionnelle du livre (CLIL), réunissant éditeurs et libraires, qui a conduit à cette époque la réforme du transport du livre. Il a également présidé la Société de caution mutuelle de l'édition française, de 1991 à 1996.

Comment percevez-vous l'évolution de la lecture et tout particulièrement de la lecture en sciences humaines ? Comment jugez-vous les derniers chiffres connus sur les pratiques culturelles des Français ? Percevez-vous une sorte de disparition du grand public lettré, curieux et avide de lectures ?

Nous vivons une mutation de grande ampleur amorcée depuis des années. La dernière enquête d'Olivier Donnat sur les pratiques culturelles est frappante. À l'ère du numérique, ces pratiques connaissent de tels bouleversements que la grille des questions conçue dans les années 1970 n'aura bientôt plus de sens. Nous assistons à une érosion du fameux noyau dur des grands lecteurs qui lisent plus de vingt-cinq livres par an — les moyens de comparaison ont d'ailleurs été quelque peu faussés, car ce seuil a été rabaissé à vingt livres par an.

Est-ce une astuce pour essayer de masquer la réalité ?

En effet, ce changement dans la grille occulte en partie le fait que, malheureusement, le déclin que nous observons depuis la première enquête de 1973 jusqu'à celle de 2008 est en vérité linéaire. En 1973, 22 % de la population des plus de quinze ans lisaient plus de vingt-cinq livres par an ; aujourd'hui, le pourcentage est tombé à 11 % et cette évolution est très préoccupante. Olivier Donnat insiste dans sa dernière étude sur le fait que les pratiques de lecture sont acquises au cours de la jeunesse : les gens conservent tout au long de leur vie les pratiques de lecture élaborées entre quinze et vingt-cinq ans. Ainsi, une grande partie de la production (en particulier les livres les plus novateurs, tant en littérature qu'en non-fiction) s'écoule aujourd'hui surtout auprès des *baby-boomers* qui arrivent à l'âge de la retraite et qui ont conservé la pratique de lecture importante acquise dans les années 1960-1970, pratique que nous n'avons pas constatée chez les générations postérieures. Ces *baby-boomers* constituent un noyau dur qui porte le marché puisque, outre le fait qu'ils lisent davantage, ils sont aussi plus solvables que les jeunes générations. Mais dans vingt ou vingt-cinq ans, ils ne seront plus là et, comme les générations suivantes lisent potentiellement moins, tout cela est assez préoccupant pour les éditeurs.

Cette évolution coïncide plus globalement avec l'érosion irréversible de la vieille culture élitiste, marquée par le déclin du public lettré et cultivé. Cette appellation, depuis une cinquantaine d'années, englobe ceux qui ont fait leurs humanités. Cela correspond au mode d'éducation de la Troisième République, où l'enseignement supérieur était réservé à une petite minorité d'étudiants. Les jeunes qui en sortaient alors étaient certes remarquablement éduqués, cultivés, curieux, mais le plus grand nombre restait exclu de l'accès au savoir. Cette figure de l'enseignement supérieur, et donc des humanités dans le sens classique du terme, a progressivement cessé d'exister dès la fin de la guerre. Le boom de l'enseignement supérieur qui a eu lieu à partir des années 1960 a précipité la disparition de ce modèle, tout en élargissant l'accès au savoir d'une part croissante des jeunes générations.

Ce boom a également généré la figure du baby-boomer *qui lit Boris Vian durant son adolescence, qui est ouvert sur le monde, très politisé...*

Ce n'est plus le même modèle que celui des étudiants d'avant, qui avaient tous fait du latin et du grec au cours de leur enseignement secondaire. J'ai fait du latin dans les années 1960 et je n'étais pas le seul, mais nous étions déjà minoritaires. L'enseignement du grec, lui, était presque en voie de disparition. Le latin, le grec, la philosophie sont la base des humanités. Il est certain que nous avons changé de modèle. Le *baby-boomer* est curieux, mais il n'est pas porté par la culture des humanités. Il l'a été bien davantage par une culture beaucoup plus politique, un air du temps, une ébullition intellectuelle qui ont encouragé à lire. Je suis bien placé pour analyser les chiffres qui ont été ceux de la maison Maspero, devenue La Découverte en 1983. Figuraient notamment au catalogue des titres de théorie marxiste de haut niveau, qui se vendaient par dizaines de milliers d'exemplaires dans les années 1970 et dont une grande partie, au début des années 1980, a brusquement cessé de se vendre. Ce second modèle culturel a ensuite disparu chez les jeunes générations : dans les années 1980 s'est imposé un modèle utilitariste de rapport à la connaissance en général, à l'écrit et au livre en particulier. C'est celui qui domine encore aujourd'hui chez les étudiants.

Depuis trois décennies, ce changement s'est donc assez logiquement traduit par le déclin de la part des grands lecteurs chez les jeunes. Mais également, c'est le paradoxe de la situation, par la multiplication des faibles et moyens lecteurs, qui a permis un élargissement spectaculaire de l'accès au livre. Les statistiques sur le nombre de livres vendus en France en témoignent : nous sommes passés de quelque 300 millions de volumes vendus dans les années 1980 à 450 millions aujourd'hui. La population n'ayant pas autant augmenté, nous vendons donc plus de livres par habitant.

Il conviendrait toutefois de faire des analyses plus fines que celles du ministère sur les pratiques culturelles, bien que celles-ci soient très utiles, en se focalisant en particulier sur les pratiques de lecture — de lecture et pas seulement d'achat, car on lit plus de livres qu'on n'en achète puisque ceux-ci se prêtent, s'empruntent. Ce que montre le sociologue Bernard Lahire dans son ouvrage *La Culture des individus*, c'est que nous n'avons plus de culture dominante, la culture des humanités ainsi que la culture engagée des *baby-boomers* ayant disparu. Mais, en contrepartie, les individus, les groupes, les communautés disposent de nombreuses microcultures « bricolées », à géométrie variable, fort difficiles à cerner.

Ce qui me frappe depuis maintenant quinze ans, c'est ce que me disent les libraires de façon constante : « Nous ne comprenons plus ce qui se passe dans notre clientèle. » Et plus le temps passe, plus ce phénomène s'accentue. Dans les années 1980 et au début des années 1990, les libraires savaient qu'ils pouvaient compter sur un noyau stable de forts lecteurs, les fameux *baby-boomers*, qui à l'époque avaient quarante ou cinquante ans. Tous les mois, le ou la libraire voyait arriver M. ou Mme X qui achetait jusqu'à quatre ou cinq ouvrages, romans ou essais. Ces forts lecteurs ont désormais largement déserté, sauf les plus anciens : avec le succès d'Amazon ou de Fnac.com, ils achètent maintenant en ligne et vont moins chez les libraires. Dans le même temps, de nombreux autres lecteurs sont apparus que les libraires ne comprennent pas vraiment. Leurs pratiques d'achat sont éclatées, variables et aléatoires, et les libraires ne disposent d'aucune visibilité.

Olivier Donnat fait aussi ressortir que ce sont surtout les livres pratiques qui ont explosé, des catégories de livres très éloignées de ce qui a pu être tenu pour la production noble lue par les gros lecteurs, la littérature classique, ou la littérature que les sociologues appellent « légitime », et bien sûr, les essais, dont ceux que vous publiez entre autres…

Dans les années 1980, comme je l'ai dit, l'érosion du noyau des grands lecteurs, curieux de littérature de création ou d'essais novateurs, a coïncidé avec le développement significatif des faibles lecteurs, clairement corrélé au succès du club France Loisirs et à la présence nouvelle des livres dans les grandes surfaces. Les catégories de livres concernées étaient effectivement différentes, ouvrages pratiques ou littérature plus conventionnelle, mais pas nécessairement médiocre. Il y a eu ainsi démocratisation d'une large partie de la production éditoriale, ce que j'ai toujours considéré comme positif. Depuis, les frontières se sont de fait très fortement brouillées entre cultures « légitime » et « illégitime ». Cela cache justement des réalités plus difficiles à percevoir, mais qui ne sont pas pour autant toujours négatives.

L'édition a traversé des crises sévères, notamment au début des années 1990, au moment de la guerre du Golfe. Cette période a été très difficile pour les libraires comme pour les éditeurs et nous avons tous dû nous adapter ; cela a finalement été fait de façon assez efficace. À La Découverte, nous résistons plutôt bien avec le type de livres exigeants que nous publions. Évidemment, certains livres enregistrent des scores de 300 ou 400 exemplaires vendus et nous sommes atrocement déçus ; mais d'autres se vendent à 7 000 ou 8 000 qui ne sont pas des livres faciles et qui marchent parce qu'ils apportent quelque chose au débat, au savoir, à la réflexion. Les lecteurs sont certes plus divers et difficiles à cerner qu'hier, mais ils sont toujours là. Et je fais le pari que ce ne sont pas que les retraités, les *baby-boomers*, qui ont les moyens de se cultiver.

Ma conviction, c'est que nombre de jeunes lecteurs (surtout lectrices ?) d'aujourd'hui lisent peut-être moins que leurs aînés, intellectuels et lettrés du vieil humanisme ou ex-soixante-huitards, mais qu'ils peuvent être aussi curieux et passionnés qu'eux, d'une autre manière : moins éclectiques dans leurs curiosités, ils s'intéressent souvent avec fougue à une, deux ou trois questions, très précisément, et veulent tout savoir sur ces sujets. Ces lecteurs-là achètent et lisent les livres qui correspondent à leurs passions. Le phénomène des blogs en témoigne à l'évidence : si beaucoup véhiculent du n'importe quoi ou de simples émois d'adolescents, nombreux sont aussi ceux consacrés par des personnes ou des groupes à des thèmes originaux et inattendus, d'un niveau parfois remarquable. Ce sont des passionnés. Et des passionnés qui lisent. Sans doute ne lisent-ils que ce qui correspond à leurs passions et ignorent-ils le reste. Dès lors, il n'est pas facile pour les libraires d'identifier les attentes de ces lecteurs aux visites épisodiques, qui se mêlent aux clients aux goûts plus classiques, de deviner les passions qui les meuvent. Je pense que c'est pour cela que les libraires nous disent : « Nous ne savons plus qui achète quoi, pour qui et pourquoi. »

Comment avez-vous dû vous adapter à cette évolution ? Quelle différence faites-vous entre ce que vous publiez aujourd'hui, la manière dont vous le publiez, et la façon dont vous pouviez envisager la conduite de la maison dans les années 1980, dans la suite de Maspero ?

Dès les années 1980, en accentuant la politique de l'offre, et cela n'a pas vraiment changé depuis lors. Nous publions principalement deux grandes catégories d'ouvrages. D'une part, des essais et documents destinés à un public large, surtout consacrés aux grands problèmes de société, français et internationaux. Et, d'autre part, des livres plus universitaires, avec, d'un côté, des ouvrages de formation visant le public des jeunes étudiants en sciences humaines et sociales ; et, de l'autre, des ouvrages issus de travaux de recherche novateurs dans ces mêmes domaines, s'adressant plutôt à des spécialistes, mais dont certains ont aussi vocation à trouver un public plus large — ce qui, heureusement, nous arrive encore assez souvent.

Si nous nous étions contentés de « répondre à la demande », vu la dérive utilitariste dominante dans le rapport au livre depuis les années 1980 que j'ai déjà évoquée, notre production serait devenue insipide et inintéressante — sans être assurée du succès commercial. À l'inverse, nous avons toujours privilégié la publication de travaux d'auteurs qui apportaient du neuf, le plus souvent à contre-courant de l'air du temps, en travaillant d'arrache-pied avec eux (sur les textes comme sur la façon de les faire connaître) pour que leurs idées puissent être entendues. Et en particulier des nouvelles générations de jeunes lectrices et lecteurs atypiques que j'évoquais précédemment.

C'est pourquoi notre travail consiste davantage en une politique d'offre que de demande, dans tous les domaines. Cela nous amène parfois à inviter nos auteurs, dans le déroulé de leur livre, à partir du sens commun de l'époque pour ne pas heurter d'emblée les lecteurs potentiels — au risque de rester inaudibles —, afin de les amener à découvrir des idées qui subvertissent justement ce sens commun. Depuis trente ans, nous vivons une époque sombre, où la domination écrasante d'une idéologie néolibérale et réactionnaire a contaminé des pans entiers de la société (y compris dans les partis politiques de la gauche de gouvernement), reléguant dans les marges les vraies valeurs de la gauche, considérées comme « ringardes » par les médias dominants. Ce qui n'est d'ailleurs sans doute pas sans rapport avec la relative désaffection des jeunes générations vis-à-vis du livre. Contre ce pénible air du temps, la ruse est souvent devenue nécessaire pour permettre la circulation des idées subversives — toujours menacées de rester cantonnées, comme on le voit aux États-Unis, dans un sympathique ghetto intellectuel, toléré par le « système » mais bien incapable de le modifier en quoi que ce soit.

J'ai acquis cette conviction dès le début des années 1980, au moment où j'ai eu à assumer la direction de La Découverte, succédant aux Éditions François Maspero. Je sentais bien que nous étions alors en train de changer de monde. Je le déplorais personnellement et je trouvais que le rejet total de ce qui s'était passé avant était très excessif : même si bien des errements du gauchisme, politique et intellectuel, avaient conduit à des impasses absolues, bien peu comprises alors, le ressort moral et libertaire de mai 68 me semblait toujours — comme aujourd'hui — porteur de valeurs essentielles pour tenter de changer un monde inacceptable. Comme je le disais à l'époque : « Si l'on veut garder le bébé, il faut non seulement changer l'eau du bain, mais aussi le lavabo, la baignoire et la salle de bain. » C'est ce que nous avons essayé de faire depuis.

Un exemple : quand nous avons créé en 1980, avec Yves Lacoste, notre « annuaire géopolitique mondial » *L'État du monde*, ce livre a été pensé comme moins militant que les publications antérieures de la maison, mais il restait engagé et se voulait objectif et sérieux. Dans la foulée, nous avons publié de nombreux ouvrages collectifs de même facture (« L'État de... ») sur les États-Unis, la Russie, le Maghreb, les sciences ou les médias... C'est ce qui correspondait à l'époque, et cela a été un succès immédiat. À partir du milieu des années 1990, la série a commencé à décliner. Aujourd'hui, nous avons arrêté la collection, car la démocratisation d'internet a fait que le rapport à des outils de type encyclopédique a totalement muté : les versions papiers disparaissent du marché, faute de demande. Elle est satisfaite autrement par le web — plus ou moins bien, mais c'est une autre affaire. Il faut se renouveler, trouver de nouvelles formes de publication, papier et numérique...

Ne publiez-vous que des ouvrages de commande qui correspondent aux sujets qui vous intéressent, aux questions sur lesquelles vous souhaitez intervenir, ou accueillez-vous parfois des travaux spontanés inattendus ?

L'exemple le plus typique est la collection « Repères », créée en 1983, collection qui fonctionne toujours très bien : pendant les dix ou quinze premières années, nous avons choisi les sujets avec la plus grande attention et cherché, pour les traiter, les meilleurs auteurs. Cette collection s'est installée, elle a trouvé sa place. Aujourd'hui nous sommes moins dans cette position, même si nous avons toujours ce souci de trouver le bon auteur pour le bon sujet : nous recevons beaucoup de propositions de qualité, que nous devons trier, nous ne retenons que les meilleures. Nous restons donc ouverts aux propositions inattendues, nous surveillons le courrier…

Mais c'est vrai que la part des ouvrages de commande continue à être importante, en particulier celle de livres collectifs d'envergure, conçus par nous avec des chercheurs spécialistes. Je pense par exemple à l'*Histoire des gauches en France*, sous la direction de Jean-Jacques Becker et de Gilles Candar, que nous avons publiée en 2004 : un ouvrage collectif de près de 2 000 pages, qui a été un vrai succès.

N'êtes-vous pas de plus en plus obligé, surtout pour les travaux de recherche que vous publiez, d'avoir pour préoccupation de faire évoluer les écritures des auteurs vers un essayisme, quelque chose qui garantisse davantage une ouverture vers un large public ?

Non, nous avons toujours travaillé avec nos auteurs dans le souci de faire en sorte que leurs textes soient accessibles, compréhensibles, quel que soit le degré de finesse de la réflexion menée ; et nous savons d'expérience que certains essais ne toucheront jamais le grand public, mais nous les publions quand même parce qu'ils nous paraissent importants. Nous savons aussi que si certains textes subissent quelques petites transformations ils peuvent toucher un public plus large et nous travaillons alors les phrases avec l'auteur.

Nous sommes bien dans une logique de l'offre. Il nous arrive, je l'ai dit, de concevoir des livres de toutes pièces, notamment des ouvrages collectifs ; ou d'avoir l'idée d'un livre à réaliser et de chercher l'auteur pour le porter ; enfin, nous surveillons la production intellectuelle et scientifique et cherchons à repérer ce qui à l'intérieur peut donner lieu à publication. Mais nous sommes également à l'affût de nouveaux auteurs avant même de penser à des sujets en particulier. Nous avons toujours travaillé ainsi.

Depuis une dizaine d'années, j'observe d'ailleurs l'émergence de jeunes intellectuels, trentenaires, qui produisent des choses tout à fait remarquables et novatrices. Dans les années 1980 et 1990, le travail de renouvellement intellectuel et scientifique des chercheurs est resté relativement peu visible, comme s'il avait fallu traverser une période de deuil afin d'inventer de nouveaux concepts, de proposer de nouvelles approches. Aujourd'hui, avec l'internationalisation des idées, des échanges et des débats, nous avons des productions formidables qui suscitent de nouvelles curiosités. La tendance lourde semble certes toujours bien sombre, mais elle est désormais contrecarrée par l'affirmation, dans de nombreux champs, de nouveaux paradigmes, de nouvelles approches riches de sens pour repenser le monde.

Assistez-vous, dans la production de sciences humaines, dans les manuscrits qui vous sont proposés, à la poussée d'un jargon, particulièrement pénible, qui vous oblige à être vigilant et vous impose un plus grand travail éditorial de reprise et d'aménagement des textes ?

Cette question est complexe. Le jargon a toujours existé, il est constitutif de la recherche scientifique et de la recherche en sciences humaines. Toutefois, dans les années 1970, ce jargon s'est trouvé être commun à la plupart des disciplines. Tout le monde alors se disait structuralo-marxiste, pour aller vite. Et au milieu de ces publications se trouvaient des travaux intelligibles comme des textes qui ne l'étaient pas du tout. Mais cela n'avait pas d'importance parce que le langage et les concepts étaient largement partagés : analyses et informations circulaient, les chercheurs, les penseurs issus des mêmes courants de pensée se lisaient entre eux malgré la différence des disciplines. Tout s'est passé ensuite comme pour la tour de Babel : au tournant des années 1980, l'édifice théorique du structuralo-marxisme s'est brutalement effondré, à la fois sous l'effet d'impasses théoriques et du fait du reflux de la vague politique soixante-huitarde associée à l'essor de ce courant de pensée. Dans le monde de la recherche en sciences humaines et sociales, chacun est reparti dans sa discipline, avec son jargon propre.

Lorsque les chercheurs essaient de défricher de nouveaux terrains, d'offrir de nouvelles réflexions, d'élaborer de nouvelles théories, il est inévitable qu'ils fabriquent de nouveaux mots, de nouveaux concepts, pour essayer de nommer ce qu'ils perçoivent comme quelque chose de neuf. C'est tout à fait logique que nous soyons passés par cette phase pénible qui a eu comme inconvénient majeur de couper les chercheurs les uns des autres : l'économiste ne lit plus le sociologue, qui ne lit plus le philosophe, qui ne lit plus le linguiste, etc. Dans les sous-disciplines, même, le sociologue du travail ne lit plus le sociologue de la famille, qui ne lit plus le sociologue de l'éducation, etc. Ils ont chacun leur jargon. Cette tendance est normale et les choses se règlent d'elles-mêmes : le tri se fait entre le bon grain et l'ivraie, entre les textes des jargonnants qui n'ont rien à dire — il y en a beaucoup ! — et les autres. Nous ne publions pas ceux qui jargonnent à vide, si je puis dire. Nous intéressent en revanche ceux qui sont capables d'inventer de nouveaux concepts, lesquels s'imposeront demain parce qu'ils apportent du neuf et ont de ce fait vocation à perdre leur caractère de jargon.

Trois décennies après la chute de la tour de Babel structuralo-marxiste, ces nouveaux concepts issus de champs très divers (comme les études sur les sciences, le genre ou les questions postcoloniales) circulent désormais largement dans le monde des idées où l'interdisciplinarité revit, accouchant de nombreux travaux passionnants.

Que permet le numérique à vos yeux ? La lecture de plus en plus fractionnée, un chapitre par-ci, une partie par-là, sera-t-elle favorisée par le cybernétique ? Vos expériences électroniques passées vous font-elles espérer des lendemains appréciables ?

Globalement, oui. Les mutations sont ici aussi très profondes, et elles sont loin d'être achevées. L'apport du numérique au sens large, et du web en particulier, peut s'apprécier de différentes manières. Son premier avantage est évidemment de faciliter la diffusion du savoir et de l'écrit. Lorsque nous avons besoin d'une information, d'une explication, d'une définition, le web est devenu totalement irremplaçable, et qui est dégourdi sait distinguer les sources fiables de celles qui ne le sont pas. Cela permet effectivement de faire l'économie des encyclopédies classiques, ce qui est somme toute assez logique.

Dans le domaine de la recherche de pointe en sciences humaines, depuis ces trente dernières années en France, les ventes des revues et des monographies imprimées ont été divisées par trois. Ces travaux sont toujours lus, mais ils ont été moins achetés. Chez les jeunes étudiants et chercheurs, l'habitude de constituer sa propre bibliothèque a en effet presque disparu : ils empruntent à la bibliothèque de l'université, de la ville — et, après tout, pourquoi pas ? La bibliothèque privée, personnelle, a longtemps été un symbole de statut social, mais pour les jeunes, ce n'est plus le cas. Reste que la baisse drastique des achats d'ouvrages et des revues de recherche a nui énormément à la diffusion des savoirs neufs. Le fait de mettre ces contenus en ligne, comme nous l'avons fait depuis 2005 avec le site de revues de sciences humaines Cairn.info, créé avec d'autres éditeurs, a changé radicalement la donne : la diffusion de ces travaux est virtuellement bien plus large, des milliers de lecteurs potentiels peuvent en avoir simultanément connaissance. Cela leur donne une visibilité extraordinaire. Si nous n'avions pas eu ces moyens, l'édition de qualité pour la publication et la diffusion du savoir était simplement menacée de disparition…

Envisagez-vous, à terme, de fractionner vos activités, c'est-à-dire de publier de plus en plus la recherche pointue sur internet, tout en gardant sur papier les versions de pensées ou de travaux davantage ouverts vers un plus large public ?

La tendance lourde est celle que vous évoquez, en effet. L'intérêt du livre papier traditionnel est d'être clos, figé, à un moment donné qui est celui de sa production, à la grande différence du savoir fluide que chacun peut trouver sur le web, où un même texte peut-être modifié en permanence, augmenté, amélioré, comme sur Wikipédia. Plus il y aura demain de savoir fluide, « liquide », disponible sur le web, plus les outils de navigation à l'intérieur des corpus seront sophistiqués, plus l'étendue de ce qui sera offert tendra vers l'infini (ce qui nous rend de fiers services), et plus nous aurons besoin d'ouvrages clos, en version papier. L'usage en restera longtemps, parce que c'est un rapport à la lecture qui n'est pas du tout le même que sur le web. C'est pourquoi, même si ce n'est pas une mutation simple à réaliser sur le plan technique et économique, nous avons engagé une politique de copublication : soit une même œuvre sous deux formats, papier et numérique ; soit des œuvres composées, d'une part, d'un livre papier de taille raisonnable et, d'autre part, de compléments méthodologiques ou documentaires accessibles sur un site compagnon.

Vous êtes très actif au sein du Syndicat national de l'édition depuis longtemps, avez-vous l'impression que vos confrères sont préoccupés par ces questions d'évolution de la lecture ? Avez-vous l'impression que vos collègues sont dans la perplexité ? Qu'eux aussi, comme les libraires que vous évoquez, ne comprennent plus la logique des marchés ? Vous semblent-ils avoir réagi et trouvé des solutions ?

Ces problèmes se posent de façon extrêmement différente selon les secteurs d'édition. Le secteur des dictionnaires et des encyclopédies, très concurrencé par le web, a par exemple de longue date pris le tournant du numérique ; de même, pour les sciences exactes ou pour le droit, les publications numériques l'emportent désormais très largement sur les publications imprimées. En revanche, dans le secteur de la littérature générale, la question est toute récente, avec l'arrivée des *e-books* et des nouvelles tablettes de lecture. Romans et essais imprimés continuent à bien se vendre — parfois pour de mauvaises raisons, puisque ce sont souvent des livres-cadeaux plus que des livres-lectures — et leurs éditeurs n'ont donc pas de raisons pressantes de changer de modèle en se tournant massivement vers le numérique. Je ne sais pas si cela durera toujours, si les gens continueront à offrir le prix Goncourt à leur grand-mère pour Noël, mais tant que cela dure, pourquoi se précipiter ? Entre ces deux extrêmes, chaque cas est différent.

Reste que, depuis au moins trois ans, tous les éditeurs ont bien compris les défis du numérique, même s'ils ne se posent pas du tout dans les mêmes termes pour les éditeurs de romans, de livres pratiques ou de dictionnaires ou de recherche... La profession est globalement assez consciente des enjeux technologiques. Mais peut-être moins des enjeux posés par les évolutions des pratiques de lecture à l'ère numérique que nous évoquions précédemment, parce que ce n'est pas simple à saisir et que, là aussi, ces enjeux varient considérablement d'un secteur à l'autre.

En tout cas, il n'y a plus de modèle unique, ce qui oblige la plupart des éditeurs à innover, dans leurs formules éditoriales comme dans l'utilisation des nouvelles techniques. Je pense par exemple à First avec sa collection « Pour les nuls », phénomène stupéfiant qui n'a pas été assez analysé : un effort éditorial a été fait par l'éditeur, un travail de qualité, pour arriver à une bonne œuvre de vulgarisation (450 000 exemplaires vendus de *L'Histoire de France pour les nuls*, chapeau !), aujourd'hui également déclinée sous forme numérique. Nous sommes dans un univers très dynamique, très changeant, et c'est ce qui rend les choses excitantes. Je reste raisonnablement optimiste, tout en regrettant la disparition annoncée des générations passées de grands lecteurs...

Études éditoriales

France Loisirs, une formule pour faibles lecteurs

Bernadette Seibel

Sociologue, Bernadette Seibel a été professeur associé à l'École nationale supérieure des sciences de l'information et des bibliothèques. Ancienne directrice scientifique de l'Observatoire France Loisirs de la lecture, elle est entre autres l'auteur de *Lire, faire lire : des usages de l'écrit aux politiques de lecture.* Elle préside l'association Lecture Jeunesse.

Créé en 1971, à l'initiative du groupe de médias allemand Bertelsmann qui souhaite développer une formule éprouvée en Allemagne de l'Ouest en s'associant avec un groupe d'édition français, en l'occurrence les Presses de la cité après le refus d'Hachette, le club France Loisirs connaît une croissance rapide. L'objectif initial de 1,7 million d'adhérents est atteint en 1978. Le club progresse même jusqu'à fédérer 4,5 millions d'adhérents en 1993 pour connaître ensuite une régression relative dans la décennie suivante (3,8 millions d'adhérents en 2002). En 1987, au plus haut dans ses relations avec le monde de l'édition, le club met en place une politique de communication appropriée pour faire évoluer son image dans la presse et les médias et obtenir une légitimité dans le champ intellectuel : organisation d'une direction de la communication, développement de partenariats, création de l'Observatoire France Loisirs de la lecture et des médias qui inaugure un mécénat en direction de la recherche scientifique. Celui-ci a pour objectif de développer, en accord avec la Direction du livre au ministère de la Culture et le milieu des éditeurs, un champ de recherches sur le livre, la lecture et les médias[1].

Le taux de renouvellement des adhérents se situant autour de 20 %, on peut estimer que plus de dix millions de personnes ont adhéré à France Loisirs en trente ans. En 2002, le chiffre d'affaires du club pour la vente de biens culturels (livres, CD, vidéo, CD-ROM...), hors travaux photos et abonnements à la presse, s'élève à 302 millions d'euros dont 248 millions d'euros pour la vente de livres.

Le club établit dès l'origine avec son public une relation de proximité, « sous contrainte », qui s'est révélée être un atout de poids pour la stabilisation du club pendant la décennie 1990 marquée par une demande de livres peu dynamique. En échange de facilités économiques (remise de 25 % sur les livres), d'accessibilité matérielle et de proximité physique aux biens culturels (vente par VPC et réseau de boutiques, présence sur le minitel puis sur internet) et d'un travail de tri de la production éditoriale (400 titres environ par catalogue), l'adhérent s'engage à un rythme et à un montant minimum annuel d'achats de livres. Le club exerce ainsi objectivement un effet d'incitation culturelle et de stimulation régulière de la pratique d'achat de livres en rappelant l'adhérent à l'ordre de la lecture tous les trois mois par le biais du catalogue et de l'envoi d'office du livre du mois en cas d'oubli d'achat. Il facilite l'accès à la diversité des lieux et modes d'approvisionnement, boutiques (60 % des ventes en 2002) ou chez soi par VPC (40 % des ventes), il exerce une fonction de médiation culturelle en proposant un choix de titres extraits de la production éditoriale contemporaine ou plus ancienne. Le recrutement des adhérents s'effectue par parrainage, par le biais de délégués commerciaux, ainsi que par mailing ou publicité dans la presse.

La forte croissance de France Loisirs pendant les vingt premières années tient aux innovations technologiques introduites dans la gestion du club avant les autres secteurs concurrents de diffusion du livre. Elles permettent de rationaliser la gestion et d'anticiper sur les consommations réelles (par des tests préalables à l'insertion des produits grand public dans le catalogue). Le développement du club est aussi lié à l'accroissement général de la part d'acheteurs de livres dans la population française âgée de plus de quinze ans pendant la même période. Celle-ci passe en effet de 51 % en 1973 à 56 % en 1981 pour atteindre 68 % en 1988 et se stabiliser autour des 63 % en 1997[2]. Pendant la période suivante, la récession affecte l'ensemble des acheteurs de livres puisque la part de ces derniers dans la population passe de 63,8 % en 1990 à 55,4 % en 2002, tandis que celle des adhérents au club passe de 9,8 % à 8,2 % (selon TNS-Sofres).

Les adhérents se distinguent peu des autres Français acheteurs de livres par l'âge et le niveau de diplôme ou même par la composition sociale ; le club est généraliste, tourné vers le grand public. L'évolution de France Loisirs s'effectue dans le même sens que celui de la population française. Ainsi, bien que le club ait plus d'impact auprès des individus qui ont fait des études courtes, notamment dans le domaine technique, le niveau de diplôme évolue vers le haut au même rythme que celui de la population française pendant la même période. L'éventail des milieux sociaux change peu une fois le pic des adhésions atteint à la fin des années 1980. Cependant le club se caractérise par certains traits distinctifs : féminisation des adhérents, pénétration privilégiée dans les milieux populaires, moindre impact dans les milieux supérieurs malgré le rattrapage des années 1990. Toutes les composantes sont donc rassemblées pour que se développe à partir des années 1980, porté par la nouvelle politique de communication de France Loisirs, un discours qui met l'accent sur l'utilité sociale du club. La marque franco-allemande dit participer alors à la politique de développement de la lecture qui se met en place avec l'extension du réseau de lecture publique et la lutte contre l'illettrisme.

Dès 1977, la formule du club est plébiscitée par les femmes qui constituent 70 % des adhérents, devançant l'évolution générale des années 1980. Les femmes sont désormais majoritaires parmi les lecteurs et les acheteurs de livres. Quelle que soit la période considérée, la féminisation du club demeure toujours plus élevée que celle de la population acheteuse de livres. Pendant la décennie suivante, plus des trois quarts des adhérents sont des femmes, alors que ce n'est le cas que pour environ 55 % des acheteurs de livres en France. L'attractivité que revêt auprès des femmes la formule de la commande par correspondance effectuée à domicile, la sociabilité familiale ou amicale autour du livre que permet le catalogue ou le parrainage, et la fonction éducative traditionnellement assurée par les femmes, tous ces éléments expliquent le succès rencontré par la formule du club auprès de cette catégorie d'adhérents.

Le caractère très familialiste du club se traduit par une surreprésentation des familles comprenant des parents âgés de vingt-cinq à quarante-cinq ans et des enfants de moins de quinze ans. En revanche, les ménages dont les enfants sont adolescents sont plus faiblement adhérents, tout comme les étudiants. La prise de distance des jeunes adultes avec une lecture téléguidée par la prescription maternelle ainsi que la faiblesse d'une offre adaptée aux goûts des adolescents expliquent sans doute cet état de fait.

Les employés, quel que soit leur sexe, sont surreprésentés parmi les adhérents, à l'inverse des cadres supérieurs et travailleurs indépendants, libéraux. Au début des années 1990, plus du quart des adhérents sont employés pour 16 % seulement chez les acheteurs de livres (selon TNS-Sofres), et on ne compte au club que 4 % de cadres supérieurs et professionnels exerçant en libéral pour 9 % dans la population acheteuse. Or ces deux groupes d'adhérents se distinguent de leurs homologues acheteurs de livres dans les autres réseaux de distribution par une distorsion plus fréquente entre le niveau de formation atteint et la position socioprofessionnelle occupée. La tendance générale à l'évolution des diplômes vers le haut s'est en effet accompagnée d'une surqualification scolaire des employés adhérents, dotés plus souvent que la moyenne nationale d'un diplôme égal ou supérieur au bac. On note également une sous-qualification scolaire des adhérents cadres supérieurs plus forte que chez les autres acheteurs de livres de même catégorie socioprofessionnelle. Cette distorsion génère, on le verra plus loin, des rapports tendus avec le club.

Le caractère généraliste du club se maintient dans la décennie 1990 au prix d'une évolution de la stratégie d'offre de France Loisirs qui, tout en continuant à « ratisser large », met en place une diversification de l'offre de biens (musique, vidéo...) et de services (billetterie de loisirs culturels, organisation d'un réseau de librairies...). L'offre s'élargit grâce au ciblage des amateurs de genres spécialisés (polar, livres de jeunesse, philosophie, beaux livres...). Une recomposition de la structure des adhérents s'effectue pendant cette période. Elle se traduit par un accroissement de la probabilité d'adhésion des milieux populaires peu diplômés au moment où surgit une certaine désaffection pour le club chez les employés surdiplômés (- 8 %) au profit des autres réseaux de diffusion du livre marchands (+ 7,6 %) et non marchands comme les bibliothèques[3]. À l'inverse, pendant la même période, le club améliore sa position auprès des fractions moyennes et supérieures les mieux dotées en capital culturel (titulaires d'un diplôme de deuxième ou troisième cycle de l'enseignement supérieur) par une offre de beaux livres ou de collections de bibliophilie, conduisant à un certain embourgeoisement du club.

Le caractère apparemment grand public du club ne doit pas occulter la spécificité du comportement culturel des adhérents. Ceux-ci sont surtout des consommateurs de produits culturels au foyer comme le montre leur suréquipement en lecteurs vidéo, caméscope, matériel photographique, et leur forte pratique des activités d'intérieur et familiales. Le livre et la lecture se placent en tête de leurs loisirs (71 %), assurent-ils, devant l'écoute de la télévision (60 %) et la lecture de journaux et magazines (56 %)[4]. Cet intérêt pour le livre et la lecture s'exprime dans la présentation que font d'eux-mêmes les adhérents comme de bons lecteurs. Or cette présentation est décalée par rapport à la réalité ; leur pratique réelle de la lecture est surestimée : 30 % déclarent lire beaucoup de livres (14 % pour les non-adhérents)[5] alors qu'ils ne sont que 23 % à lire plus d'un livre par mois[6] ; 43 % des adhérents déclarent lire moyennement (28 % pour les non-adhérents) alors qu'ils ne sont que 22 % à lire un livre par mois ; et 27 % déclarent lire peu ou pas du tout (58 % pour les non-adhérents) alors qu'ils sont 55 % à lire moins d'un livre par mois. En 1993, seulement 42 % des Français déclarent lire si peu[7].

La spécificité des adhérents réside principalement dans le fait qu'ils achètent plus de livres que la moyenne des Français (+ 29 %). Cette tendance s'accroît dans les années 1990. En 1993 le nombre total de livres achetés par an et par adhérent est de 8,3 pour 7 seulement pour l'ensemble des acheteurs. Il s'élève en 2002 à 10,2 contre 7,4 pour l'ensemble des acheteurs. En 2002, la dépense moyenne des adhérents est de 39 % supérieure à celle de la population française acheteuse de livres alors qu'elle n'a été que de 15 % en 1993. Mais ce sont les achats effectués en dehors du club qui ont progressé, passant en moyenne de 3,8 à 5,6 tandis que les achats au club sont restés stables. Les deux tiers des adhérents achètent à la fois au club et en dehors du club, le dernier tiers n'achète ses livres qu'à France Loisirs.

Tout se passe donc comme si, dans une société où la lecture intensive de livres est en baisse et le niveau de formation générale en hausse, le club attirait de plus en plus une population de faibles lecteurs pour qui la lecture reste une activité significative. S'approvisionnant principalement par l'achat, ces adhérents ont une propension à accroître le montant de leurs achats de livres, comme les y incite l'élévation de leur niveau de formation. S'ils restent au club malgré des approvisionnements de plus en plus fréquents à l'extérieur, c'est que le système du club stimule leur propension à l'achat : 37 % des adhérents faibles lecteurs pensent que l'obligation d'achat est un avantage car elle incite à lire alors que 25 % seulement des moyens lecteurs et 8 % des forts lecteurs pensent de même. Dans un contexte de bonne volonté culturelle, l'obligation d'achat imposée par le système du club est plébiscitée et perçue comme un avantage d'incitation à la consommation culturelle alors qu'il s'agit d'un système de fidélisation de l'entreprise.

Cependant, si l'élévation générale du niveau de formation des adhérents est un facteur favorable à l'accroissement des achats, ses effets bénéfiques sur le plan de la lecture sont beaucoup plus faibles chez les adhérents que chez les autres acheteurs de livres. Certes, l'intensité de la lecture s'accroît régulièrement avec le niveau de diplôme des adhérents comme dans la population française, mais la part des faibles lecteurs (moins de douze livres lus par an) est toujours plus forte chez les adhérents que dans la population française. Ainsi 90 % des adhérents détenteurs d'un CEP, 86 % des détenteurs d'un BEPC, d'un CAP ou d'un BEP, 69 % des bacheliers et 63 % des diplômés de l'enseignement supérieur ont une pratique peu intensive de la lecture pour 50 %, 49 %, 29 % et 22 % des mêmes catégories de la population française[8].

Par ailleurs, l'élévation du niveau de formation génère des attitudes critiques à l'égard du club lorsque celui-ci n'est pas en mesure de satisfaire les nouvelles aspirations culturelles des jeunes générations d'origine populaire. L'insatisfaction voire la désaffection à l'égard du club peut provoquer le départ ou le passage à la concurrence des milieux populaires déclassés, ceux dont la position professionnelle obtenue n'est pas à la hauteur de ce qu'a pu leur laisser espérer leur niveau de formation supérieure. En dépit d'une pratique de lecture peu intensive, ils ont acquis scolairement des systèmes de classement des œuvres et des intérêts de lecture en accord avec leur niveau de formation qu'ils ne trouvent pas à satisfaire au club. Autre exemple de décalage entre la position sociale et l'intensité de la pratique lectorale, les milieux supérieurs faiblement diplômés mais en ascension sociale. Ceux-ci aimeraient voir la stylisation culturelle de leur vie confirmée par l'appartenance au club. Loin de plébisciter l'incitation culturelle par la contrainte exercée par le club, ils utilisent les possibilités économiques offertes par le club comme un effet d'aubaine.

Quelles peuvent être les raisons des lecteurs plus intensifs à adhérer à un système d'offre fonctionnant objectivement comme un instrument de facilitation de la pratique lectorale à destination des faibles lecteurs ? Comment échappent-ils au « stigmate » que peut signifier pour eux l'appartenance sous contrainte au club ? Par leur position de « consommateurs éclairés » ? L'intérêt pour la remise de 25 % sur le prix du livre, la recherche du rapport qualité-prix, la satisfaction de l'adhésion par un avantage économique sont en effet plutôt le fait des lecteurs d'intensité moyenne, issus des classes moyennes ou supérieures.

Les discours justifiant l'adhésion au club, l'idée que se font les adhérents du club et de son offre, les choix effectués parmi les biens culturels ou les services proposés, les modes d'approvisionnement choisis, tous ces éléments font apparaître de grandes différences dans les usages et le rapport au club. Le degré d'intensité du rapport au livre et le volume du capital culturel détenu constituent les deux principaux facteurs expliquant ces différences. L'analyse typologique permet de distinguer neuf types de comportements d'adhérents qui rendent compte des différences du rapport à l'écrit, et plus généralement à la culture, des fractions populaires et moyennes peu ou moyennement lectrices. La moitié des adhérents se disent satisfaits du club ; 30 %, appartenant aux milieux populaires, se disent même très satisfaits car le fonctionnement du club répond à leurs attentes autodidaxiques et familiales.

Un premier groupe (13 % des adhérents) composé de jeunes détenteurs d'un faible niveau de formation scolaire, appartenant à des familles populaires monoparentales ou dont le chef de famille est ouvrier, déclarent aimer la lecture. Il s'agit de lecture de revues et de presse plutôt que de livres. Ces adhérents ont à l'égard du club une demande autodidaxique traditionnelle, il s'agit pour eux d'un système de rattrapage des connaissances qui auraient dû être acquises scolairement : cours divers, guides de voyages, encyclopédies, vie pratique... La musique de variétés pour la détente et l'usage des médias pour l'évasion se substituent chez eux à l'écrit, le divertissement par la lecture ne fait pas partie de leurs habitudes. Recommandation du club aux amis, poursuite de l'adhésion sur une longue durée, participation au recrutement par le parrainage sont les dimensions de l'attitude très positive de ces adhérents. Leur intérêt pour les facilités économiques et les cadeaux en tous genres proposés par le club en remerciement de leur engagement dans des parrainages expliquent ce point de vue très positif sur le club.

France Loisirs semble se situer au cœur de la vie du deuxième groupe (16 % des adhérents) qui plébiscite le club pour ses diverses composantes. Constitué de jeunes foyers (de trente à quarante ans) appartenant aux milieux employés, ou de jeunes retraités, ce groupe se distingue par une forte pulsion d'achat de livres malgré un faible niveau de formation. Le passage par les filières techniques et professionnelles dans l'enseignement secondaire et la force des intérêts spécialisés qu'elles ont suscités ou le souci éducatif sont ici déterminants. Ce groupe manifeste la plus forte adhésion au système du club, autant pour sa fonction de facilitation des attentes de lecture au sein de la famille que pour ses avantages économiques. Le système de remise est connu et apprécié tandis que le catalogue est perçu comme un service de sélection de biens culturels qui permet de satisfaire une demande familiale diversifiée et spécialisée. Quant aux retraités, dotés du certificat d'études primaires ou du bac, ils attendent des livres et des documents audiovisuels qu'ils puissent nourrir leur curiosité afin d'aborder de manière concrète et pratique des savoirs généraux. Ils souhaitent aussi qu'ils leur permettent de comprendre leur propre histoire au sein de la grande Histoire. Ils s'intéressent enfin aux biens culturels marqués par la légitimité scolaire, les classiques, dont la lecture, toujours ajournée dans l'urgence de la vie active, peut enfin être envisagée.

Plus réticents vis-à-vis du club, 17 % des adhérents lui trouvent quand même une réelle attractivité. Ces adhérents des troisième et quatrième groupes sont variés. Le troisième groupe (10 % des adhérents), composé pour l'essentiel d'hommes d'âge moyen (de trente à cinquante ans), issus des classes moyennes et vivant en banlieue parisienne ou dans celle des grandes villes de province, dépensent beaucoup à France Loisirs bien qu'ils soient des lecteurs moyens. Ils fréquentent massivement les boutiques du club qui leur permettent de consulter les ouvrages et de disposer tout de suite de leur commande. Ils vont aussi dans les grands magasins et grandes surfaces ou hypermarchés où ils trouvent ce qu'ils réclament : une offre élargie de livres de poche et de beaux livres à des prix avantageux. Ce groupe rassemble les plus forts acheteurs au club comme dans les autres réseaux de vente. Amateurs de documents et de reportages dans des registres aussi divers que la nature, l'environnement, les beaux arts, le sport et les travaux manuels, ils apprécient aussi l'offre de littérature française et étrangère lorsque la forme fictionnelle est associée à une approche documentaire : roman régional ou d'aventure, biographie, témoignage, livre politique ou d'histoire contemporaine… Consommation de l'actualité culturelle d'information ou de fiction, souci de capitalisation des valeurs sûres dans le domaine de l'écrit comme dans celui des biens relevant de l'image, du son ou du numérique, suréquipement en matériel de communication moderne et d'information, ces différents traits caractérisent un univers masculin et une culture moyenne, techniciste, inscrite dans le temps présent et la modernité. La volonté de transformer en capital les fruits de ces pratiques culturelles nécessite des garanties de qualité et de légitimité. Elle n'est pas en contradiction avec un grand besoin de loisirs liés au mode de vie urbain et à un âge mur qui se traduit par un désir de voyages. La fidélisation ancienne de ce groupe s'explique par une forte adhésion à toutes les dimensions du club. La réserve relative exprimée tient à l'attente, insatisfaite, d'actualité documentaire et d'actualité légitime dans les domaines les plus consacrés : art, histoire, littérature, musique... L'offre de supports de stockage ou d'outils technologiquement nouveaux (CD-ROM, logiciels...) est perçue également comme insuffisante. Si plus du tiers de ces adhérents sont retournés au club après l'avoir quitté, c'est qu'ils en apprécient quand même l'offre et les services.

Enfin un petit groupe de jeunes retraités — le quatrième groupe (7 % des adhérents) —, habitant les petites villes de province ou le milieu rural, dont les loisirs sont centrés principalement sur le foyer (lecture de livres et de journaux, écoute de la télévision, promenade à pied et jardinage), apprécie le club pour la sociabilité qu'il permet autour du livre. Bien que dotés d'un faible capital culturel, ils achètent beaucoup à France Loisirs, lieu exclusif de leurs achats de livres.

On note encore une certaine attitude critique de certains adhérents de moins de quarante ans, chez qui l'obtention d'un niveau scolaire élevé n'a pas provoqué un fort appétit de lecture. Dans ce cinquième groupe (19 % des adhérents), le niveau élevé de la formation générale, sans provoquer l'intensité de la pratique lectorale (plus de la moitié sont de très faibles lecteurs), a fait prendre conscience de la nécessité de l'accès à la culture. Attentifs à doter leurs enfants de toutes les possibilités d'accès à la culture pour qu'ils puissent poursuivre leur ascension sociale, ils utilisent pour satisfaire cette mission éducative tous les moyens disponibles. L'usage du club est familial, marqué par le souci d'éduquer les enfants, mais ces adhérents pour les mêmes raisons achètent également des livres de poche en librairie ou empruntent d'autres livres en bibliothèque. Contrairement au groupe précédent, la sociabilité familiale se structure non pas dans les échanges autour des livres mais dans les sorties culturelles. Ils attendent donc du club un service de billetterie qui leur permette d'accéder à moindres frais au mode de vie culturel urbain. Ces adhérents attendent du club qu'il remplisse le rôle que joue la Fnac dans les grandes villes de province où ils ont vécu pendant leurs études.

Trois autres types d'adhérents, dotés d'un bon niveau de formation générale, récusent la fonction d'incitation culturelle du club et critiquent le caractère contraignant du système d'offre qui bride la liberté intellectuelle et limite les possibilités de choix. Le rapport au club du sixième groupe (16 % des adhérents) est extrêmement distant : la critique porte autant sur les contenus que sur le fonctionnement de l'entreprise. Politique des prix, obligation d'achat, composition de l'offre font l'objet d'une vive critique de la part d'une population jeune d'employés déclassés. La détention d'un niveau de formation élevé ne s'est pas accompagnée d'une pratique lectorale intensive, mais a provoqué un vif intérêt pour une offre marquée par l'actualité et la légitimité culturelle, sur fond d'actualité et d'éclectisme propre au mélange des genres, toutes choses que propose le livre de poche dont ils sont de grands consommateurs. Les prix sont considérés comme peu intéressants, le rythme de l'obligation d'achat et l'envoi d'office sont perçus comme des atteintes au libre arbitre, l'accueil dans les boutiques et l'offre sont insatisfaisants par comparaison avec ceux des grandes surfaces culturelles où ils s'approvisionnent en livres de poche. Ce qui est attendu en définitive, c'est une politique d'accompagnement du choix grâce à une sélection et à un accueil personnalisé.

Dotées d'un niveau moyen de culture générale (bac, bac + 2), bonnes lectrices, les jeunes femmes qui constituent le septième groupe (5 % des adhérents) sont aussi extrêmement critiques à l'égard du club et certaines vont jusqu'à envisager de le quitter. Elles estiment qu'elles n'ont pas à assurer le service commercial du club en participant au parrainage, qu'elles n'ont pas besoin non plus d'incitation à lire, et donc que le système contraignant du club ne leur convient pas. La contestation porte principalement sur l'absence de variété de l'offre dans tous les genres littéraires et dans tous les domaines de la consommation culturelle (livres, musique, films...). Elles regrettent aussi l'absence de notoriété des titres sélectionnés, condition de garantie de la qualité de l'offre et de la définition de valeurs sûres autres que classiques. Elles attendent du club un large choix de titres, en tous genres, à l'exclusion du roman d'amour plébiscité par les fortes lectrices des milieux populaires peu diplômées, et des genres considérés comme relevant de la culture élitiste : littérature contemporaine étrangère, études historiques et beaux arts. Sont privilégiés les romans grand public, le policier, la science-fiction et le fantastique, les romans historiques, ainsi que les ouvrages scientifiques et techniques et les livres pratiques. Ces adhérentes se déterminent en fonction de la prescription radiophonique et du système des prix littéraires qui proposent, pour la production courante, une certification de qualité grand public. Elles lisent aussi quelques classiques qui offrent tous les signes de la garantie culturelle.

Le huitième groupe (10 % des adhérents) comprend le plus grand nombre d'utilisatrices d'espaces urbains de vente de livres et de sorties culturelles (achats à la Fnac, dans les autres grandes surfaces culturelles ou librairies générales et au Grand Livre du mois, club concurrent plus haut de gamme que France Loisirs). Issues des classes moyennes de la région parisienne ou des grandes villes de province, en ascension sociale par le conjoint, elles privilégient la culture comme un art de vivre qui leur permet de lutter symboliquement contre le déclassement en se rapprochant du mode de vie des fractions moyennes ou supérieures cultivées. Dans la mesure où le club est doté d'une faible valorisation culturelle et ne peut donner lieu à une stylisation culturelle de la vie quotidienne, il suscite une attitude de rejet.

Proche du précédent groupe par son attitude très négative à l'égard du club, le neuvième et dernier groupe (10 % des adhérents), constitué d'un lectorat féminin populaire doté d'une formation générale moyenne (bac), plongé dans une pratique lectorale soutenue, juge insupportables l'obligation d'achat et son corollaire, en cas d'oubli, l'envoi d'office. Ces adhérentes trouvent ailleurs, dans les librairies-kiosques, les grands magasins et les bibliothèques, de quoi satisfaire leur appétit personnel de modernité qui s'exprime tant dans la lecture et la musique que dans le besoin de nouveaux supports technologiques de consommation culturelle. Elles apprécient également une médiation culturelle discrète mais compétente (sélection élargie, contacts personnalisés peu intrusifs) qui respecte leur souci de liberté personnelle. Elles attendent ainsi du club un renoncement à la production d'ouvrages pour les faibles lecteurs non diplômés des classes populaires (romans d'amour, livres de cuisine, de santé, romans régionaux, variétés musicales...). En revanche, elles espèrent voir satisfaits leurs goûts pour les documents d'actualité, les romans d'aventure, la BD et les genres associés comme la SF et le fantastique. Ce qui caractérise ce groupe, c'est sa propension à vouloir conjurer par la lecture les peurs face aux mutations du monde. L'intérêt pour le futur ou la réalité transformée, l'accent mis sur la mobilité dans l'aventure techniciste ou fictionnelle et la soumission déguisée aux choix des professionnels armés pour le conseil et la médiation culturelle (bibliothécaires, libraires) caractérisent leur comportement.

En conclusion, sur une trentaine d'années, le club France Loisirs a permis de satisfaire de nombreux lecteurs tout en soutenant la régularité de leur pratique de lecture par l'obligation trimestrielle d'achat même si cette fonction a pu être contestée ; il a su s'adapter à l'évolution des lectorats, et notamment à l'augmentation des faibles lecteurs diplômés, en répondant aux attentes diversifiées de catégories détentrices d'un « goût moyen », attentes elles-mêmes différenciées en fonction des caractéristiques sociales et culturelles des adhérents.

Sans abandonner la satisfaction d'intérêts autodidaxiques traditionnels, le club a surfé sur le développement d'un système d'intérêts très homogène qui regroupe les genres moyens plébiscités par les adhérents, le document d'actualité, la BD, le roman d'aventure ou psychologique, le policier, la SF, le roman fantastique, l'humour... Ces genres sont dits « moyens » car ils ne se prêtent pas vraiment à des lectures lettrées et se distinguent par ailleurs des genres qui satisfont les intérêts de divertissement ou de sérieux de la connaissance autodidaxique des milieux populaires. Ces genres moyens aident à vivre les lecteurs placés dans des situations de mobilité ou de déclassement. Ils permettent de vivre une aventure par procuration ou de s'essayer à d'autres identités, ils permettent encore de conjurer par l'effet cathartique du fantastique les peurs anthropologiques auxquelles sont confrontés les professionnels de la santé et de la médiation sociale, de maîtriser le futur par extrapolation des règles actuelles de fonctionnement technique ou sociétal.

Le club s'est situé majoritairement du côté du goût féminin pour la lecture. Il a satisfait ainsi la distribution sexuelle stéréotypée des pratiques de lecture en mettant fortement l'accent sur la culture moyenne féminisée : intériorité favorisée par l'amour du roman, support à l'expression de la subjectivité et de l'affectivité mais aussi promotion d'attitudes nouvelles, rôle d'éducation, sociabilité autour des biens culturels, attachement aux valeurs sûres, recours à la médiation. Cette culture féminisée s'est exprimée selon des registres plus ou moins modernistes : sérieux de la culture de référence patrimoniale, classique, culture de l'actualité, de l'information, de la découverte, de l'enrichissement par l'éclectisme des biens et des supports.

Le club a aussi contribué à faire prendre conscience aux adhérents de l'évolution de la société : documents, témoignages, mémoires, biographies ou romans, tous ces textes publiés par le club ont permis aux adhérents de mieux penser le monde et leur place dans cette société en mutation. Quel peut être l'impact sur le club de l'accès aux connaissances et aux biens culturels par l'internet et les réseaux sociaux ? Parviendra-t-il à s'adapter à une société de plus en plus connectée et formée aux nouvelles technologies sans abandonner pour autant ceux qui en sont éloignés ? Telles sont les questions qui restent en suspens

Notes

1. Une dizaine de recherches ont pu être menées au sein de l'Observatoire France Loisirs de la lecture en douze ans d'activité scientifique, elles ont toutes donné lieu à publication.
2. Les données statistiques sont issues de l'enquête Bertelsmann de 1996, de l'enquête sur les pratiques culturelles des Français, en 1997, du ministère de la Culture et des panels TNS-Sofres sur les acheteurs de livres entre 1993 et 2002.
3. Source Bertelsmann.
4. Source Bertelsmann.
5. Source TNS-Sofres.
6. Source Bertelsmann.
7. Source PCF.
8. Source Bertelsmann et PCF.

Le lectorat féminin : un public à séduire

Joanna Thibout-Calais

Étudiante du Pôle des métiers du livre de l'IUT Michel de Montaigne, Joanna Thibout-Calais se forme aux métiers de la librairie. Passionnée de littérature, elle a travaillé entre autres à la Librairie des femmes à Paris, de même qu'aux éditions du même nom. Cette étude sur la féminisation du lectorat est le fruit d'un travail d'enquête et de réflexion mené auprès de lectrices et de professionnels du livre.

La reconnaissance de la lecture des femmes a été longue. Il a fallu plusieurs siècles avant qu'elle ne soit acceptée, permise, voire encouragée par l'éducation. Alors que les femmes ont fait évoluer la littérature — grâce aux salons à partir du XVIIe siècle ou aux productions des auteurs de Madame de la Fayette à Catherine Millet — leur place dans l'histoire des lettres a toujours été minorée. Lectures légères, lectures faciles, lectures illégitimes. Les femmes ont su redoubler de courage pour faire accepter leurs romans et faire admettre l'importance de la lecture dans la formation de tous. Grâce à ce passé difficile, les femmes ont tissé un lien fort, intime, avec la lecture qui est devenue une véritable nécessité pour les plus ardentes d'entre elles.

Aujourd'hui, l'ensemble des enquêtes sur les pratiques culturelles des Français ne peuvent plus faire l'impasse sur le phénomène en cours dans les pratiques de lecture : la lecture s'est féminisée en France dans les années 1980 et ce lectorat s'affirme et acquiert toujours plus d'influence. Les femmes sont majoritaires dans l'ensemble des activités liées à la lecture de livres. Elles lisent plus, elles aiment davantage cette plongée dans les mots, elles sont plus nombreuses en librairie à acheter des livres, elles partagent leurs lectures entre elles et fréquentent les bibliothèques. Mais, surtout, ce sont les femmes qui détiennent le privilège majeur de la transmission de la lecture aux enfants, que ce soit par leurs métiers — elles sont plus nombreuses à travailler dans les sphères de l'éducation — ou par leur rôle de mères. Les femmes sont ainsi les garantes de la lecture et de la culture en général.

Bien sûr, dire que le lectorat se féminise, que les femmes lisent plus intensément que les hommes, qu'elles sont davantage sensibles aux romans sentimentaux ou aux livres pratiques, relève de la généralité. Cela ne signifie pas que toute femme lit plus que tout homme ou que chaque femme est une cliente potentielle de la marque Harlequin. Au sein de l'ensemble des lectrices persistent des disparités sociales, générationnelles, des écarts liés à l'âge, au niveau de diplôme, au lieu d'habitation, des différences liées au caractère unique de chaque personne. Aucune lectrice n'est identique à aucune autre. Mais le lectorat féminin est un public qui doit être, et qui est, étudié par les professionnels de la lecture pour pouvoir cerner au mieux ses besoins, ses attentes et ses envies afin de développer une offre adaptée.

Selon un sondage Ipsos-*Livres Hebdo* réalisé en octobre 2006, 54 % des personnes qui se rendent en librairies (de premier et de deuxième niveaux) sont des femmes de 46 ans en moyenne. Elles sont également plus nombreuses à acheter des ouvrages : les femmes constituent 58 % des acheteurs. Sur le terrain, les libraires sont unanimes : leur clientèle est majoritairement féminine, jusqu'à 70 %, estiment certains. Cette évolution des pratiques a de grandes conséquences dans le monde du livre. En 2009, c'est le secteur éditorial des romans qui enregistre le plus d'exemplaires vendus et réalise le meilleur chiffre d'affaires — respectivement 26 % et 25 % du marché[1] — et l'on sait que ce sont les femmes qui sont friandes de fictions. Les deux autres domaines qui enregistrent des résultats importants sont ceux de la jeunesse — 17 % d'exemplaires vendus et 12 % du chiffre d'affaires total de l'édition — et du livre pratique — 11 % d'exemplaires vendus et 13 % du chiffre d'affaires. Encore une fois ce sont des secteurs directement liés aux femmes. Ce sont elles qui achètent les livres, soucieuses d'amener les enfants à la culture. Et ce sont elles qui valorisent les livres pratiques qui les aident au quotidien dans leur cercle familial ou domestique. Sur les 30 meilleures ventes de l'année 2009, 23 titres sont des titres « féminins », d'après ce que l'on sait des goûts des femmes — romans, livres de cuisine, etc. —

et d'après la définition que donnent les libraires de la littérature féminine — des romans qui présentent des personnages de femmes, dans lesquels dominent histoires d'amour ou considérations psychologiques. D'une part, les femmes sont plus nombreuses parmi les acheteurs de livres ; d'autre part, ce sont les titres qui leur plaisent qui réalisent les meilleures ventes. L'édition et la librairie ne peuvent se permettre de négliger un tel lectorat. Du reste, le fait que 23 des meilleures ventes soient directement destinées à des femmes n'est pas le fruit du hasard. C'est le signe de politiques éditoriales spécifiquement menées à destination du lectorat féminin.

À partir d'entretiens avec des professionnels du livre, libraires et éditeurs, tentons de comprendre comment le secteur de l'édition et celui de la librairie conquièrent les femmes et quelles sont les conséquences de ces évolutions au sein des métiers du livre.

L'édition : une sentimentalisation générale de la littérature

La féminisation du lectorat entraîne plusieurs bouleversements dans l'édition. Dans un premier temps, de nouveaux genres romanesques sont explorés pour répondre à une demande croissante des lectrices qui recherchent des littératures sentimentales dont elles n'ont pas à avoir honte. Des collections sont lancées pour familiariser les femmes aux types de livres *a priori* plus masculins — polars, science-fiction, bandes dessinées. Le *design* des couvertures est réfléchi pour plaire au deuxième sexe. Enfin ce lectorat féminin qui prend de l'ampleur vient également grossir les rangs des équipes dans les maisons d'édition.

Depuis longtemps, les femmes raffolent du genre courtois, galant ou sentimental. Cette prédilection est plus forte que jamais. Avec le développement du lectorat féminin, les éditeurs doivent prendre en considération ce goût prononcé pour le roman d'amour. En 1978, peu avant que les femmes ne deviennent majoritaires parmi les lecteurs, la maison d'édition canadienne Harlequin vient s'implanter en France. Elle prend d'assaut le marché du roman rose et occupe aujourd'hui

81,5 % du marché du roman d'amour, avec 12 millions de titres vendus chaque année[2]. La maison emploie des méthodes musclées pour dominer sèchement le monde de l'édition sentimentale : « produits codés au millimètre (les intrigues pourraient être écrites par ordinateur [...]) ; présence exclusive en grande surface [...] ; livraison des nouveautés tous les quinze jours ; destruction impitoyable des nouveautés[3] ». Seule la collection « J'ai lu » tente de concurrencer le « monstre » Harlequin, avec la publication des textes de Barbara Cartland — plus de 700 romans publiés — et la collection « Aventures et passion ». Mais cette littérature à l'eau de rose reste en marge de la « vraie » ou de la « grande » littérature, malgré les efforts de ces éditeurs pour se diversifier — Harlequin et « J'ai lu » ont ainsi fait peau neuve en créant de nouvelles collections plus modernes (récits citadins, *thrillers* sentimentaux, *fantasy*) et en actualisant leurs couvertures[4]. Encore très peu de librairies acceptent ces ouvrages dans leurs rayonnages, abandonnant la vente de ces textes aux supermarchés et aux maisons de la presse. Et beaucoup de lectrices n'osent se montrer en public, dans les transports en commun, avec de tels livres à la main.

Les éditeurs, face à la demande toujours plus importante de romans sentimentaux et dans une volonté de plus grande modernité, ont tenté la reconquête du roman rose grâce à la veine de la *chick lit* venue des pays anglo-saxons. Les jeunes femmes, entre vingt et trente ans, « célibataires branchées, mères de familles décomplexées, lolitas nanties[5] », en sont les cibles et les modèles. « La "littérature pour poulettes" est rapidement devenue, pour Harlequin ou "J'ai lu", un contrepoint en forme de clin d'œil ironique voire sarcastique au schéma amoureux classique, qu'on retrouve dans la collection "Red Dress Ink" lancée en 2003 par Harlequin[6]. » Pour les éditeurs, cette forme de littérature sentimentale a permis d'attirer tout un pan de lectrices qui n'avait pas osé, jusque-là, aller piocher dans les collections classiques du roman rose. Grâce à la publication, en 2000, en France, du *Journal de Bridget Jones* de Helen Fielding chez Albin Michel, puis, en 2004, de l'ouvrage de Lauren Weisberger *Le Diable s'habille en Prada* chez Fleuve noir, le genre a acquis ses lettres de noblesse et réussi des scores de ventes impressionnants. Aujourd'hui la *chick lit* s'essouffle un peu mais la littérature sentimentale n'a pas pour autant dit son dernier mot ; au contraire, elle ne s'est jamais aussi bien portée.

Le roman sentimental déteint sur l'ensemble de la production traditionnelle. Marc Lévy, Guillaume Musso, Anna Gavalda, Katherine Pancol donnent des couleurs roses très prononcées au roman grand public. L'écriture sentimentale s'infiltre partout et colonise des genres *a priori* très éloignés du roman d'amour. Les histoires de cœur deviennent légitimes : les lectrices n'ont plus honte de revendiquer ces lectures. Parmi toutes les personnes interrogées, certaines citent les auteurs de comédies romantiques comme leurs auteurs préférés. Le phénomène est d'autant plus étonnant que certains hommes même entreprennent la lecture de cette littérature féminine. Les textes de Marc Lévy, de Guillaume Musso, de Muriel Barbery, parmi d'autres, se placent en tête des meilleures ventes chaque année. L'édition assiste au triomphe de la littérature sentimentale.

Au-delà de la littérature contemporaine, le roman rose influence des genres à l'origine plus masculins. Ainsi est apparue la *bit lit* (composée d'histoires d'amour entre des vampires, des loups-garous et des humains) — en 2009, Stephenie Meyer a raflé les trois premières et la cinquième places des meilleures ventes de l'année avec sa série *Twilight* – ; ainsi se sont imposés les fameux *feel good books*. Car les femmes veulent des histoires d'amour, mais surtout des *happy ends*. Les fins joyeuses clôturent désormais les romans à succès qui sont davantage des « produits culturels » que des littératures de création. L'ensemble des éditeurs — y compris ceux qui ont très bonne réputation — publient ce type de textes. Gaïa soutient Katarina Mazetti, Gallimard défend Carole Martinez, Lattès Grégoire Delacourt, Le Dilettante fait un tabac avec Anna Gavalda.

Par ailleurs, les éditeurs entreprennent de féminiser les genres du polar, de la science-fiction ou de la bande dessinée.

Depuis vingt ans, les catalogues de romans policiers accueillent davantage de textes écrits par des femmes qui traitent de questions susceptibles de leur plaire. Actes Sud, par exemple, cible très directement le public féminin avec des auteurs comme Camilla Läckberg. Certains titres sont pensés de la même manière en mêlant enquêtes et histoires d'amour. P. D. James, avec son dernier roman *La Mort s'invite à Pemberley*, propose une suite criminelle au roman le plus connu de Jane Austen, *Orgueil et Préjugés*. Véritable hommage à la romancière britannique ou stratégie marketing bien huilée ?

Il en est de même pour la science-fiction. « Le genre s'est beaucoup développé [...] ces dix dernières années, notamment sous l'effet de Harry Potter et de l'adaptation au cinéma du *Seigneur des anneaux*. [Les femmes] ont participé activement aux succès de l'année. Elles lisent [par exemple] Robin Hobb, dont la série *L'Assassin royal* [...] est la grande gagnante du classement des meilleures ventes de l'année [2009][7]. » Illustration supplémentaire de la montée en puissance du public féminin : des collections de science-fiction ont été créées spécialement pour les femmes. L'éditeur Bragelonne a ainsi lancé une seconde maison d'édition, Milady, à destination de ce public.

C'est surtout grâce à l'introduction d'auteurs féminins que les éditeurs ont pu faire évoluer le lectorat des polars et de la science-fiction. Jusqu'à présent, toutes littératures confondues, les femmes représentent un tiers des auteurs[8]. Quant à la bande dessinée, elle se pare de couleurs pop, s'imprègne de thématiques *girly* et passe au format de poche. Que ce soit chez Marabout avec la collection des « Paresseuses » ou la collection « Marabulles », chez Pocket avec « Bulles & Blogs » ou au Livre de poche avec la collection « Bulles en poche », la vie des femmes devient « tout à fait fascinante » en bande dessinée. Pénélope Bagieu et ses collègues féminisent le genre avec leurs billets d'humeur et attirent les lectrices vers un genre *a priori* masculin.

Outre une modification dans les thématiques et une plus grande ouverture à l'écriture des femmes, les ouvrages s'ornent de nouvelles couvertures, adoptent de nouveaux formats pour accrocher l'œil des lectrices en librairie. Même si Lisa Grall, responsable de projet chez Marabout, affirme que dans son secteur rien n'est mis en œuvre dans le choix des maquettes pour plaire spécifiquement aux femmes, elle précise tout de même que c'est une équipe de femmes qui élit les projets graphiques et qu'elle et ses collègues se décident en fonction de ce qu'elles aiment en tant que femmes. En revanche, François Laurent, directeur adjoint d'Univers poche, est assez catégorique ; il affirme que la féminisation du lectorat entraîne « une certaine féminisation du livre et des couvertures en particulier. Cela peut passer par des éléments comme la rondeur d'une typographie que l'on préfère désormais à des caractères trop rigides, à des polices de caractère trop austères ou trop anguleuses[9]. » Lors de la période de Noël 2011, le Livre de poche recrute Christian Lacroix. Après avoir ébauché la couverture du *Petit Larousse 2005*, le couturier redessine neuf romans classiques de la collection, neuf romans pour neuf héroïnes. Il « crée des couvertures avec des silhouettes sur fond de nuages, des rabats et pages de garde illustrés, des tranches jaspées en fuchsia. Clin d'œil à l'esprit des livres de poche des années 1950-1960, le défilé qu'il a conçu n'est pas si éloigné de ses créations pour la mode[10]. »

Les libraires remarquent aussi le nouveau *design* des grandes collections de poche réalisé ces dernières années. Folio enveloppe certains classiques, tels *Gatsby le magnifique* ou *Candide*, de jaquettes roses ou violettes à la douceur de velours. « 10/18 » est la dernière collection de poche à se doter d'un nouvel habillage. Les volumes de la marque affichent des couleurs éclatantes — du rose, du bleu, du violet, de l'orange — et des typographies grasses, bien rondes pour le nom de l'auteur. Bien qu'elle refuse l'idée d'une féminisation des publications, Aurélie Jardel, libraire à L'Autre Rive, ne peut s'empêcher de remarquer, au sujet de la nouvelle édition des *Choses* de Perec, titre qui peut tout aussi bien être conseillé à un homme qu'à une femme, que « les éditeurs ont mis une tulipe sur la couverture ». Le livre pratique en coffret procède de la même logique. Les livres de cuisine, de loisirs créatifs, se présentent massivement sous forme de coffrets-cadeaux pendant les périodes de fêtes — bien qu'un recul de la pratique soit à noter ces dernières années. Le livre est accompagné d'un ou de plusieurs ustensiles en lien direct avec le contenu de l'ouvrage. Le parti pris des éditeurs est clair : il s'agit de plaire aux femmes. Et pour leur plaire, une attention particulière doit être apportée à la présentation des ouvrages car les lectrices aiment les livres pour leur contenu mais aussi pour leur forme séduisante, pour leur qualité d'objet.

Des opérations commerciales sont également initiées à destination des lectrices : les opérations des mois précédant l'été, « deux livres de poche achetés, un livre offert » ou « pour deux livres de poche achetés, un cadeau offert ». Les éditeurs ciblent les femmes qui aiment tout particulièrement lire en vacances. Les cadeaux qui ont pour fonction de séduire les lectrices sont tantôt des petites trousses de toilette, tantôt des serviettes de plage, ou des sacs en toile, quand ce ne sont pas des tongs... Les maisons d'édition n'hésitent pas à s'associer avec des marques de vêtements — Points s'est ainsi acoquiné avec la marque ba&sh à l'été 2010 — pour être davantage visibles, pour créer un effet d'appel plus fort.

Si la féminisation du lectorat entraîne une féminisation des publications, il ne faut pas oublier non plus la féminisation qui se joue au cœur des maisons d'édition et des métiers qui y sont liés. Aujourd'hui les femmes représentent 75 % des salariés des maisons d'édition alors qu'en 1970 elles n'atteignaient même pas les 50 %[11]. Lisa Grall ne peut s'abstenir de remarquer que dans son équipe de vingt-cinq personnes il n'y a que cinq garçons. Elle « pense que c'est majoritairement lié au fait que plus de femmes font des études littéraires. [...] Quand [elle] recrute un stagiaire ou un candidat pour un CDD, [elle] constate qu'il y a bien plus de candidats femmes. » Mais les maisons d'édition ne souhaitent-elles pas embaucher plus de femmes pour savoir davantage comment séduire un lectorat féminin ?

Malgré une surreprésentation féminine dans la profession, les femmes ne sont que très peu placées à des postes de décision : elles occupent majoritairement les emplois d'attachée de presse, de secrétaire ou d'assistante d'édition. Mais les choses évoluent. Plusieurs femmes ont pris les rênes de maisons d'édition suite à un héritage — Marie Hatier à la tête des éditions du même nom, Irène Lindon chez Minuit ou Françoise Nyssen au sein d'Actes Sud —, certaines ont créé leur propre structure, telles Anne-Marie Métailié, Viviane Hamy, Sabine Wespieser ou Marion Mazauric. Mais les femmes nommées à des postes de direction sont encore peu nombreuses. « Les "grandes patronnes" restent minoritaires et la féminisation du secteur ne dépasse que rarement le niveau des directions de départements. Elles officient par ailleurs souvent dans les secteurs qui touchent à l'enfance, l'éducation ou les arts ménagers (scolaire, pratique, jeunesse)[12]. »

La féminisation des métiers du livre touche également la diffusion. Si les libraires affirment aujourd'hui qu'il y a parité au sein des représentants, cela n'a pas toujours été le cas. « "Quand je suis entré dans le métier à la fin des années 1970, il n'y avait aucune femme dans les équipes", se souvient Jacques Gaveau, représentant chez Larousse. Trente ans plus tard, même si la diffusion reste l'un des secteurs de l'édition les moins féminisés avec la distribution, les équipes commerciales de terrain comptent de plus en plus de femmes[13]. » Le dernier rapport de l'Observatoire paritaire de l'édition avance en effet le chiffre de 32 % de femmes. Cependant, la situation qui a cours dans l'édition persiste : si les femmes « sont présentes dans la plupart des équipes de représentants, et bien qu'elles se voient de plus en plus confier des catalogues de littérature, les femmes restent généralement cantonnées à des segments de l'édition dits "féminins" comme la jeunesse et le pratique[14]. »

Si les éditeurs s'adaptent ainsi au lectorat féminin et à ses envies, qu'en est-il de la librairie ? Quelles sont les stratégies mises en œuvre pour attirer le lectorat féminin, au-delà de la présentation des livres qui plaisent aux femmes ?

La librairie : un lieu de partage et de convivialité

Les libraires savent qu'ils ont davantage affaire à des clientes qu'à des clients. L'offre que leur font parvenir les éditeurs, les distributeurs, est, on l'a vu, très largement adaptée à ce public. Mais, outre la mise en scène de l'offre, qu'est-ce que les professionnels de la librairie peuvent mettre en œuvre pour conquérir les femmes ?

Le libraire a un rôle de passeur, il fait le lien entre les auteurs et les lecteurs par une action de valorisation de l'offre. Valorisation physique par la disposition des ouvrages dans la librairie mais également valorisation orale lors du conseil donné au client. Les libraires interrogés affirment tous ne pas ou peu penser au lectorat féminin lorsqu'ils aménagent leur magasin ou agencent les titres sur les tables. Joël Raynal, libraire chez Ombres blanches à Toulouse, rapporte tout de même qu'il « essaie de faire ce travail en oubliant un grand nombre de conceptions sexistes ». Mais il sait bien que s'il place ensemble, dans un endroit précis, certains romans qui semblent plus adaptés à une sensibilité féminine, cela marchera mieux. Et le libraire ne s'en prive pas.

Par ailleurs, les professionnels avouent distiller leurs conseils souvent en fonction du sexe des clients. Ils reconnaissent volontiers avoir l'impression que certains titres « se vendront plus facilement auprès des femmes ». Parfois ils sont surpris et peuvent revenir sur leur avis, c'est le cas de Marie Razes, libraire au rayon de littérature chez Cultura ; dans le cas de certains livres qui sont, *a priori*, destinés à des femmes, elle se rend compte parfois que des hommes les lisent et qu'ils les touchent aussi. Le conseil est aussi très lié au retour qu'elle a des clients ou des gens de son entourage. Cela lui fait revoir son jugement et l'adapter. Les libraires hommes, quant à eux, se sentent contraints d'avoir une sorte de sensibilité féminine pour pouvoir conseiller les lectrices. Ils sont capables de faire la part des choses entre ce qu'ils aiment ou non et ce qui peut plaire aux femmes. Nicolas Vivès, libraire chez Ombres blanches, confie une anecdote sur sa lecture de Jeanette Winterson, *Pourquoi être heureux quand on peut être normal.* « J'en ai lu une bonne partie et cela m'a profondément ennuyé. Profondément. C'est l'histoire d'une femme qui raconte son enfance avec une mère adoptive abusive dans une Angleterre pudibonde... Cela m'a ennuyé mais c'est un livre auquel je suis obligé de reconnaître des qualités. Et je sais que c'est un livre qui peut trouver sa place auprès d'un public féminin. Je pense que la grande majorité des lecteurs masculins s'y ennuient autant que moi, parce que cela fait appel à une fibre psychologique, et je crois que nous sommes dénués de cette sensibilité-là. Ce sont des histoires de bonnes femmes. » Le conseil en librairie est donc imprégné d'une dichotomie homme-femme. Malgré la volonté d'une partie des professionnels de s'affranchir des clichés, leur lecture est en partie déterminée par cette ambivalence entre le caractère masculin et le caractère féminin des œuvres. En écoutant parler les libraires, l'ambivalence apparaît toutefois plus marquée du côté féminin que du côté masculin. Si, à de nombreuses reprises, il est question dans les entretiens de « littérature féminine », jamais le terme de « littérature masculine » n'est avancé. Cependant, les hommes ont l'air plus fermés que les femmes qui semblent plus enclines à découvrir de nouveaux types d'ouvrages. Pour François-Xavier Schmit, gérant de la librairie L'Autre Rive de Toulouse, « *Limonov* de Carrère est plutôt à destination d'un public masculin. Plutôt. Et dans les faits cela se retrouve. Je l'ai vendu à des hommes. Mais cela reste moins systématique que dans l'autre sens. Il y a des livres que je ne conseille jamais à des hommes. Pas l'inverse. » De même, alors que les femmes lisent autant d'auteurs femmes que d'auteurs hommes, les hommes semblent se montrer hostiles à la lecture de textes écrits par des femmes. Pourquoi donc est-il encore question de « littérature féminine » alors que les femmes semblent se montrer plus curieuses que les hommes ? Domination masculine inconsciente et rémanente visant à sous-estimer les goûts des femmes et à les cantonner à un genre « facile » ou « léger » ?

Le même problème se pose au niveau du personnel des librairies. Alors que l'ensemble des métiers du livre se féminisent et que certains domaines — les bibliothèques par exemple

— présentent une proportion plus importante de femmes que d'hommes dans leurs équipes, la librairie n'a pas encore été totalement gagnée par cette vague de féminisation. Sur le terrain, le constat est parfois amer : « Nous avons un petit souci culturel à ce niveau-là, déclare Marie Razes : la cliente — le client encore plus — accorde (inconsciemment ?) plus de crédit à ce que peut lui dire un homme qu'une femme. Je le remarque constamment. Certaines clientes habituées n'ont pas la même attitude avec mes collègues hommes et les réclament d'ailleurs s'ils ne sont pas là. Même si, en l'occurrence, c'est moi qui gère le rayon dont elles veulent un livre. Il y a encore un petit souci de crédibilité. » Impossible de bien évaluer et d'envisager correctement le lectorat féminin si des divisions sexuelles stéréotypées persistent dans les mentalités des femmes elles-mêmes…

Cependant, un constat est partagé par tous, libraires hommes et femmes : les lectrices sont davantage en demande d'échange, de partage, autour de leurs lectures. Face à cette observation, diverses initiatives ont été mises en place par les libraires. D'abord, les rencontres dans les librairies, même si elles ne sont pas en soi particulièrement destinées aux femmes, attirent en grande majorité des lectrices. François-Xavier Schmit relève une véritable différence de fréquentation de sa librairie lors des rencontres organisées autour d'un ouvrage ou d'un auteur. « La semaine dernière, nous avons fait venir un auteur d'un livre très masculin. Un roman noir, rural, américain. Dans la salle, il y avait deux hommes pour quinze femmes. Pour le coup, si pour un roman comme celui-ci, il n'y a pas plus d'hommes, c'est vraiment que c'est un phénomène important et ancré. » Pour répondre à cette volonté de partage féminin, les librairies depuis quelque temps déjà ouvrent des clubs de lecture ou des ateliers. Chez Ombres blanches, un club de lecture s'est ouvert en septembre 2011. Le public qui le compose actuellement est de trois hommes sur trente-cinq personnes. Dans la boutique Cultura, des ateliers sont animés chaque jour autour des loisirs créatifs ou de la cuisine. Le public en est exclusivement féminin. À la librairie L'Autre Rive, un week-end autour de la littérature et de la cuisine est reconduit chaque mois de mai. Si quelques hommes y assistent, ce sont les femmes qui composent la plus grande partie des participants. Et ce ne sont pas des initiatives isolées. En France, il y a une véritable montée en puissance des clubs de lecture. « Protéiformes et informelles, les réunions peuvent aller de l'échange des préférences de chacun à une analyse collective et poussée de textes, voire d'auteurs. Le profil des participants ? Essentiellement des femmes, souvent cultivées et actives, dévoreuses de pages, qui souhaitent allier le plaisir de se retrouver entre amies à celui de découvrir de nouveaux auteurs. [La formule] attire de plus en plus de libraires, qui y voient l'occasion de dynamiser leur point de vente, de l'ancrer dans un réseau de proximité et d'en faire un lieu de sociabilité[15]. »

La librairie Passion culture à Orléans, ouverte depuis septembre 2011, va encore plus loin et fait de son point de vente un lieu véritablement dédié aux femmes. Les murs se parent de couleurs vives, magenta, vert anis, orange ou violet. L'éclairage, mélange de lampes *design* orange ou rose aux formes rondes et de luminaires classiques, crée une atmosphère conviviale, renforcée par des canapés, des poufs et des fauteuils. La directrice du lieu, Sylvie Champagne, déclare avoir voulu créer une ambiance de salon afin de favoriser le partage[16]. Dans la librairie est aménagé un café, « véritable acteur de convivialité contribuant à faire de Passion culture un lieu de vie[17] ». Un espace accueille régulièrement des expositions ; clubs de lecture, ateliers de cuisine ou d'art floral ont lieu dans l'espace-café. À l'occasion, des pique-niques littéraires sont organisés sur les bords de Loire. En fin de semaine, la librairie propose également des bouquets composés par une fleuriste. De surcroît, un rayon « femmes » est installé au premier étage de la librairie : les livres sur la santé, la sexualité, la puériculture, l'alimentation, les médecines naturelles, le bien-être, la gym, la danse et autres activités artistiques côtoient des articles de papeterie, des thés ou des épices. Le site web[18] de la librairie ne permet aucun doute quant à la clientèle visée : la typographie est ronde et rose et un petit pictogramme présentant une femme rangeant des livres dans une bibliothèque est disposé sur toutes les pages. Les ouvrages présentés sur la page d'accueil appartiennent tous à la catégorie de la « littérature féminine » : les *feel good books* jouxtent les ouvrages de Marc Lévy et Guillaume Musso dans la rubrique des « livres du moment » ou du « palmarès ». Le site web renvoie également les internautes vers le blog[19] de la librairie, médium que l'on sait particulièrement apprécié des femmes.

Les filles d'Ève enfin sont friandes de magazines féminins. Quelle influence sur les ventes de livres ces périodiques dotés de rubriques liées aux parutions peuvent-ils avoir aujourd'hui ? D'après les libraires, les magazines féminins ont perdu de leur pouvoir de prescription. Cependant, en 2005, après la télévision et les suppléments littéraires des quotidiens, ce sont les magazines féminins qui apparaissent les plus prescripteurs. Et le magazine *Elle* a réalisé la plus grosse hausse d'influence entre 2002 et 2005. Aujourd'hui, la télévision et la radio semblent plus prescriptrices que la presse féminine. Pour l'année 2010, l'influence de la télévision dans les ventes d'ouvrages est considérée en hausse par 45 % des libraires[20]. Dans les entretiens avec les professionnels du livre, sont citées les émissions *Télématin* et le *Magazine de la santé*. Pour la radio, une hausse est enregistrée qui ne s'explique pas par une ou plusieurs émissions-vedettes en particulier. C'est un mouvement de hausse général. Marie Razes confirme que les magazines féminins sont moins prescripteurs que par le passé. « À une époque nous avions énormément de clientes qui venaient avec leurs petits articles découpés dans ces magazines. Aujourd'hui moins. Nous constatons plutôt la forte influence de la télévision. Pour les romans c'est peut-être moins important, mais pour les témoignages, les récits de vie, cela passe beaucoup par les *talk-shows*. L'aspect un peu larmoyant des interviews attire les clientes. » En 2010, le magazine *Elle* fait une importante plongée par rapport à 2004. Il est cité comme prescripteur par seulement 5 % des libraires, contre 15 % six ans auparavant. Malgré tout, plus de 65 % des libraires considèrent que le caractère prescriptif des magazines féminins reste stable[21]. Comment pourrait-il en être autrement ?

Pour conclure, il paraît intéressant de mettre en lumière le discours des professionnelles du livre d'après les divers entretiens menés. Leur discours sur la féminisation du lectorat et les goûts féminins s'avère étrangement paradoxal. Si Anne Frances, Marie Razes et Aurélie Jardel conviennent qu'une littérature pour femmes existe et que des goûts spécifiquement féminins sont de même repérables, elles tentent à tout prix de s'en affranchir. Au cœur de leurs propos s'affrontent d'étonnantes contradictions. Anne Frances reconnaît qu'il existe une littérature pour femmes, cependant elle dit ne jamais essayer de penser le conseil en termes masculins ou féminins, même si parfois cela s'impose à elle. Marie Razes va jusqu'à se définir comme « masculine » dans ses lectures. Elle dénigre tout un pan de la littérature féminine, et même si elle ne parle pas, comme Nicolas Vivès, d'histoires « de bonnes femmes », elle n'en pense pas moins. Enfin, Aurélie Jardel récuse l'idée d'une « littérature féminine » — même si elle se fait prendre au jeu et finit par définir le genre. Ce rejet d'une catégorisation des publics et de certains genres d'ouvrages participe d'une volonté de se départir de stéréotypes et de carcans sexuels. La littérature doit-elle rester asexuée ? « La littérature que je propose, oui, répond-elle. J'ai envie qu'elle le soit. Mon rôle en tant que libraire femme, c'est de véhiculer une image ouverte et de lutter contre une littérature spécifiquement adressée aux femmes. Je ne veux pas véhiculer de stéréotype. C'est justement mon rôle de bouleverser les stéréotypes. »

Notes

1. *Économie du livre : le secteur du livre, chiffres-clés 2008-2009*, Paris, Service du livre et de la lecture, Direction générale des médias et des industries culturelles, mars 2010.
2. Septime Meunier, « Le cœur du changement », *Livres Hebdo*, n° 867, 27 mai 2011.
3. Daniel Garcia, « Le triomphe caché du roman rose », *Lire*, n° 345, mai 2006, p. 42.
4. Septime Meunier, *op. cit.*
5. Delphine Peras, « La "chick lit" : les dernières tendances », *Lire*, n° 345, mai 2006, p. 45.
6. Septime Meunier, *op. cit.*
7. Marie Kock, « Une affaire de femmes », *Livres Hebdo*, n° 763, 6 février 2009.
8. Christine Ferrand, « Le salut par les femmes », *Livres Hebdo*, n° 605, 24 juin 2005.
9. Voir l'entretien avec François Laurent.
10. Catherine Andreucci, « Cousu main », *Livres Hebdo*, n° 836, 8 octobre 2010.
11. Anne-Laure Walter, « Femmes dans l'édition : Le torchon brûle t-il toujours ? », *Livres Hebdo*, n° 810, 26 février 2012.
12. Anne-Laure Walter, *op. cit.*
13. Mylène Moulin, « Profession représentante », *Livres Hebdo*, n° 816, 9 avril 2010.
14. *Ibidem.*
15. Cécile Charonnat, « Réseaux sociaux : le retour des clubs de lecture », *Livres Hebdo*, n° 859, 1er avril 2011.
16. Cécile Charonnat, « Le magasin point par point », *Livres Hebdo*, n° 877, 16 septembre 2011.
17. *Ibidem.*
18. Voir www.passionculture.fr.
19. Voir www.blog.passionculture.fr.
20. Catherine Andreucci, Marie-Christine Imbault, « Les médias parlent aux lecteurs », *Livres Hebdo*, n° 840, 5 novembre 2010.
21. *Ibidem.*

Heurs et malheurs du libraire au temps de Google, du docu-fiction et des feel good books

Jean-Pierre Ohl

Ancien enseignant, Jean-Pierre Ohl est libraire dans la région bordelaise, formateur au sein du Pôle des métiers du livre de l'IUT Michel de Montaigne (université de Bordeaux-III). Écrivain, il est l'auteur de plusieurs romans aux Éditions Gallimard et d'une biographie de Charles Dickens. Il a par ailleurs publié une analyse de l'état de l'édition dans le volume premier des « Cahiers du livre », *L'Édition littéraire aujourd'hui*.

Le libraire n'est pas sociologue. Quand on lui demande de réfléchir sur l'évolution des pratiques de sa clientèle, il ne peut que se référer à une impression d'ensemble. L'analyse des ventes lui fournit certes quelques éléments chiffrés ; cependant, la nature fluctuante de la production, rangée par commodité sous différents postes aux noms immuables mais aux contours vagues — littérature, sciences humaines, jeunesse — l'empêche d'en tirer des conclusions pertinentes. Telle anecdote pittoresque qui émaille son rapport quotidien avec le lecteur peut prendre dans son esprit une importance disproportionnée et le conduire à appeler « tendance » ce qui n'est peut-être en fait qu'un accident de parcours. Il doit tenir compte aussi de sa propre histoire ; car de même que le professeur de français, au bout de quelques milliers de copies, perd souvent patience devant une faute de syntaxe jugée vénielle aux temps de ses débuts enthousiastes, le libraire, avec l'âge, supporte plus ou moins bien la répétition de certains incidents symptomatiques qui le renvoient à sa propre impuissance, voire à ses propres échecs. Variable intime et non quantifiable, sa lassitude influe sur sa perception de la réalité. Les remarques qui suivent n'ont donc pas valeur de baromètre ; tout juste aideront-elles peut-être à sentir d'où vient le vent.

Une histoire de G

Depuis toujours, les librairies remplissent une double fonction. Lieux d'approvisionnement, elles doivent satisfaire de la manière la plus efficace et dans les plus brefs délais possibles une demande qu'elles n'ont pas générée ; lieux de découverte, elles cherchent à susciter l'étincelle de la curiosité, la flamme du désir. Or, dans un cas comme dans l'autre, elles se heurtent à des difficultés, sinon nouvelles, du moins aggravées par l'évolution générale de leur secteur. Partageant désormais leur clientèle, dans un rapport de force qui s'infléchit constamment en leur défaveur, avec d'autres types de canaux de vente — enseignes multiculturelles, grandes surfaces, internet — elles doivent se plier bon an mal an aux nouvelles exigences de la clientèle tout en essayant de garder le cap sur les valeurs qui font leur différence et qui ont assuré jusqu'ici leur pérennité. Or, la fréquentation de points de vente où les contacts avec les vendeurs se font rares, ainsi que celle d'internet dont la profusion et l'immédiateté souvent trompeuses faussent la réalité, ont tendance par contagion à dégrader le rapport libraire-client lorsque ce dernier pousse la porte d'une librairie traditionnelle. Un certain nombre de mots simples paraissent avoir perdu leur sens, et il n'est plus rare d'assister à des conversations absurdes du type : « Le livre que vous cherchez est épuisé, madame — Ah bon ? Et je l'aurai quand, alors ? », ou bien : « Je n'ai pas ce livre en stock, mais je peux vous le commander — Très bien, je repasse cette après-midi ! » De tels malentendus ne sont pas totalement nouveaux, mais deviennent de plus en plus fréquents. Une recherche rapide et maladroite sur Google peut donner à croire que tel livre paru chez Vrin en 1963 est un article aussi répandu que le dernier *best-seller*...

Par ailleurs, le temps et l'espace impartis au livre se réduisent comme peau de chagrin. Devant l'énormité de la production, chaque détaillant doit faire des choix de plus en plus drastiques, alors que les campagnes publicitaires massives de certains éditeurs commencent désormais la veille de la mise en vente, bientôt effacées des mémoires par d'autres campagnes massives, et ainsi de suite. Le moindre aléa de transport, le moindre retard de déballage conduit à l'insatisfaction du client et laisse dans son esprit planer un doute sur la compétence du libraire. Dans une configuration où certains livres très médiatisés ne se vendent — s'ils se vendent — que pendant quelques jours, il devient presque aussi difficile de « tenir » en même temps le client potentiel et l'article désiré que de trouver une fenêtre de tir pour la fusée Ariane...

Une remarque au passage : ceux qui se précipitent toute affaire cessante dans les librairies, persuadés que le livre vanté au journal de vingt heures va bouleverser leur existence, et qu'il le leur faut *tout de suite* comme si une date de péremption rendait sa consommation dangereuse à partir du lendemain, sont les lecteurs les moins assidus. Les autres, plus expérimentés, se méfient davantage des injonctions médiatiques. Certes, les livres peuvent changer notre vie, ce n'est pas nous qui dirons le contraire, mais seulement au bout d'un lent processus, en se répondant les uns aux autres dans cette chambre d'écho que l'on appelle culture et que chacun aménage à son goût, selon ses espoirs et ses désirs — cette culture que les libraires ont toujours l'ambition de matérialiser dans leurs magasins.

Injonction : le mot qualifie bien une tendance qui s'accuse, et remplace peu à peu celui de conseil. De plus en plus souvent, au lendemain d'une émission de télé ou de radio, on voit se succéder plusieurs clients pressés en quête du même ouvrage. Surpris d'un engouement si soudain, curieux de connaître les subtilités d'exégèse, les trésors d'argumentation déployés pour susciter un tel enthousiasme, le libraire télécharge alors ladite émission. Que voit-il la plupart du temps ? Un présentateur vedette qui, sur fond de générique de fin, se contente de brandir un livre comme un ukase en le martelant d'un index comminatoire : « Lisez ça, intime le prescripteur, c'est génial ! » Certes, remarqueront les optimistes, il arrive que l'ouvrage en question soit bon. Mais la méthode rend mal à l'aise. Si l'acheteur est conscient de la diversité des articles disponibles, des variations de qualité abyssales qui séparent tel live de tel autre, du rythme effréné, du flux massif et constant de l'édition qui rend le choix si difficile, il se raccrochera à l'injonction comme à un tronc d'arbre au milieu d'un fleuve. Si toutes ces données lui échappent, il pensera naïvement que le livre-ukase est le seul digne d'intérêt. Les éventuelles réserves du libraire lui paraîtront suspectes ; et, dans le cas probable où celui-ci, dans l'impossibilité de prévoir une demande aussi inattendue, n'a plus l'article en stock, il en tirera à son encontre des conclusions défavorables.

Mais balayons devant notre porte : les libraires, eux aussi, emploient la méthode injonctive — et l'on ne parle pas seulement ici de certains confrères particulièrement télégéniques qui sont devenus, comme les autres vedettes des médias, des prescripteurs de masse. Par paresse, par lassitude, et surtout par angoisse de voir « s'échapper le chaland », ils assènent et brandissent eux aussi, martèlent de l'index, ont recours au superlatif, sacrifiant à la surenchère ambiante que des quatrièmes de couverture à la mode anglo-saxonne ont généralisée. Pourquoi se priver de dire que tel roman est « sans conteste le plus émouvant de l'année », que tel autre « nous a fait passer plusieurs nuits blanches » alors que des Michael Connelly, des Jim Harrison, des Anna Gavalda, passés maîtres dans l'exercice, nous montrent la voie ? Pourquoi batailler pendant une heure pour imposer telle réédition opportune d'un classique oublié, tel auteur hongrois méconnu, tel jeune romancier si prometteur édité par une petite maison, alors qu'il suffit de dire : « Cette année, le Goncourt est excellent ! » pour obtenir quantitativement le même résultat ? Une affaire de déontologie, nous dira-t-on, une affaire de conviction et de passion. Voilà qui est indéniable. Mais le libraire se sent de plus en plus seul avec sa déontologie, sa conviction et sa passion. Il n'a jamais rechigné à assumer son statut hybride, à mi-chemin entre le camelot et le critique littéraire à la petite semaine : marchand du temple, soit, à condition de pouvoir de temps à autre se glisser dans la sacristie pour parler un peu théologie. Hélas, on dirait qu'à l'intérieur de nos murs les discussions enrichissantes, les vrais débats se font rares, tout comme les lecteurs les plus chevronnés auxquels une simple réserve de détail sur un livre ne fait pas prendre la poudre d'escampette. La nuance ne fait pas recette en ce moment, comme en témoigne cette petite anecdote :

Depuis longtemps déjà nous distinguions nos « coups de cœur » par un bandeau portant le sigle de la librairie. Soucieux de moduler, de graduer ces mises en avant forcément — et volontairement — très subjectives, nous avons adopté une hiérarchie dans notre signalétique en suivant l'exemple des T de *Télérama* : trois G pour nos plus forts engouements, puis deux G, puis un seul — ce dernier bandeau désignant des livres à nos yeux du plus haut intérêt, mais dont tel ou tel aspect nous semble sujet à discussion. L'analyse des ventes de ces trois catégories parle d'elle-même : si les trois G se comportent toujours aussi bien, les deux G piétinent ; quant aux un G, ils se vendent à peine mieux que les livres dépourvus de bandeaux. Notre tentative séduit une minorité exigeante, mais déroute le plus grand nombre, qui se rabat sur les trois G. Chez un confrère, on a remplacé le traditionnel « coup de cœur », désormais obsolète, par « *immense* coup de cœur »... Pour se mettre au diapason, le libraire doit forcer la voix : c'est encore le superlatif qui l'emporte. Et quand l'un d'entre nous connaît les honneurs de la télévision ou de la radio, on le sent soucieux de rentabiliser à tout prix son temps d'antenne, d'enfoncer le clou le plus profondément et le plus vite possible : « Ce livre, il est gé-ant ! Énorme de chez énorme ! Il est... pfft ! » Aurions-nous basculé sans le savoir dans l'ère de la critique-onomatopée ?

Achetez Indignez-vous *!*

Il est bien rare qu'un livre devienne à lui tout seul un fait de société. Dans un passé récent, deux au moins ont accompli cet exploit, mais dans des circonstances totalement différentes.

Après la divine surprise de son premier *opus*, le succès de *Harry Potter* est devenu de plus en plus prédictible de volume en volume : on pouvait même le quantifier avant parution grâce aux carnets de réservation fournis par l'éditeur, et les files d'attente de fans battant le pavé devant les librairies ouvertes à des heures impossibles sont devenues des « marronniers » pour les journalistes. Rien de tel ne s'est produit lors de la sortie d'*Indignez-vous*, modeste opuscule publié presque confidentiellement par un petit éditeur de sciences humaines. Mais rapidement les ventes s'emballent, les libraires et leurs clients s'affolent, les réimpressions se succèdent. On assiste ainsi au triomphe du bouche à oreille qui déjoue tous les pronostics et redonne de temps à autres au monde si calculateur de l'édition et de la distribution sa part de mystère et de virginité.

Il n'est pas ici question de mettre en doute la conviction, l'enthousiasme revigorant, la clairvoyance et la sincérité de l'auteur, ni la foi militante de son éditeur qui connaît là, après tant de livres exigeants mais restés dans l'ombre, un succès bien mérité, ni de contester la ferveur militante de la majorité de son lectorat. Mais les conditions de ce succès phénoménal nous inspirent tout de même quelques remarques.

Pendant tout le mois de décembre 2010, des scènes quasi-surréalistes se sont déroulées dans presque toutes les librairies françaises. Lors des ruptures de stock, nous avons vu entrer pour la première fois (et peut-être la dernière) des personnes qui avaient déjà écumé vainement tous les points de vente imaginables en quête du précieux viatique et échouaient chez nous, déclarant très sérieusement : « Vous êtes notre dernière chance ! » Un jour, la nouvelle que nous venions de recevoir l'ouvrage en quantité se répand, nul ne sait comment, comme une traînée de poudre. « J'en voudrais deux, s'il vous plaît », dit un monsieur. Alors que nous revenons vers lui nanti de deux exemplaires, il s'exclame : « Non ! Je voulais dire deux packs de dix, bien sûr ! » Plus tard dans la journée, un groupe de cinq ou six personnes descend du tramway non loin de chez nous et s'approche tout en restant à distance respectueuse. Pour économiser quelques pas le groupe envoie un émissaire qui passe sa tête à notre porte et s'enquiert, sans juger nécessaire de mentionner le fameux titre : « Vous en avez encore ? » Comme nous répondons positivement, l'éclaireur se retourne et fait de grands gestes impérieux à l'intention de ses compagnons, qui se précipitent sur nous et s'arrachent nos maigres stocks comme des poissons rouges les derniers granulés à la surface de l'aquarium.

Au moment de passer à la caisse, le poisson rouge le plus vorace, arborant ses sept exemplaires gagnés de haute lutte, nous lance un regard scrutateur : « Qu'en pensez-vous, *vous* ? » N'écoutant que notre courage, nous répondons la vérité : « Je ne l'ai pas encore lu, madame... » La défiance se change alors en mépris total, comme si nous venions de produire sous ses yeux notre carte d'adhérent à un groupuscule néo-nazi ou de revendiquer les attentats du 11 Septembre. Mais le meilleur, ou le pire, est encore à venir. Pris d'un soupçon, et décidément très brave ce jour-là, nous demandons à notre tour : « Et vous, madame, vous l'avez lu ? » Après une brève hésitation, elle répond sans se démonter : « Non ! Mais je sais déjà ce qu'il y a dedans ! » Que peut-il arriver de pire à un livre ? De pire qu'un acheteur qui claironne haut et fort : « Je sais déjà ce qu'il y a dedans[1] » ?

Dans l'idée du poisson rouge, l'important n'était donc pas le livre lui-même, mais l'acte consistant à l'acheter. Au corps défendant de son auteur et de son éditeur, le brûlot anti-totalitaire suscitait un réflexe de Pavlov, une réaction en chaîne de type panurgien que Big Brother lui-même n'aurait pas désavouée. Sous la pression des médias, dans la frénésie contagieuse alimentée par les blogs, réseaux sociaux et autres processus arachnéens de la toile, le slogan politique d'origine — Indignez-vous ! — s'était changé subrepticement en impératif commercial : « Achetez *Indignez-vous* ! »

Il s'agit là, nous rétorquera-t-on, d'un phénomène exceptionnel, mettant en jeu des forces qui n'ont rien à voir avec le monde du livre. Mais d'autres signes abondent, qui montrent combien notre « noble fonction de passeur » entre en conflit avec des idées préconçues, des désirs préformatés. Que le libraire s'autorise une seule seconde à mettre en parallèle la somme d'efforts nécessaires pour proposer un assortiment cohérent parmi l'incroyable quantité de titres disponibles et la *very short list* de ceux qu'on lui demande chaque jour, et il n'a plus qu'à s'asseoir par terre au beau milieu du magasin pour hurler de rire — ou éclater en sanglots. Comment oublier par exemple cette cliente, fort aimable au demeurant, qui débarqua un jour chez nous en déclarant : « J'ai envie de découvrir un bon, un très bon livre ! Quelque chose de vraiment original ! Je me remets totalement entre vos mains ! » La librairie était déserte, tous les colis réceptionnés. Nous avions tout notre temps, de l'entrain et des idées à revendre. Tout y passa : Philip Roth, Pierre Michon, une belle réédition de Thomas Hardy, l'étrange et fascinant *Je vous raconterai* d'Alain Monnier, *La Défense Loujine* de Nabokov, etc. La cliente nous écoutait avec attention, opinant d'un air encourageant. Quand, à court d'haleine et d'idées, quarante-cinq minutes plus tard, nous estimâmes avoir fait le maximum pour la satisfaire, elle opina derechef devant la pile accumulée. Puis son regard loucha, irrésistiblement attiré par une autre pile que, semble-t-il, elle avait remarquée dès le début : « Ça a l'air vraiment très, très bien, tout ça. Je vais noter les titres pour une prochaine fois. Mais aujourd'hui je crois que je vais prendre *L'Élégance du hérisson.* »

Les « vrais » livres

Une constatation mettra sans doute tous les observateurs d'accord : c'est l'essor prodigieux du livre de poche depuis une vingtaine d'années. D'achat d'appoint réservé aux classiques et plébiscité seulement par les clientèles au faible pouvoir d'achat, le poche est devenu la composante essentielle de presque tous les paniers des acheteurs. Aujourd'hui, le grand format est en train de disparaître purement et simplement des bibliothèques de nos plus jeunes clients. En ces temps de crise et d'incertitude économique, l'argument du faible coût joue plus que jamais en sa faveur ; mais son effet est aussi renforcé par une évolution générale des mentalités qui semble irréversible. Il se trouve encore quelques lecteurs pour considérer le poche, au pire comme une dépréciation du concept même de livre, au mieux comme un mal nécessaire, et pour qualifier respectueusement le format princeps de « vrai » livre. Mais dans l'esprit de la très grande majorité, jeunes et moins jeunes, c'est le poche, au contraire, qui est en passe de devenir le standard. Certes, le grand format connaît encore quelques semaines de gloire saisonnière, au moment des prix littéraires et des achats de Noël ; mais en dehors de ces périodes, il bat piteusement en retraite, et l'on commence à se demander s'il ne doit pas sa survie végétative à la presbytie d'une population vieillissante...

Partir en croisade contre le livre de poche serait un combat d'arrière-garde doublé d'une folie. Bon gré mal gré, les libraires et leurs clients ont fait leur deuil des livres solides, bien façonnés, aux mises en page claires et élégantes — deuil d'autant plus facile à porter que la qualité générale des formats princeps s'effondre tandis que celle des poches s'améliore, preuve sans doute que les éditeurs ont choisi leur camp. Ayant fait ses comptes, le libraire s'accommode d'un phénomène financièrement indolore, les désavantages du poche (deux ou trois fois plus de pages acquises pour le même prix, donc des visites plus espacés de ses clients) étant compensés par ses avantages incontestables (les fameux achats d'impulsion, que le prix prohibitif des princeps interdisait). Mais au-delà de ces comptes d'apothicaire, il s'interroge. Le délai — d'ailleurs de plus en plus court — qui sépare la sortie en poche de la parution princeps est vécu avec un brin d'agacement par la clientèle : elle a intégré cette donnée sans en bien comprendre la raison, de même que, pour voir enfin arriver dans le cinéma du quartier les films présentés au Festival de Cannes, elle sait devoir patienter quelques mois. Au moins le Festival a-t-il pour lui ses escaliers, ses embrassades entre stars, ses paillettes et ses décolletés glamour, ce qui n'est pas vraiment le cas, on vient de le voir, du format princeps...

Pour les petits éditeurs de création, l'effet pervers d'un tel système peut devenir catastrophique. Déjà destinés, par définition, à un cénacle de lecteurs éclairés, ils se voient bannis de plus en plus tôt des tables des librairies et ne doivent souvent leur survie qu'à la cession de leurs droits à des collections de poche qui, si elles leur procurent ponctuellement un ballon d'oxygène, les privent aussi de leur visibilité. Hier, le passage en poche entérinait un succès commercial, récompensait un succès d'estime : la pochothèque était une sorte de bibliothèque idéale. Aujourd'hui, le poche ne constitue plus une promotion au mérite, mais un processus automatique de clonage. Un livre de chez Verdier ou Bourgois qui n'est pas encore passé en poche au bout d'un an et demi s'en voit discrédité aux yeux des lecteurs ; c'est tout juste si le libraire qui le recommande n'est pas suspecté de vouloir écouler un « rossignol ».

À ce problème épineux, le libraire ne connaît pas de solution miracle, mais il s'étonne de l'absence quasi totale de réflexion dans ce domaine. Ou bien on défend coûte que coûte le format princeps, mais alors il faut s'en donner les moyens, ne pas rogner sur la qualité de l'objet, utiliser le passage en poche avec discernement. Ou bien on prend acte de la victoire du poche, et on en tire toutes les conséquences, en revalorisant notamment la rémunération des auteurs, en cessant d'utiliser la « variable format » comme pompe à trésorerie et en renonçant à inonder le marché sous quatre ou cinq versions — grand format, semi-poche, poche, coffret, livre-étui, édition de luxe à Noël — du même ouvrage…

« C'est bien écrit, au moins ? »

« Où se trouve votre rayon "Histoires vraies" ? » Voilà une phrase que l'on l'entend de plus en plus souvent dans les librairies. Rien d'étonnant si l'on examine les tendances des grands médias audiovisuels. Les émissions de télé-réalité font florès et se fondent dans le paysage au point que l'on ne les distingue presque plus de ce que l'on appelait hier encore les « dramatiques » ; sur le plateau, ou mieux encore, dans un appartement au mobilier standard, de « vrais gens » qui jouent leur propre rôle, ou des comédiens appointés pour jouer « les vrais gens », transforment le réel en un scénario qu'autrefois les producteurs les moins exigeants auraient jeté au panier sans l'aumône d'un regard. Des docu-fictions mêlent sans vergogne témoignages de première main, commentaires et lambeaux scénarisés dans un décor minimaliste. À l'heure où l'on envisage de recréer les dinosaures par clonage d'une cellule-souche, des apprentis-sorciers d'un autre genre veulent cloner la réalité ; des éditeurs veulent mettre en page « du vrai ». Ce faisant, ils dégradent l'idée même de littérature.

Qui contestera qu'un grand roman comme *Les Dieux ont soif* — une fiction, donc, clairement assumée comme telle — dit bien davantage la réalité de la Révolution française qu'une émission télévisée de grande écoute où de malheureux historiens, aux propos affadis, caricaturés et tronqués entre les mains d'un monteur « efficace », se voient constamment couper la parole par des comédiens de second ordre portant perruques ou bonnets phrygiens, dans un décor de sitcom à peine remanié pour la circonstance ? Les romans sont des mensonges qui disent vrai, les documents, tels que les formatent un nombre croissant d'éditeurs, de fausses vérités : la mascarade de *Survivre avec les loups* n'en est que la plus voyante démonstration.

« Nous donnons au public ce qu'il attend », se défendent les producteurs et les éditeurs, tranchant le fameux débat de la poule et l'œuf dans le sens de leur propre intérêt. Il faudrait beaucoup de moyens, beaucoup de pédagogie, beaucoup de courage, beaucoup de talent — bien plus que n'en possèdent les libraires — pour rétablir la vérité, à savoir que le goût, en littérature comme en gastronomie, est une affaire d'éducation, et qu'à force de faire ingurgiter aux lecteurs des brouets immondes au moyen de l'entonnoir cathodico-numérique on finit par leur faire apprécier sincèrement les navets rances et les pommes de terre avariées.

Parallèlement à cet appétit pour une réalité toujours spectaculaire, souvent macabre, parfois malsaine, dont les journaux de vingt heures assurent gratuitement la réclame, certains publics sont en demande d'une littérature de fiction tiède, fade et consensuelle. Ainsi le client qui vient de faire l'achat d'un document *trash* où s'exhibent violence, horreur et désespoir[2] pourra porter aussi son choix, en apparence contradictoire, sur un roman *soft* qui célèbre la réconciliation des générations, l'harmonie des couples, la résolution définitive de tous les conflits sociaux, de toutes les angoisses métaphysiques et de tous les malheurs de l'homme au moyen de quelques sourires, d'une certaine dose de bonne volonté et d'un soupçon de rêve pour midinette. Dans un monde où l'on démembre, viole, lapide et trucide quotidiennement, la fiction se voit attribuer le rôle émollient du bandage ou du cataplasme : on exige d'elle de la douceur, de la gentillesse, de l'optimisme. Bref, on cherche des romans qui « font du bien[3] ». « Pas trop noir, s'il vous plaît, il y en a déjà assez autour de nous ! » Après avoir eu recours cent fois à des phrases du type : « Vous savez, monsieur, la bonne littérature est souvent tragique », et essuyé cent fois des échecs, le libraire se met fiévreusement en quête du livre pas trop bête, pas trop mièvre, pas trop racoleur qui constituera un compromis acceptable, et ce faisant il contribue presque malgré lui au succès disproportionné de livres intermédiaires, honorables mais sans génie.

Le libraire n'est pas forcément un bonnet de nuit, un dépressif ruminant ses angoisses ; il aime parfois — souvent ! — se délasser, se divertir, s'échapper sur les ailes de la fiction, dans la magie des constructions imaginaires de haut vol. Hélas, ce rôle en France semble dévolu aux seules littératures de genre, cantonnées dans le ghetto de rayons dûment signalisés. Quand des Thomas Pynchon, des David Mitchell, des Alasdair Gray, des Michael Faber ne se font pas faute de lorgner vers le roman policier ou d'aventure, la science-fiction ou le roman historique pour élaborer une littérature à la fois chatoyante et complexe, les romanciers français sacrifient souvent au « roman de vérification » dont parle Éric Chevillard : « Le lecteur y vient vérifier que tout est conforme, que le réel est vrai, que la dynamique de l'époque produit des destins en série et que nous sommes bien tous pareils, allez[4]. » La poule et l'œuf, encore. Les éditeurs, les auteurs voient bien « ce qui marche », « ce qu'attendent les gens ». Mais le formatage des œuvres, l'autocensure des créateurs ne déterminent-ils pas aussi le goût du public ?

Parvenu au stade du « conseil par défaut », du choix acceptable par toutes les parties, le libraire n'a pas encore bu sa ciguë. Il lui faut répondre à la question fatidique : « Mais est-ce que c'est bien écrit au moins ? » « Bien écrit comme quoi, madame, devrait-il répondre s'il osait aller jusqu'au fond de sa pensée. Comme une dissertation de bon élève, avec son quota de passés simples et de métaphores originales, ou comme Louis-Ferdinand Céline ? Comme Max Gallo ou comme Chateaubriand ? »

Stolen moments

Mais arrêtons nos lamentations. Les laveurs de cerveau de TF1 et de Oh ! éditions ne sont pas responsables de tous les maux. On trouve des choses intéressantes sur le web, du personnel compétent et cultivé dans les enseignes multiculturelles, des incapables dans les libraires indépendantes, et du talent chez certains auteurs de *best-sellers*.

Et l'on trouve encore, grâce au ciel, des lecteurs passionnés, sans œillères, qui vous font confiance sans abandonner leur esprit critique et reviennent la semaine suivante avec des remerciements chaleureux ou des reproches argumentés. On obtient même des satisfactions inattendues, et l'on se permet d'épingler dans son album de souvenirs des succès non négligeables. Telle jeune femme ne jurait que par Amélie Nothomb ; deux ans plus tard elle guette impatiemment les nouveaux livres de la prolixe et néanmoins géniale Joyce Carol Oates — et n'en a pas renié pour autant ses premières amours ! Tel retraité au goût sûr, mais un peu strict, découvre en notre compagnie les acrobaties de Robertson Davies.

Phénomène miraculeux si l'on considère les menaces qui pèsent sur notre profession et l'absence de perspectives qu'elle procure, les vocations ne tarissent pas ; de jeunes libraires pleins d'idées et de projets rencontrent sur leur terrain les lecteurs de leur âge auxquels ils transmettent de nouveaux engouements. Autre miracle : dans le paysage si déprimant de l'édition française, il se trouve encore de vénérables enseignes pour résister à la médiocrité ambiante, et même de nouveaux talents qui, tel Oliver Gallmeister, savent conjuguer professionnalisme, pragmatisme, passion et découverte. On ne pavoise pas, certes, mais on ne désespère pas non plus. Et en attendant de savoir à quelle sauce l'avenir mangera le livre, on profite de ces petits moments de bonheur que seul il peut nous donner — non le bonheur standard et prescrit des gourous de tout poil mais celui de l'admiration partagée pour la littérature. On frissonne encore en entendant ces simples mots : « Merci, vraiment, pour m'avoir fait découvrir ce livre », avec la sensation de remporter une minuscule victoire sur un adversaire invisible, de lui voler un moment. *Stolen moments*, comme dit la chanson.

Notes

1. La déclaration s'avère d'ailleurs présomptueuse. Janvier nous amena son contingent de retours et d'échanges, preuve que parmi ses acheteurs beaucoup *ne savaient pas* ce qu'il y avait dans *Indignez-vous*. « Je vous le ramène, déclara un monsieur d'un certain âge, c'est de la politique ! » Sans doute pensait-il que Stéphane Hessel s'indignait seulement contre ceux qui resquillent dans les files d'attente...
2. *Moi, Pascal F., congelé, tsunamé, élevé par les loups, presque chauve...*, résume facétieusement Pascal Fioretto…
3. Le succès exponentiel du livre dit de « développement personnel », livre-recette qui « aide à vivre », relève de la même tendance. À bas Freud, vive Christophe André ! Vive « la joie du bonheur d'être heureux », pour citer encore une fois Pascal Fioretto…
4. *Le Monde* du 26 août 2011.

De la lecture numérique

Hervé Bienvault

Ancien élève du Pôle des métiers du livre de l'IUT Michel de Montaigne (université de Bordeaux-III) et de l'école Estienne, Hervé Bienvault a longtemps travaillé dans les services techniques de l'édition, notamment aux Éditions Albin Michel, Citadelles et Mazenod, Place des éditeurs. Il est aujourd'hui spécialiste des questions numériques, consultant indépendant et enseignant. Il anime le blog Aldus sur l'actualité de l'édition électronique et a réalisé une étude pour le Motif sur le coût d'un livre numérique.

Introduction

À l'instar de la musique, de la photographie, du cinéma et de la télévision, la presse et le livre sont en train de basculer dans l'univers numérique. Après une première tentative au début des années 2000 qui s'est traduite par un échec, du fait de technologies imparfaites, le livre numérique est en très fort développement dans le monde entier depuis 2007, notamment aux États-Unis, grâce à l'apparition de terminaux spécifiquement dédiés à la lecture communément appelés « *readers* » ou « liseuses ». Les grands acteurs du numérique ont pris en quelques années une avance déterminante et disposent désormais d'une situation quasi monopolistique dans un secteur très prometteur.

Parallèlement, surfant sur le succès des *smartphones* et du web mobile, un nouveau concept de tablette numérique a été introduit à la fin des années 2000 qui tente de favoriser l'accès par un seul support à l'ensemble des loisirs culturels connectés au web. Ce lancement a connu un grand succès dans le monde entier mordant sur d'autres catégories de machines, les *netbooks* (miniportables), les *laptops* (ordinateurs portables) et autres ordinateurs professionnels ou familiaux, bousculant le marché de l'informatique. En quoi ce nouveau support peut-il modifier les pratiques de lecture et notamment la lecture des livres ? Est-ce là l'avenir de la lecture pour tous ?

Revenons d'abord sur le moment décisif qui a marqué un tournant pour le secteur du livre, comparable à la mutation qu'a connue la révolution de la production des livres au milieu du XVe siècle, avec l'invention de la presse de Gutenberg. Dressons un premier bilan rétrospectif de ces quelques années passées qui ont modifié l'accès aux textes. Regardons ensuite le développement du marché des tablettes numériques et tentons de repérer les grandes tendances qui s'esquissent. Dans quelle mesure l'arrivée des tablettes en 2009 a-t-elle modifié les pratiques de lecture numérique ? Quels sont les livres lus sur *readers* ou sur tablettes ? Que nous disent les premiers retours d'expériences en termes d'ergonomie et d'usage ? Quels sont les enjeux pour les éditeurs et l'ensemble de la chaîne du livre dans ce nouvel environnement de la lecture numérique ? À la lumière des premières indications qui se dessinent, essayons de donner les grandes perspectives de ce marché des tablettes et essayons de voir si elles remettent en cause de manière fondamentale les technologies qui ont véritablement fait démarrer le marché de la lecture numérique, si le raz-de-marée que certains prédisent est vraiment en cours ou si la situation est plus nuancée.

Le marché des lecteurs dédiés

Il est important de distinguer le marché de la lecture « électronique » de celui du livre « numérique » ou « numérisé ». Le marché du livre numérique est un marché très jeune qui n'a démarré de manière significative que depuis le milieu des années 2000. L'arrivée à maturité de la technologie de l'encre électronique en 2004-2005 et l'adhésion d'acteurs de tout premier plan à ce type de technologie ont incontestablement marqué un tournant décisif pour le livre numérique. Le marché de la lecture électronique existait déjà avant cette date, des livres d'enseignement sur ordinateurs (livres de formation, scientifiques, universitaires, etc.), des encyclopédies sur CD-ROM étaient vendus, mais un grand bond en avant a eu lieu dans des secteurs dont tout un chacun pensait que leur appropriation par le grand public ne pourrait être envisagée sous la forme numérique.

Les dispositifs de lecture de livres électroniques sortis sur le marché dès 2007 n'ont pas grand-chose de commun avec les ordinateurs. Leurs fonctions et la puissance de leurs processeurs sont beaucoup plus limitées. Alors pourquoi s'encombrer d'appareils moins performants ? Pour la simple raison que le confort de lecture y est bien meilleur. En effet, l'écran de ces lecteurs — uniquement en noir et blanc — utilise la technologie de l'encre électronique. Contrairement à un panneau LCD classique qui est le commun des écrans qui nous entourent, celui-ci ne fonctionne pas par rétro-éclairage. Imitant l'apparence d'une feuille de papier imprimé, purement réflexif, il n'est lisible que s'il est éclairé par une source de lumière externe. Extrêmement fin et souple, composé de microscopiques capsules contenant des particules blanches et noires qui se déplacent en fonction du champ électrique auquel on les soumet, l'affichage y est plus doux, moins fatigant, moins agressif pour l'œil. La lecture est très agréable à l'extérieur, à la lumière du jour, ou chez soi, avec une lampe de chevet. L'amateur de livres peut passer des heures à lire sur ces supports, alors que cela s'avère beaucoup plus difficile sur ordinateur ou tout autre support rétro-éclairé. Autre qualité, une fois le texte affiché, le papier électronique ne consomme plus d'énergie. L'autonomie y est très importante, plusieurs semaines contre quelques jours au mieux pour des supports rétro-éclairés.

L'adoption de ces véritables « machines à lire » par des acteurs aussi importants que Sony (leader mondial de l'électronique grand public), Amazon (premier libraire mondial en ligne), Barnes and Noble (premier libraire traditionnel américain) qui ont très vite perçu l'intérêt de cette technologie a été déterminante. Des fabricants chinois ont suivi, pressentant le marché de masse à venir. Malgré cela, force est de constater que c'est le géant Amazon qui, grâce à son catalogue de plusieurs centaines de milliers de titres anglo-saxons, est devenu en quelques années seulement aux États-Unis le leader incontesté sur ce marché émergent, s'arrogeant 75 % des ventes.

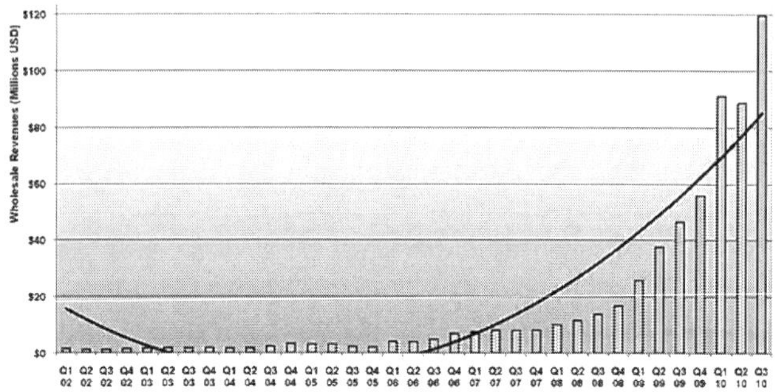

Tableau 1. Chiffre d'affaires du livre numérique
aux États-Unis (source International Digital Publishing Forum[1]).

Si l'on regarde le pourcentage de ventes de livres numériques aux États-Unis par rapport aux ventes globales, le rythme est très important, le marché du livre numérique représente près de 10 % du secteur de la fiction en 2010, entre 15 et 20 % en 2011, chiffres confirmés par plusieurs groupes d'édition comme Random House, HarperCollins ou Penguin.

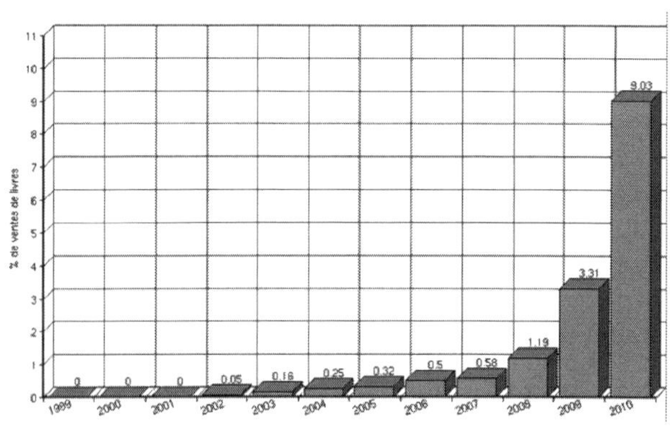

Tableau 2. Part du livre numérique dans le chiffre d'affaires global de l'édition aux États-Unis (source International Digital Publishing Forum[2]).

En 2011, Amazon a vendu environ quinze millions d'exemplaires de son lecteur Kindle à travers le monde sur un marché global de trente millions de machines. La grande force d'Amazon est d'avoir su imposer dès le début un modèle propriétaire et vertical extrêmement fort, proche de celui qu'Apple a imposé à la musique : un lecteur, un format, une librairie, un catalogue. Avec un format de fichier uniquement lisible sur le lecteur de la marque, une connexion Wi-Fi ou 3G transparente pour l'utilisateur (couverture sur l'ensemble des États-Unis, étendue ensuite au monde entier) et un catalogue de plus d'un million de titres disponibles aujourd'hui, Amazon a, dans le même temps, fait baisser le prix de son Kindle de 350 dollars en 2008 à 139 dollars en 2010 (189 dollars pour la version 3G). Fin 2011, c'est désormais trois modèles qui sont proposés entre 79 et 149 dollars. Avec toujours la promesse pour l'utilisateur d'accéder, où qu'il soit, au livre de son choix en moins d'une minute. On estime actuellement que, compte tenu des prix pratiqués par Amazon, un acheteur rentabilise sa machine entre dix et quinze livres numériques achetés.

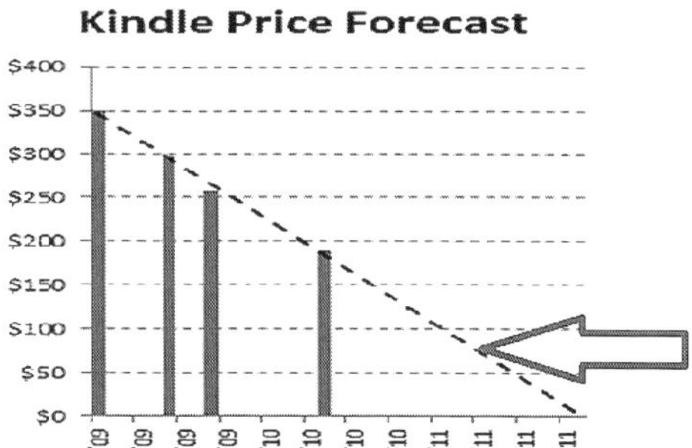

Tableau 3. Évolution des prix du Kindle (source Business Insider, juin 2011[3]).

Lecteur peu cher, autonome et mobile, confort de lecture accru, catalogue très large avec facilité d'accès, autant de clés qui font la réussite d'Amazon sur ce marché aux États-Unis d'une façon insolente, il faut bien le dire. Le Kindle est entré au Royaume-Uni à l'automne 2010, lié par des accords aux principales chaînes de distributions téléphoniques. Plus de 300 000 exemplaires du Kindle ont été vendus en quelques mois seulement, preuve que l'adhésion peut venir aussi du côté européen. Depuis le printemps 2011 Amazon propose son Kindle en Allemagne avec une offre associée qui reste encore très maigre, plusieurs dizaines de milliers de titres seulement. L'essentiel pour Amazon est de prendre pied sur de nouveaux marchés et d'équiper la clientèle de ses machines. Les éditeurs suivront. Le Kindle est ainsi arrivé en France, en Espagne et en Italie à l'automne 2011.

Face à cette hégémonie, la concurrence aux États-Unis s'est organisée. Si Sony, l'acteur pionnier sur ce secteur, n'a jamais pu convaincre les éditeurs américains de participer à un modèle vertical avec une offre de contenus associés, le libraire Barnes and Noble a, quant à lui, décliné tôt un modèle concurrent du Kindle, le Nook, disponible à la fois en ligne et en boutique sur l'ensemble du territoire américain.

Amazon a aussi su imposer son rôle de *leader* grâce à un bras de fer extrêmement dur avec les éditeurs américains sur le terrain économique. Sur un marché où les prix de vente sont libres, Amazon a mené les deux premières années un *dumping* féroce, proposant des nouveautés à 9,99 dollars, perdant de l'argent sur les livres vendus pour imposer sa machine coûte que coûte.

Les éditeurs ont rapidement vu le danger d'être confrontés à un acteur imposant à terme une chute de la rémunération. Leurs réactions ont été variées. C'est d'abord l'adoption au niveau mondial d'un format de fichier ouvert et libre, concurrent de celui d'Amazon, qui s'est progressivement institué sur la base des travaux de l'IDPF (International Digital Publishing Forum), organisme indépendant, avec un format ePub dérivé du format HTML, qui s'adapte à tout type d'écrans quelle qu'en soit la taille. Il a depuis quelques années été adopté par tous les éditeurs mondiaux et les fabricants. Il est devenu un standard pour tous, accepté par l'ensemble des machines, depuis les *smartphones* jusqu'aux ordinateurs. Il permet le reformatage de tous les contenus mais aussi l'intégration de documents multimédias. La version trois de ce format ePub est en cours d'élaboration avec de nouvelles possibilités techniques déterminantes dès lors que le marché devient un marché de masse. C'est ensuite la redéfinition des contrats d'exploitation des catalogues qui s'est engagée avec Amazon dans le courant de l'année 2010 avec des contrats de mandats visant à imposer des prix fixes plus élevés pour mettre fin au *dumping*. Les éditeurs américains ont pour l'instant réussi à imposer à Amazon ces nouvelles règles, mais la tentation reste forte chez le géant américain de déréférencer rapidement des collections entières pour faire plier un éditeur ou un groupe d'édition. Le prix bas est un élément-clé permettant d'inciter à l'achat et de développer le marché de la lecture électronique, Amazon le sait pertinemment et n'entend pas être aux ordres des éditeurs.

D'autres acteurs proposent des lecteurs similaires à celui d'Amazon. Nous avons cité Sony, Barnes and Noble, nous pouvons aussi évoquer Kobo (société du groupe d'édition canadien Indigo, revendue récemment au géant du e-commerce japonais Rakunen, engagée dans un partenariat avec la Fnac depuis la fin 2011), Bookeen, PocketBook, iRiver, sans parler de fabricants chinois qui disposent de relais de distribution à travers le monde. C'est une bonne vingtaine de modèles qui sont disponibles aujourd'hui avec des prix variant de 100 à 200 dollars selon les tailles et les caractéristiques techniques. Nous sommes devant un marché de masse très important avec une demande supérieure à l'offre d'écrans produits. Le potentiel de production d'écrans en 2011 a été estimé aux environs de trente millions, Amazon s'en étant réservé la plus grande part.

Si l'on regarde les différentes personnes qui se sont appropriées la lecture numérique en l'espace de quelques années, c'est incontestablement du côté des gros lecteurs qu'il faut aller voir. Amazon reste depuis le début extrêmement discret sur les ventes, mais certains éditeurs commencent à parler. Ce sont les lecteurs de *mass-market paperbacks* (livres de poche de basse qualité) qui ont commencé à adopter le Kindle, une clientèle de gros lecteurs qui ne souhaitent pas forcément conserver les livres qu'ils lisent. Les secteurs de la littérature sentimentale, science-fiction, *fantasy*, polar, *thriller* sont les plus concernés, les plus plébiscités dans l'univers numérique. Et une remarque s'impose : plus on lit sur les *readers*, plus l'envie est là. Une appétence qui se confirme dans le temps, nombre de lecteurs semblent avoir suivi les différents modèles du Kindle depuis ses débuts. L'exemple d'Harlequin, littérature sentimentale dont la clientèle traditionnelle est plutôt éloignée de l'univers *high-tech*, est symptomatique à cet égard. Les ventes numériques de la marque rose ne cessent de grimper.

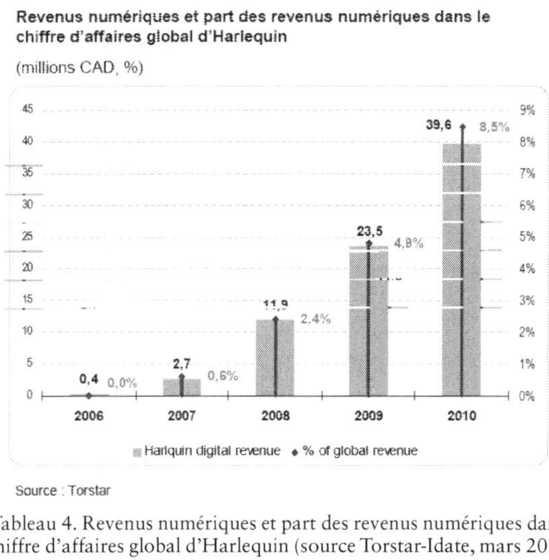

Tableau 4. Revenus numériques et part des revenus numériques dans le chiffre d'affaires global d'Harlequin (source Torstar-Idate, mars 2011[4]).

Sur d'autres marchés, le rythme de progression est moins rapide. Les catalogues ne sont pas encore très étoffés. Amazon n'a pas servi de catalyseur. Retard donc, mais même appétence du public, confirmée par différents sondages.

Le marché français de la lecture numérique, quant à lui, est à peu de choses près dans la situation du marché américain en 2007. Malgré les efforts de Sony dès 2008 avec une offre en partenariat avec Hachette et la Fnac, le succès n'a pas été au rendez-vous, essentiellement du fait de l'éditeur qui n'a pas du tout joué le jeu et proposé une offre extrêmement limitée de titres disponibles, peu de nouveautés à des prix très élevés (de 10 à 15 % inférieurs aux prix des volumes imprimés). Le public attendait tout autre chose. Peut-on imaginer un seul instant un consommateur acheter un *reader* avec la perspective de l'amortir par l'achat de 70 à 80 titres ? Le groupe Hachette aurait voulu saborder l'arrivée du livre numérique en France qu'il ne s'y serait pas pris autrement. La situation n'a guère évolué jusqu'en 2011. Offres limitées, prix des livres élevés, le consommateur français n'est pour l'instant pas très incité à plonger dans l'univers numérique. On estime qu'il a circulé en 2011 entre 20 000 et 30 000 *readers* toutes marques confondues, ce qui reste encore tout à fait confidentiel. L'accélération très forte fin 2011 avec l'arrivée du Kindle d'Amazon et d'un accord entre Kobo et la Fnac a permis enfin une avancée significative. La Fnac a déclaré avoir vendu 50 000 lecteurs à Noël. Si on peut attendre un résultat équivalent chez Amazon, il se serait ainsi vendu environ 145 000 *readers* sur l'année 2011 en France.

Depuis quelques années, le regard des éditeurs français sur le numérique a changé en raison du succès d'Amazon Outre-Atlantique. Créations d'entrepôts numériques, redéfinition des contrats d'exploitation avec les auteurs et les ayants droit, numérisation des fonds, production systématique des nouveautés au format ePub, encadrement avec un prix unique et une baisse de la TVA, interopérabilité des catalogues entre distributeurs, autant de décisions importantes qui préparent le marché du livre numérique en France. Restent évidemment de grandes inconnues comme le rôle exact de la librairie traditionnelle. Préservée grâce à la loi sur le prix unique, aura-t-elle la capacité d'affronter des modèles verticaux comme ceux d'Amazon et d'Apple ?

Force est de constater qu'en cinq ans seulement, essentiellement aux États-Unis, ce sont les *readers* utilisant l'encre électronique qui ont donné un vrai coup de fouet à la lecture numérique. Une situation qui n'a jamais pu être envisagée en trente ans de présence d'écrans d'ordinateurs de toutes sortes, qui n'ont jamais remis en cause le marché de l'édition.

D'autres lectures numériques sont aujourd'hui proposées au grand public, notamment des contenus en couleurs, la presse quotidienne et les magazines jusqu'ici exclus malgré les quelques tentatives d'Amazon pour les distribuer, mais aussi d'autres secteurs entiers (jeunesse, bande dessinée, tourisme, pratique, beaux livres, etc.) avides de nouvelles possibilités multimédias que permettent des supports numériques connectés.

Le marché des tablettes numériques

Si le succès du livre numérique aux États-Unis a été foudroyant, un certain nombre de freins technologiques ne sont pas encore levés. Beaucoup de détracteurs du papier électronique lui reprochent avec raison son affichage en noir et blanc uniquement, son taux de rafraîchissement faible, la lenteur de ses interfaces, autant d'éléments qui posent problème.

Le succès des *smartphones* a marqué un tournant décisif dans l'usage de l'internet mobile. En 2007, l'année du premier Kindle aux États-Unis, Apple sort un téléphone révolutionnaire, l'iPhone, qui rencontre un succès phénoménal dans le monde entier. Quatre ans après, en mars 2011, Apple annonce avoir vendu 100 millions de son modèle fétiche, imposant un nouveau standard dans la téléphonie. Si l'usage du *smartphone* est idéal pour des tâches simples (recherche d'informations, jeux, utilisation d'applications pratiques, lecture d'*emails* et de SMS, etc.), grâce à la technologie tactile, il ne facilite pas pour autant, du fait de sa petite taille, l'accès à des contenus riches : vidéos, cinéma, presse, magazines, livres…

Parallèlement, un marché de petits ordinateurs à bas prix (avec des écrans en deçà des treize pouces) appelés *netbooks* s'est démocratisé, idéal pour des usages simples : navigation sur internet, traitement de texte, tableur, visualisation de contenus multimédias. Tous les constructeurs de matériels informatiques se sont lancés dans cette nouvelle aventure, tous sauf Apple qui, s'il s'est essayé à l'ultra-mobilité avec des modèles à des prix élevés, n'est pas prêt à s'engager dans une politique de prix modérés avec des modèles bas de gamme.

En 2009, encouragée par les succès de l'iPhone, l'idée d'un modèle plus grand, sorte de tablette numérique universelle, qui puisse en même temps rivaliser avec le marché des *netbooks* ou des *laptops* dans des gammes de prix similaires, germe dans l'esprit des dirigeants d'Apple. L'attente des inconditionnels de la marque à la pomme est forte. Après une année de buzz médiatique, Apple ouvre un nouveau marché, né de toutes pièces, sans aucun rival : le marché de la tablette numérique.

Ce n'est pas la première fois que l'idée d'une tablette numérique émerge. Dès 2001, Microsoft avait lancé le concept de *PC tablet* (tablette PC), un ordinateur mobile de la forme d'une ardoise équipée d'un écran tactile utilisable avec un stylet. C'est justement à partir de cette même idée que s'est développée la première expérience du livre électronique au début des années 2000, le Cybook de la société Cytale en France ainsi que d'autres modèles aux États-Unis. Prix prohibitif approchant les 1000 euros, poids élevé, ergonomie et *design* peu attirants, absence de contenus associés : le public n'a pas compris l'intérêt de la tablette. L'opération a été un échec. Près de dix ans après, l'internet mobile est là, le succès de l'iPhone et des écrans tactiles confirmé, la sortie d'une nouvelle tablette numérique « à tout faire » et associée à des contenus peut être proposée par Apple.

Porté par le marketing d'Apple, l'iPad a rencontré un très net succès depuis son lancement au printemps 2010. Le produit est technologiquement très au point et la campagne habilement orchestrée comme d'habitude. Vendu entre 500 et 800 euros selon les versions, l'iPad s'adresse dans un premier temps à un public déjà conquis par la marque entre l'iPhone d'un côté et les ordinateurs MacBook de l'autre.

Produit hybride entre le *smartphone* et l'ordinateur, l'iPad parie sur une modification des usages de l'un et de l'autre pour s'imposer. À la fois tablette pour surfer largement sur le web, consulter ses messages, voir ses photos, mais aussi accéder à des jeux, de la presse-magazines, des livres. Steve Jobs, le patron d'Apple, a bien compris que l'offre associée de contenus est décisive, suivant en cela Amazon et son Kindle. Les groupes de presse et de livres américains ont accueilli avec bienveillance l'arrivée d'Apple sur le marché à la recherche à la fois de nouveaux modèles économiques pour distribuer leurs productions avec des perspectives d'une alternative aux modèles gratuits en usage sur le web, mais aussi pour faire face aux appétits hégémoniques d'Amazon dans le secteur du livre. Dans les deux cas, la tablette numérique est perçue comme la solution rêvée à leurs pires cauchemars.

Apple, sans doute sous la pression d'un donnant-donnant, a adopté le fameux format ePub largement déployé par les éditeurs. La sortie de l'iPad a été accompagnée d'une très large médiatisation du catalogue sur iBooks calqué sur iTunes qui connaît le succès que l'on sait dans l'univers de la musique. Tous les éditeurs américains ont rejoint Apple, nouvel eldorado du livre numérique. Le groupe Hachette est notamment présent sur iBooks depuis le début, proposant des titres français de ses différentes maisons et d'éditeurs distribués comme Albin Michel. Du côté des accords de distribution, Apple a accepté le modèle des contrats de mandats demandés par les éditeurs, trop content d'adopter un modèle vertueux face à Amazon.

Si la première version de la tablette a séduit largement un public déjà conquis par les produits estampillés Apple, la deuxième version de l'iPad, sortie au printemps 2011, a attiré de nouveaux clients qui n'étaient pas jusqu'à présent des fidèles de la marque. Apple a su capitaliser aussi sur le succès des applications (logiciels spécifiques gratuits ou payants à installer) qui avaient fait le succès de son iPhone et qui ont migré rapidement sur la tablette. Apple a en moins de deux ans réussi à imposer un nouveau standard informatique, sur un marché déjà bien fourni. La réalité des ventes est là.

Les autres acteurs du numérique, face à Apple, ont longtemps douté de l'opportunité de sortir des produits concurrents. Ils ont pris un retard très important. Seul Samsung a réussi à sortir un modèle (Galaxy Tab) qui est bien le seul à résister face à la déferlante Apple. En 2010, plus de huit tablettes numériques sur dix vendues dans le monde ont été un iPad. Selon les chiffres publiés par le cabinet ABI Research début 2011, Samsung arrive loin derrière avec 8 % de parts de marché pour sa Galaxy Tab. Le Français Archos est troisième avec seulement 2 %. Fin 2011, le marché se rééquilibre un peu avec 38 % du côté de Samsung, Apple conservant une très large avance à près de 60 % de parts de marché. Plus d'une dizaine de modèles sont proposés à la Fnac et dans les grandes enseignes de la distribution française en 2012. C'est un déferlement dans les rayons. Tous les constructeurs ont sorti leurs tablettes en un an seulement. Sony, Dell, Acer, Samsung, Motorola, etc., tous adoptent des standards communs, pour contrer l'avance prise par Apple.

Selon les estimations, il se serait vendu dans le monde entre 40 et 50 millions de tablettes numériques en 2011. Et d'ici 2016 les ventes se situeraient entre 100 et 120 millions d'unités. Les régions où se vendent le plus ces appareils *high-tech* sont l'Amérique du Nord, l'Europe de l'Ouest et l'Asie-Pacifique. Selon le cabinet Canalys la croissance estimée est de 14 % en volume pour le marché mondial des ordinateurs en 2011. Cette augmentation aura principalement été due aux ventes de tablettes tactiles dont 52 millions d'unités auront été commercialisées. Apple s'est probablement octroyé 75 % du marché des *pads*, laissant approximativement ses concurrents en vendre 12 millions. Le marché professionnel est lui aussi concerné. Canalys conseille aux constructeurs de ne pas laisser passer l'opportunité d'introduire les tablettes tactiles dans les entreprises, « spécialement dans la santé et l'éducation, où le marché prendra de l'ampleur, à mesure que les applications appropriées seront créées ». Le succès de la marque à la pomme devrait s'amplifier et s'accélérer avec l'arrivée de l'iPad 3, au printemps 2012, dont l'écran voit sa définition encore améliorée.

Bien sûr, les fabricants de *netbooks* ne seront pas épargnés. En ce qui concerne l'année 2010, Canalys estime que pour dix tablettes commercialisées les ventes de cinq ultra-portables à bas prix et de cinq PC portables traditionnels ont été perdues. Un phénomène qui a touché à la fois le segment des entreprises et celui des particuliers. Cette tendance s'observe davantage dans les marchés développés tels que les États-Unis, la France, l'Allemagne, l'Australie ou le Japon. Malgré l'impact négatif des tablettes, Canalys prévoit tout de même une croissance de 8 % pour le marché des *ultrabooks* (ordinateurs ultrafins). Les améliorations apportées à Windows 7 et le retour de la confiance des entreprises dans l'économie y contribueront. Canalys ne voit en revanche aucun facteur susceptible de stimuler le marché des *netbooks* qui devrait reculer de 13 %, à 34 millions d'unités en 2012. Le mini-ordinateur a sans doute vécu.

« La couverture géographique d'Apple reste faible dans les BRIC (Brésil, Russie, Inde, Chine) et d'autres marchés [...], tels que l'Indonésie et la Turquie. Cela profite aux fabricants de *netbooks*. En outre, dans beaucoup de pays, l'arrivée de l'iPad sera retardée par la nécessité d'une réglementation approuvée et les ventes risquent d'être limitées par le manque de versions localisées d'iTunes », déclare l'analyste Daryl Chiam. De quoi laisser le temps à de nombreux dispositifs innovants pour les PC portables d'arriver. Le paysage de l'industrie du PC est en train de changer. Les tablettes tactiles devraient occuper une place importante dans le marché des PC avec une augmentation très forte par rapport à 2010, plus importante pour les entreprises que pour les particuliers. Les *ultrabooks* gagnent tout de même des parts de marché puisqu'ils devraient connaître une croissance soutenue en 2011-2012, avec une part également plus importante auprès des entreprises. Ce sont les *netbooks* qui subiront la montée en puissance des tablettes puisque le marché devrait connaître une baisse.

Cette modification du marché s'explique en partie par les succès de l'iPad mais aussi plus profondément du fait de nouveaux usages. Nos modes de consommation sur le web évoluent ; d'un usage de travail nous glissons de plus en plus vers un usage de loisir. Le paradoxe n'est pas mince quand on pense qu'Apple ne croyait pas au web à ses débuts. Plusieurs études ont été publiées sur les nouveaux usages liés aux tablettes. La première a été présentée il y a peu par le site américain Admob. Le jeu est le premier usage évoqué par les utilisateurs américains de tablettes tactiles, plébiscité par plus de huit utilisateurs de tablettes sur dix. La tablette d'Apple aura largement bénéficié du marché des applications de son petit frère l'iPhone. Viennent ensuite l'utilisation de moteurs de recherche (78 %), la consultation des messages électroniques (74 %) et de sites ou d'applications d'actualités (61 %). Certaines activités sont encore peu pratiquées par les possesseurs d'iPad et autres écrans nomades. Les achats en ligne par exemple ne sont évoqués que par 42 % des utilisateurs. Les adeptes de l'iPad sont pourtant supposés être des *early adopters* rompus à tous les usages du web, e-commerce compris. L'accès aux réseaux sociaux (Facebook, Twitter) et à des contenus de musique et de vidéo est lui aussi largement plébiscité. La tablette a bien trouvé son public avide de diversité numérique, sur un mode ludique et familial.

Pour les contenus de presse et d'édition, le constat est beaucoup plus mitigé, en tout cas bien loin des attentes des professionnels. Si l'accès à des sites d'information gratuits est largement partagé, en revanche l'adhésion à des modèles payants tarde à venir, l'évolution est même plutôt négative au fil des mois comme l'ont confirmé les grands quotidiens américains, le *New York Times* notamment. La situation est la même en France où les journaux ont largement joué le jeu de la sortie de la tablette avec des développements spécifiques.

Moins d'un utilisateur sur deux indique lire des livres sur sa tablette. Il s'agit pourtant d'une activité inédite qui a été largement mise en avant à la sortie de l'iPad et qui n'a jusqu'ici jamais été proposée sur aucun support avec un catalogue spécifique, hormis Amazon et son propre *reader*.

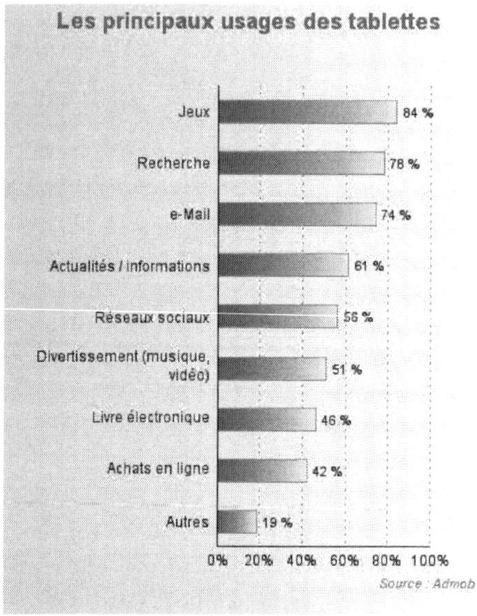

Tableau 5. Les principaux usages des tablettes (source Admob, mars 2011[5]).

Les possesseurs de la tablette d'Apple ne se sont pas saisis de leur nouveau support avec un appétit de livres particulier. Même déconvenue pour les éditeurs de presse qui comptaient beaucoup sur le nouveau marché porté par Apple. Le constat est particulièrement rude pour les éditeurs de journaux et de magazines qui s'étaient beaucoup appliqués pour sortir des contenus innovants.

« Un petit bilan non exhaustif mais assez révélateur de la situation dans laquelle se trouve la presse sur les tablettes connectées, et notamment sur la plus populaire d'entre elles, l'iPad. Côté chiffres, on apprend qu'après des lancements de premiers numéros numériques dont les ventes sont satisfaisantes, les chiffres tendent à s'effondrer dès le second numéro. Ainsi, si *Wired* a conquis 100 000 possesseurs d'iPad pour son premier e-numéro, ils n'étaient plus que 30 000 à télécharger le magazine sur leur tablette un mois plus tard. Et depuis, les chiffres se stabilisent à la baisse avec seulement 23 000 e-ventes en novembre 2010, auprès d'une cible pourtant technophile et parfaitement réceptive à l'iPad. Pour d'autres, la situation est plus grave, comme pour *Glamour* dont la première sortie iPad s'est soldée par 4 300 ventes, avant de tomber à 2 300 ventes. Même des géants comme *Vanity Fair* ou *GQ* peinent à faire leur trou sur l'iPad, même si leurs ventes sont plus stables. Le premier vendait 10 000 exemplaires de son e-magazine en août et 8 000 en novembre 2010, le second 13 000 en mai et 11 000 en décembre 2010[6]. »

Bien sûr, si la presse électronique n'explose pas sur l'iPad, alors que la tablette se vend par millions, c'est d'abord la faute à des prix trop proches de ceux des versions papiers, en partie expliqués par la position d'Apple qui impose une marge de 30 % sur toute vente par l'AppStore. Les patrons de presse et autres acteurs économiques, comme Richard Bronson, le magnat de Virgin, qui a récemment lancé Project sur iPad, s'érigent face à la firme de Cupertino pour demander la possibilité d'appliquer des tarifs dégressifs qui leurs permettraient de mettre en place des formules d'abonnement plus concurrentielles. Pas de réaction pour le moment chez Apple.

À l'évidence, le passage de relais entre la presse traditionnelle et la presse électronique sur tablettes n'est pas près de se faire, mais de nombreux facteurs pourraient accélérer les choses entre des tablettes qui sont vouées à se démocratiser et des éditeurs de presse (papier ou internet) qui cherchent à tout prix un modèle économique moderne capable d'assurer leur pérennité. Les tablettes ont forcément un rôle à jouer, reste à trouver la bonne formule.

Côté livres, où en sommes-nous ? Apple assure au printemps 2011 que 100 millions de livres ont été téléchargés sur iBooks depuis le lancement de l'iPad, mais la firme étrangement ne donne aucun chiffre sur la part entre livres gratuits et livres payants. Une donnée importante quand même pour tout un secteur dans l'attente de la révolution annoncée. Comme le remarque avec justesse le site eBookNewser, c'est peu dans l'habitude d'Apple de passer sous silence ce qui fonctionne bien dans ses innovations. Plus qu'un déficit de communication, ce non-dit est peut-être le signe que l'on est loin des résultats escomptés. L'explosion du livre numérique par les tablettes n'a pas eu lieu.

Les possibilités du format ePub étant jusqu'ici peu adaptées à des contenus enrichis, on ne peut bien évidemment pas parler du livre numérique sur l'iPad sans parler des applications de lectures spécifiques qui ont été déclinées depuis 2011. Nous ne sommes plus dans le domaine de la simple distribution mais dans celui de la production de contenus augmentés pour ces nouveaux supports : graphismes, interactivité, contenus multimédias, les possibilités créatives pour les développeurs semblent infinies. Le secteur jeunesse semble le plus dynamique et propose de très nombreuses applications qui relèvent bien plus de l'univers du jeu que du livre. La tablette numérique a rapidement été perçue comme un objet convivial, pour une utilisation partagée, familiale, autour d'activités bien souvent ludiques. On joue beaucoup sur les tablettes, on l'a vu.

Ces contenus spécifiques représentent des coûts de développements importants avec des seuils de production minimum de plusieurs milliers d'euros. Les prix de vente sont extrêmement réduits, déduction faite d'une TVA à 19,6 % et d'une commission de 30 % à Apple, le résultat est bien maigre. Il faut toucher un très large public pour amortir ces coûts. Rappelons par exemple que le tirage moyen d'un livre pour enfants chez un éditeur reconnu est de 6 000 exemplaires environ. Un petit éditeur devra vendre entre cinq et dix fois plus d'applications pour rentabiliser son affaire. Les éditeurs ont pour l'instant abordé ce nouveau marché des applications sous la forme de tests dans des domaines comme les guides de tourisme, le livre pratique, le livre éducatif, etc. Les premiers retours ne sont guère encourageants (prix de vente très bas, impossibilité de rendre visibles les catalogues dans une offre catégorisée sur l'AppStore). Les éditeurs anglais et américains réunis à Londres ont clairement signifié qu'ils ne comptaient pas investir significativement pour l'instant dans ce nouveau marché en l'absence de modèles économiques rassurants.

Plusieurs études ont été menées pour observer les usages sur ce nouveau support. La société Miratech s'est intéressée à la différence de lecture entre l'iPad et le journal et a dirigé une étude sur les différents types de lectures. Il en ressort que la lecture sur iPad est plus superficielle que sur papier. Autrement dit, on se souvient bien mieux d'un article de journal que d'un article lu sur un iPad. Cette étude a été réalisée à partir d'un échantillon représentatif de participants invités à lire des informations similaires sur la version papier du journal *20 minutes* et sur la version iPad. Les participants ont été choisis pour leur habitude de l'iPad, les biais liés à l'apprentissage de l'iPad ont ainsi été évités (découverte des fonctionnalités, envie de jouer avec le zoom, etc.). Les participants étaient libres de manipuler les deux supports librement. Pendant la lecture, leur comportement, leurs regards ont été enregistrés et analysés grâce à la technologie de l'*eye tracking* spécialement adaptée pour l'étude. Suite à la lecture, les chercheurs ont mesuré l'impact de mémorisation des articles et des publicités. Le temps de lecture moyen d'un article sur chacun des supports s'est révélé être similaire. Un utilisateur met en moyenne 1,11 minute pour lire un article sur papier contre 1,13 minute sur iPad. La durée de lecture d'un article sur papier ou sur iPad est donc très proche. Une analyse plus approfondie montre cependant que les regards sont plus longs sur le support papier. La concentration est plus importante lors de la lecture du journal. Cette concentration se traduit par une meilleure mémorisation des articles papiers. Suite à la lecture, seulement 70 % des participants se souviennent d'un article sur iPad contre 90 % pour ceux qui ont lu sur papier. En conclusion, l'étude montre la différence de lecture d'un article sur papier et sur iPad : la durée de lecture est à peu près la même lorsqu'il s'agit d'un texte court ; cependant le contenu est mieux assimilé et mémorisé sur papier[7].

Une autre étude a été proposée par *Livres Hebdo* en mars 2011 dans un dossier sur le livre numérique avec une enquête confiée à Ipsos. La tablette est déjà largement plébiscitée alors que le marché n'a pas du tout démarré en France. Elle apparaît déjà comme le support le plus intéressant pour lire des *e-books*.

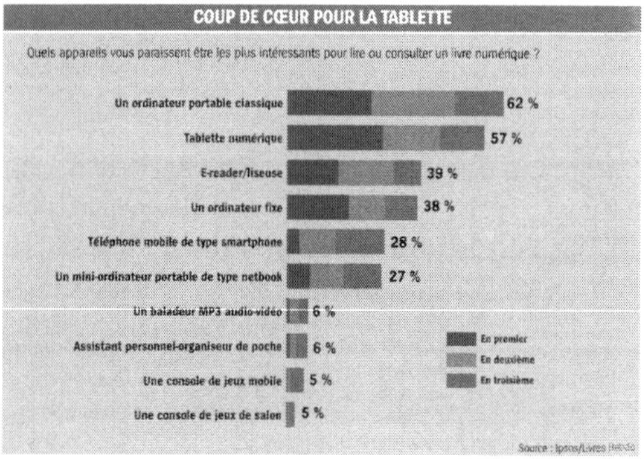

Tableau 6. Les appareils les plus intéressants pour lire ou consulter un livre numérique (source *Livres Hebdo*, mars 2011[8]).

Deuxième donnée intéressante, l'enquête porte sur les inconvénients principaux de la lecture numérique, et le problème de la fatigue est le premier des soucis évoqués.

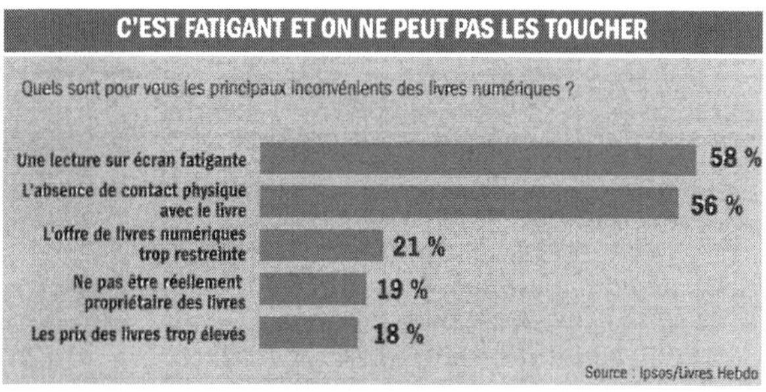

Tableau 7. Les principaux inconvénients des livres numériques (source *Livres Hebdo*, mars 2011[9]).

C'est une donnée qui n'a pas changé depuis les débuts de l'informatique. Ce problème de la fatigue oculaire sur les écrans rétro-éclairés est récurrent comme l'ont montré des études réalisées en laboratoires. De plus, selon Thierry Baccino, directeur scientifique au Lutin (Cité des sciences et de l'industrie de La Villette), la lecture sur écran solliciterait davantage notre cerveau : « La lecture sur écran demande un surcroît de travail au cerveau et même un fonctionnement différent. Les zones de l'encéphale qui contrôlent les prises de décision et les raisonnements complexes sont plus sollicitées que pour une lecture sur papier. Sur le web, il faut en permanence faire des choix, décider de cliquer ou de ne pas cliquer pour poursuivre sa lecture. En d'autres termes, trop d'infos tuent l'info et les pages web surchargées de liens et d'illustrations peuvent nuire à leur compréhension[10]. »

Le problème des écrans et des tablettes avec un affichage rétro-éclairé reste entier malgré la communication d'Apple. Le fait de disposer d'un outil maniable, léger et attractif ne suffit pas à régler tous les soucis pour l'œil et le cerveau sur ces supports. C'est un problème qui ne se pose pas, rappelons-le, pour les supports à base de papier électronique réflexifs de plus en plus proches d'un support papier.

Voyons maintenant quels sont les premiers constats de ceux qui vendent des contenus sur les deux types de terminaux, *readers* et tablettes. Si Amazon ne communique pas sur le sujet, nous avons eu récemment un premier bilan de l'un des acteurs nord-américains, la société canadienne Indigo, très présente aux États-Unis et au Canada par le biais de son lecteur Kobo. La firme a révélé un certain nombre d'éléments intéressants lors des rencontres *Tools of Change for Publishing* qui se sont déroulées en février 2011 à New York. Quatre types de lectorats ont ainsi pu être repérés par la firme canadienne[11] :

— Les lecteurs sur *readers* sont de gros lecteurs et de gros acheteurs de livres ; c'est la clientèle la plus appréciée. Ce type de lecteurs dépense en moyenne 35 dollars canadiens à sa première visite, puis 20 à 25 dollars canadiens à chaque fois qu'il revient pour acheter des titres, en moyenne sept fois par mois. Ce sont des amateurs de fiction, des clients fidèles qui achètent 100 % de ce qu'ils lisent. Leur mode de lecture passe par le web mais surtout *via* le *reader* Kobo. Chez ces clients, la consommation de livres numériques se développe. Un primo-client de février 2011 consomme plus qu'un primo-client de mai 2010. Kobo pense que cela est lié au fait que les *readers* séduisent un public de lecteurs assidus, motivés par l'amélioration de l'environnement numérique, des systèmes de recommandation et de commercialisation. Les lecteurs sur *readers* sont les plus gros consommateurs de livres numériques.

— Les lecteurs sur *smartphones* sont des lecteurs occasionnels, plus nombreux que les autres. À leur première visite ils dépensent 15 dollars, puis en moyenne 7 dollars avec une seule visite par mois. Ils consomment pour moitié des titres gratuits et pour une autre moitié des titres payants ; c'est une clientèle volatile avec un taux de désabonnement élevé. C'est le moins bon canal de vente selon Kobo.

— Les lecteurs sur iPad sont de moins gros consommateurs de livres que les lecteurs sur *readers*. Ils dépensent en moyenne 22 dollars canadiens à la première visite. Ils achètent moins fréquemment des textes, quatre à cinq fois par mois, c'est une clientèle moins fidèle, plus insaisissable.

— Les lecteurs adeptes du tout-gratuit ne dépensent rien par définition et se fournissent en contenus piratés sur le web ; ils résistent « scandaleusement » à la commercialisation, ce sont de gros lecteurs qui lisent essentiellement sur *readers*.

Un autre type de lecture n'a pas muté vers les tablettes, c'est celui qui s'est majoritairement concentré sur les ordinateurs et qui représente encore aujourd'hui l'essentiel du marché de la lecture électronique. La lecture de travail dans un cadre d'enseignement (livres de formation, livres universitaires et techniques avec une forte valeur ajoutée) ne s'est pas déplacée sur les tablettes. L'absence de clavier, la difficulté de pouvoir travailler avec une tablette, installé à un bureau, l'impossibilité d'annoter avec un stylet, de pratiquer le copier-coller de manière efficace, l'étanchéité de l'univers Apple par rapport au monde du logiciel libre largement répandu dans le monde universitaire sont autant de freins pour les publics qui pratiquent le livre numérique dans un contexte de travail. De premières tentatives d'introduction de tablettes sont en cours dans le milieu universitaire, également dans l'enseignement primaire de manière expérimentale. Il est trop tôt pour en mesurer les premiers effets. Les investissements sont très importants et les matériels risquent d'évoluer très fortement. L'interactivité du web offre de nouvelles perspectives notamment dans le domaine du livre scolaire.

Quelle peut être enfin la lecture de demain ? De toute évidence, le marché de la lecture numérique connaît une phase de développement considérable. La convergence des contenus vers le web est remarquable et des acteurs comme Amazon, Apple et Google investissent très largement dans le secteur du livre, stratégiquement lié à la connaissance et aux loisirs culturels. On a peu parlé du rôle de Google, moteur incontesté du web, qui s'est engagé dans la numérisation de masse au travers de partenariats avec des bibliothèques dans le monde entier. Google est déjà la première bibliothèque du monde et pourrait bien devenir demain le premier libraire. La firme vient de lancer aux États-Unis son premier programme Google eBooks. La tablette numérique liée au web peut avoir une place déterminante dans un tel contexte ; l'enjeu est de taille pour Google qui l'a bien compris en mettant tout en œuvre pour favoriser l'environnement Android afin de rivaliser avec celui d'Apple auprès de l'ensemble des acteurs du marché. Le rythme très fort d'adhésion à Android sur les *smartphones* semble annoncer un même succès sur les tablettes.

À la lumière de tout ce que nous avons dit, il semble bien que le marché des tablettes numériques n'ait pas été la révolution annoncée. Un certain nombre de réserves subsistent qui conduisent à avoir une vision nuancée de la lecture numérique de demain. Il n'y aura pas de lecteur universel, du moins pas avant 2015 ou 2020.

L'institut Idate a donné au printemps 2011 un tableau comparatif des différents terminaux utilisés aux États-Unis et en Grande-Bretagne ces dernières années. Même aux États-Unis, le pays le plus avancé, la lecture sur PC reste très dynamique ; près de 40 % des lecteurs d'*e-books* plongent dans des textes sur ordinateur. La lecture de travail reste inséparable de l'ordinateur pour l'instant. La migration vers de nouveaux supports risque certainement d'avoir lieu grâce à l'évolution de tablettes plus ouvertes, avec des fonctionnalités d'annotations, mais cela se fera à un rythme lent.

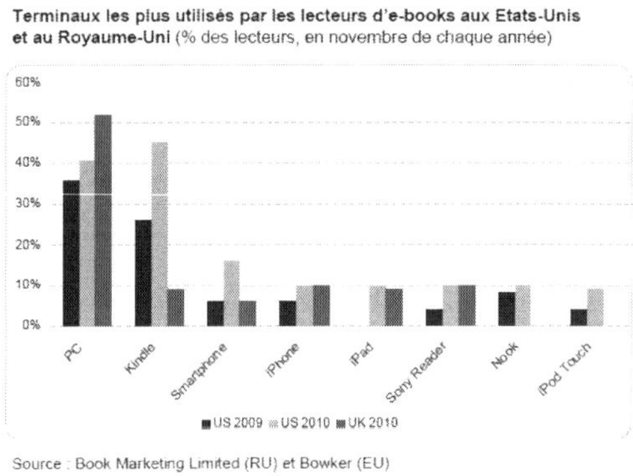

Tableau 8. Terminaux les plus utilisés par les lecteurs d'e-books aux États-Unis et au Royaume-Uni (source Idate, mars 2011[12]).

Le marché des tablettes à des prix de 200 à 500 euros concurrencera très fortement le marché des *netbooks* auprès de consommateurs qui privilégient l'usage de l'internet mobile et des loisirs culturels (jeux, applications, musique, film, presse, livres) et ne sont pas tentés par des usages de travail en mode nomade. Beaucoup de lectures occasionnelles, complémentaires, se feront sur ces supports à court ou moyen terme, à partir de téléchargements illégaux. La lecture numérique concernera une clientèle qui achète des livres de manière plus irrégulière, qui ne percevra pas forcément la fatigue liée au rétro-éclairage de la même façon qu'un gros lecteur. L'usage de la tablette est diversifié, le lecteur passe du web à des journaux ou des magazines puis des livres ; il surfe sur internet, consulte sa messagerie, revient au livre. La grande question aussi est de savoir si les tablettes peuvent être utilisées dans un contexte de mobilité à moyen terme. Pour l'instant, ce n'est pas le cas, ces machines ne sortent guère des salons et restent bien souvent utilisées dans un contexte familial. Leurs prix sont élevés, leur encombrement pose problème, leur mobilité reste à venir. Les tablettes sont aussi en concurrence avec les *smartphones* bien plus faciles à transporter qui remplissent également beaucoup de fonctions. Emporter une tablette avec soi pour lire uniquement la presse quotidienne, des magazines ou des livres ne semble pas très logique à bien des internautes. Peu d'utilisateurs de tablettes lisent ou surfent dans les trains (même en première classe).

Aux États-Unis déjà, les Américains plébiscitent les deux supports de lecture. Selon une étude publiée par le Pew Reseach Center, 19 % des Américains ont adopté à égalité les deux supports. Bien souvent, d'ailleurs, les deux modèles sont entrés dans les mêmes foyers.

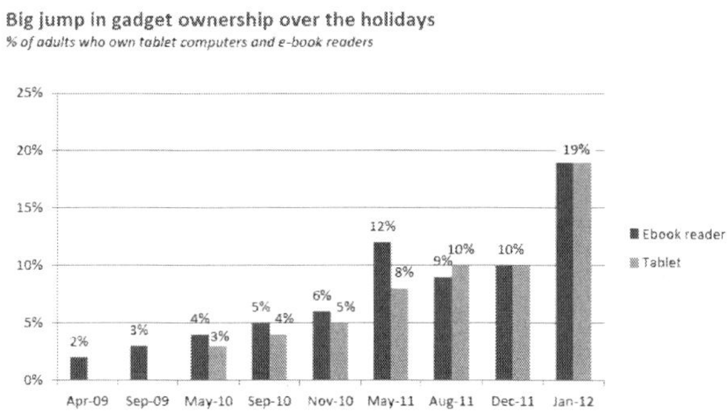

Tableau 9. Tableau d'équipement des foyers américains en tablettes et liseuses (source Pew Research Center[13]).

En seulement quelques mois, le taux d'Américains équipés a pratiquement doublé. Un Américain sur trois possède aujourd'hui au moins l'un des deux dispositifs.

Le marché des *netbooks* est un secteur qui continuera de se développer de manière plus ralentie s'il ne stagne pas. Celui des ordinateurs portables sera moins touché parce qu'ils restent très pratiques pour travailler hors du bureau.

Le marché des *readers* noir et blanc est un marché de masse. La technologie ne cesse de progresser, portée par des acteurs importants comme Amazon. Les besoins sont également importants dans les pays émergeants. Ces petits supports deviendront très communs avec des prix très bas entre 50 et 100 euros voire moins s'ils sont appelés à remplacer une partie du papier que nous imprimons à partir de nos ordinateurs. Grâce à leurs qualités réflexives, ils ont déjà été largement plébiscités aux États-Unis notamment pour lire de la littérature populaire. Ils devraient l'être de la même façon dans les années qui viennent en Europe.

Certains livres comme les guides touristiques, les livres pratiques et encyclopédiques continueront leurs migrations vers des supports comme les *smartphones*, plus adaptés du fait des logiques de géolocalisation et d'achats complémentaires associés. Ils restent étroitement liés à la fonction de téléphonie qui peut y être attachée. Là aussi, les tablettes numériques semblent en retrait ou moins adaptées. Tout reste à faire dans le domaine des livres illustrés de loisirs. Ce n'est pas un problème d'offre car le secteur de la BD par exemple est déjà largement présent sur les réseaux de manière illégale. La bande dessinée numérique touche, d'après les premiers retours que nous avons, un nouveau public déconnecté complètement de l'achat papier, contrairement au lecteur de bande dessinée classique, fidèle à ses collections. Dans le cas de ces nouveaux types de consultations courtes (petits feuilletons au quotidien, case par case), l'usage du *smartphone* semble plus adapté.

En ce qui concerne les livres augmentés dont on parle beaucoup, notamment du côté des applications, il s'agit d'un nouveau marché qui s'ouvre, en tous points comparable à celui des CD-ROM il y a quelques années. Il ne remet pas en question le secteur du livre dans son ensemble. Attaché à une logique informatique, il entre en concurrence avec l'univers du jeu, celui des sites web qui proposent déjà largement des contenus multimédias à titre gratuit, voire la télévision qui devra sans doute trouver de nouveaux modèles de développement. Pourquoi acheter des livres augmentés à des prix élevés alors que beaucoup de vidéos sont très largement accessibles gratuitement ?

Il est bien évident que la vraie révolution de la lecture numérique aura lieu quand une alternative réelle au papier imprimé se fera jour et que des supports réflexifs à bas prix pourront être proposés à très grande échelle. Il ne faut pas perdre de vue les aspects écologiques négatifs liés à la production actuelle de papier et à l'organisation de la chaîne du livre, transformation, transport, stockage, destruction ou recyclage. Un support électronique écologique sera une avancée majeure en termes de gestion et de protection de l'environnement.

Si les *readers* noir et blanc sont rejoints par des modèles couleurs avec les mêmes propriétés réflexives d'ici quelque temps (trois ou quatre acteurs sont sur les rangs), ces nouveaux modèles risquent de rester à des prix élevés.

Conclusion

La lecture numérique est plurielle ; il serait absurde de vouloir pour l'instant la réduire à tel ou tel support de lecture. Chaque segment présente ses qualités et ses défauts, en termes de fonctionnalités, de mobilité, de connectivité, d'autonomie et de confort. La tablette numérique a sa place sans aucun doute dans l'univers de l'ordinateur et de ses usages, mais elle reste un écran « de plus ». Quelque temps après son apparition dans l'univers informatique, beaucoup se demandent encore quelle utilisation réelle en mobilité et quels nouveaux usages peuvent en être faits. Ce marché atteindra sans doute rapidement ses limites de développement ; un seul acteur, Apple, y est en position dominante.

Les grands libraires, Amazon, Barnes and Noble, Kobo (lié à la Fnac), ont bien compris désormais que les deux types de terminaux, *readers* ou tablettes, s'avèrent parfaitement complémentaires. L'offre est double maintenant en attendant des dispositifs associant à la fois un mode non rétro-éclairé pour une lecture immersive et un mode rétro-éclairé pour des contenus multimédias.

La révolution de la lecture ne se fera pas de la même façon que pour la musique. Pour l'instant, tout semble l'indiquer. En revanche, les nouvelles technologies ont le mérite de redéfinir les règles du jeu pour l'ensemble des éditeurs de presse et de livres, en matière d'éditorialisation des contenus web. C'est, je le pense, la vraie révolution de la tablette numérique pour la lecture de demain.

Notes

1. Voir http://idpf.org/.
2. *Ibidem.*
3. Voir http://articles.businessinsider.com/2011-02-28/tech/30003184_1_kindles-amazon-prime-service.
4. Voir www.idate.org.
5. Voir http://marimediablog.com/mobile-marketing/tablet-marketing-the-hidden-untapped-market.
6. Source *Les Numériques*, janvier 2011, http://www.lesnumeriques.com/.
7. Voir étude Miratech, novembre 2010 et février 2011, http://www.miratech.fr/blog/eye-tracking-etude-iPad-vs-journal.html.
8. Voir *Livres Hebdo*, n° 857, Paris, 18 mars 2011.
9. *Ibidem.*
10. Interview sur France Info, septembre 2009, source Eduscol, http://eduscol.education.fr/dossier/lectures/lecture-sur-ecran/processus-cognitifs/points-de-vue-de-chercheurs-en-france/thierry-baccino.
11. Source Kobo, mars 2011, http://www.slideshare.net/Kobobooks/kobo-what-do-ebook-customers-really-really-want-michael-tamblyn-at-tools-of-change-2011.
12. Voir www.idate.org.
13. Voir http://www.pbs.org/idealab/2012/01/pew-report-tablet-ownership-doubles-whats-left-for-print022.html.

La littérature contemporaine face au numérique

Alexandre Gefen

Chargé de recherche au CNRS, Alexandre Gefen est spécialiste d'édition électronique, de cyberlittérature et de littérature de réseaux. Il a fondé en 1999 le site internet Fabula, site de référence consacré à la recherche en littérature, et la plateforme d'édition numérique CEPM à l'université de Paris-IV Sorbonne. Il est l'auteur de nombreux articles dans la *La Nouvelle Revue française*, *Le Magazine littéraire*, *Sciences humaines*, *L'Herne*, *Europe*, *Modernités*, *Acta Fabula*, *LHT*...

Loin d'être clair et univoque, le concept de littérature numérique superpose nombre de questions que l'on gagne à distinguer : celle des nouvelles formes de littérarité et de poéticité en ligne, intentionnellement ou non littéraires ; celle de l'influence de ces formes sur les poétiques littéraires contemporaines ; celle des modalités d'appréhension, de socialisation et d'évaluation de la littérature dans les mondes connectés ; celle du devenir du support imprimé et de la lecture ; celle, enfin et surtout, des mutations possibles de nos catégories critiques et de l'idée même de littérature. La sphère de la littérature numérique recouvre des pratiques sociales, des réalités technologiques et des valeurs symboliques qui ne sont pas nécessairement corrélées et coordonnées, et dont on peut se demander si ne s'y superposent pas des historicités multiples et « non contemporaines », comme dirait Ernst Bloch[1] : le devenir postformaliste de l'esthétique ; le tournant poststructuraliste de la théorie littéraire et ses échanges disciplinaires originaux ; l'histoire du livre et des supports ; la mondialisation de la littérature ; la confrontation de ses valeurs et de ses procédés à ceux d'autres formes en ligne avec le virtuel ; l'émergence de socialités connectées et la place nouvelle des « liens faibles » dans les communautés esthétiques ; l'avènement en ligne d'une (hyper) textualité à la fois diffuse, surpuissante et fragile ; et, pour finir, l'ouverture du texte à un commentaire infini. Si ce que nous ressentons communément comme un monde littéraire numérique n'est pas immédiatement justifiable d'une théorie

« monologique[2] », c'est-à-dire d'une théorie unique et englobante, la logique des nouveaux supports dans la galaxie Gutenberg n'en demeure pas moins indissociable de tout un écosystème numérique, voire de la mutation de toute une société. Des glissements multiples convergent pour venir perturber des catégories aussi fondamentales que celles d'auteur, de lecteur, de critique, ou même d'œuvre littéraire — catégories indissociables des évolutions sociologiques et économiques très concrètes de la littérature contemporaine. Pour comprendre la littérature numérique et l'influence qu'elle exerce sur la littérature qui s'écrit d'abord sur le papier, il faut donc sans doute penser ensemble « télégraphie sans fil, téléphonie sans fil, imagination sans fil », selon une formule inventée — en 1924 ! — par André Breton dans l'« Introduction au discours sur le peu de réalité[3] » : loin d'être réductibles aux évolutions technologiques des supports et des objets, ces mutations mêlent étroitement, mais de manière parfois asynchrone, des innovations matérielles faussement triviales et des changements de paradigme civilisationnel. Qui, de la miniaturisation des circuits intégrés ayant permis l'émergence d'objets personnels connectés à un internet pervasif, ou de l'individualisme nomade et de ses valeurs libérales et démocratiques, a engendré l'autre ?

Dialogue et concurrences esthétiques

Sans offrir d'interprétation définitive quant à la direction que ces évolutions font prendre à la littérature — qui le pourrait dans un champ aussi rapidement mû par le rythme des évolutions technologiques exogènes ? — je défendrai l'hypothèse que le devenir numérique possible de l'écriture tend à polariser celle-ci entre des idéologies difficilement compatibles de la littérature — et, subséquemment, à la fragmenter. Se confronter au numérique, c'est choisir entre la puissance du *storytelling* global et les possibles qu'autorise la délinéarisation du texte (c'est-à-dire l'éclatement des modes de lecture continue du texte) ; c'est prendre le parti de l'hybridation et de l'ouverture du texte, mais aussi envisager, par réaction, le dégraissage de l'œuvre de toutes ses excroissances au profit d'un livre à l'économie repensée. C'est, pour le lecteur, pouvoir user de la littérature comme une forme de resocialisation en ligne, ou revenir au livre comme un espace hors monde. C'est, pour le critique, ne pas savoir s'il doit souligner la banalisation des formes de fictions dans le virtuel, et des formes d'écriture dans l'hypertexte, s'il doit révérer le nouvel impérialisme du texte et des jeux sur le texte ouvert par la conversion numérique des échanges sociaux, ou encore s'il doit protéger l'autarcie aristocratique des valeurs littéraires contre le règne de la quantité et la « postlittérature », pour reprendre une expression de Richard Millet[4]. Entre les attraits de la marginalité et ceux du retour au monde par le détour des réseaux virtuels, entre l'affirmation de la spécificité immarcescible de la parole littéraire et la fière ostentation de la toute-puissance des manipulateurs de langage, entre assimilation, résistance et reconversion, les pratiques littéraires et critiques contemporaines hésitent. Considérée comme un tout, l'ère numérique propose en effet à la littérature des tentations esthétiques contradictoires : d'un côté, l'hypertexte tend à libérer le texte de la linéarité, en prolongeant le projet moderne de production d'une œuvre ouverte ; de l'autre, la diffusion instantanée et virale de l'information pousse le texte à la compacité, à l'efficace, à l'effet, quand ce n'est pas au recentrement autobiographique. Entre les joies de la dilatation infinie et les bénéfices de l'effet instantané ; entre les labyrinthes rhizomatiques des machines numériques à faire des textes et les outils d'écriture des journaux linéaires, qui visent à focaliser et à renarrativiser l'expérience, à organiser et à cadrer l'ordinaire ; entre un internet épisodique et un internet narratif ; entre la consommation disloquée de bribes textuelles (Twitter ou les applications destinées au partage immédiat de micronotations, idées ou poèmes, telle Opuss sur iPhone[5]) et, au contraire, les liseuses, spécifiquement pensées pour réunifier en un espace unidimensionnel, homogène et multitâches toutes les œuvres numériques qui lui sont injectées, où va la littérature ? Perçu tantôt comme l'ultime stade de la dévalorisation de l'œuvre d'art entreprise par la modernité benjaminienne, tantôt comme le lieu où peuvent s'inventer des textualités émancipatrices, le monde numérique, parce qu'il est un monde de textes, est donc tour à tour dénigré, envié, et investi par les écrivains. Hormis les usages des réseaux sociaux et des encyclopédies numériques comme des outils de promotion et d'institutionnalisation littéraire, les formes d'ajustement *a minima* sont ici peu nombreuses, et c'est entre la fascination et le rejet qu'hésitent les écrivains français.

Avant d'inventer des formes nouvelles de diffusion et d'échange social (pensons à remue.net) ou de réaliser sur internet le vieux rêve d'une œuvre totale et infinie, incorporant sons et images, ce sont d'abord des solutions que l'on pourrait qualifier d'adaptatives qui émergent : publication de livres sur des liseuses, sites d'escorte qui accompagnent les parutions papier et où se retrouvent des communautés de lecteurs, des compléments et des extraits (je pense au travail d'écrivains comme Frédéric Clément, auteur d'un roman flottant hypermédia, *Le Paradisier*[6]). Le livre électronique multiformat promu par François Bon est une autre solution intermédiaire entre la versatilité du blog et le traditionalisme du livre papier[7] : même si son modèle économique reste fragile, la coopérative publie.net a inventé un modèle de publication d'essais ou de récits courts disponibles dans tous les formats *e-books*, dont la remarquable collection « Temps réel[8] » où l'expérimentation esthétique investit les possibilités offertes par le format numérique ePub des liseuses.

La seconde option, que l'on pourrait qualifier d'adaptative, serait d'utiliser les espaces numériques comme des supports à contrainte, mais en parallèle à une activité littéraire plus traditionnelle : Régis Jauffret sur Twitter[9], les membres du collectif Inculte sur Facebook[10], Éric Chevillard sur le blog *L'Autofictif*[11] cherchent à jouer des réseaux comme autant d'espaces d'écriture spécifiques. Leurs contraintes (la limite de longueur pour Twitter, le caractère éphémère pour Facebook, le rythme pour les blogs, etc.), leur non-linéarité et leur porosité au commentaire seront autant de cadres productifs. Ces écritures croisées du blog et du papier mériteraient une étude fine des échanges et des circulations qui s'y jouent, car il me semble que s'y inventent des formes qui ne sont ni tout à fait celles de l'écriture brève et du style coupé propre à la tradition du livre, ni tout à fait celles du blog numérique : la conversion numérique de la culture possède assurément nombre de conséquences indirectes, si ce n'est souterraines, sur la langue autant que sur les pratiques génériques.

Autre logique, plus profondément imitative et concurrentielle à la fois : par rivalité, les écrivains — qui sentent plus ou moins confusément en quoi le monde de l'hypertexte est une continuation par d'autres moyens de la doctrine « textualiste » de la littérature moderne — pourront être tentés par la monstruosité de très grands romans marquant à la fois une réponse et une différence aux hypermondes numériques, ou par des expérimentations formelles qui entendent entrer en compétition avec la démultiplication des possibilités énonciatives, stylistiques, référentielles de l'écriture en ligne. On pourrait suggérer de lire la recrudescence contemporaine de sommes romanesques à la lumière du rapport décomplexé à la fiction, à l'actualité et à la longueur, qu'autorise internet. En un sens, dans leur gigantisme ouvert ou leur systématisme fêlé, nombre de romans contemporains veulent être à l'histoire l'extension que l'internet offre à la mémoire ordinaire, qu'on pense aux mondes augmentés d'Hédi Kaddour ou de Mathias Énard[12], aux univers hallucinés des *Microfictions* de Régis Jauffret, aux romans de Claro, aux sommes postmodernes de Pierre Senges, ou à des extravagances comme *Ultimo*, dictionnaire déréglé de Charles Robinson. Dans tous les cas, internet promeut les dispositifs encyclopédiques et les jeux sur le savoir ; il relégitime les longs romans non linéaires, les listes invasives, les totalisations exubérantes ou piégées, les voyages improbables, les univers transfictionnels et les récits historiques contrefactuels ; il favorise la quantité, mais une quantité fragmentée ou délinéarisable qui invite son lecteur à des modes non extensifs de consommation littéraire, à des expériences d'immersion où la fiction exerce tous ses pouvoirs, sans pour autant inviter à des formes de lecture fermées et univoques. « Ce qui a changé : nos lectures se déposaient, se sédimentaient en nous, un trésor s'accumulait, l'ensemble nous structurait comme un fin squelette de références ; ce corpus comme un corps second, plus intelligent et même plus sensible. Nous lisons encore, mais plus rien ne s'inscrit. Les phrases fulgurent, flashs, éclairs, fusées. Nous en faisons profit dans l'instant, comme de toute chose, en consommateurs impatients et fébriles, déjà séduits et tentés par une autre proposition », écrit Éric Chevillard sur son blog, non peut-être sans quelque nostalgie[13]. Libérant la littérature d'un formalisme médusant accentué par la patrimonialisation déjà ancienne de la littérature française, internet encourage une littérature pensée comme programme, dispositif, installation, occasion ou laboratoire.

Dernière orientation, complémentaire et non contradictoire, celle d'une littérature qui non seulement ferait d'internet un modèle, mais abolirait même la distinction entre littérature et réseaux sociaux. Internet serait alors cette forme hypertextuelle totale rêvée par ceux qui, de Julio Cortázar à Mark Z. Danielewski, ont vu dans l'écriture numérique le Grand Livre couronnant et arrêtant notre histoire littéraire. Pour ceux qui partagent l'idée que le web 2.0 est cette œuvre totale attendue par la modernité, il n'y a plus lieu de différencier les ordres et les formes de textualité : la trame de nos discours augmentée par le web, nos échanges, nos lectures, nos rêves, nos distractions forment une réalité mentale unique, quoique discontinue et multidimensionnelle, un plan des représentations dissolvant les distinctions temporelles, spatiales et personnelles. Ce « réalisme des réseaux », pour emprunter une expression au manifeste de James Bridle, affirme ainsi que « nos histoires existent et se chevauchent dans les réseaux » (« c'est comme ça qu'on écrit les histoires aujourd'hui », ajoute-t-il) et promeut un réalisme recompris comme assemblage d'affects et de liens[14]. On retrouvera cette vision dans un autre texte programmatique, *Reality Hunger* de David Shields[15] : dans cet essai kaléidoscopique composé d'un collage de 618 fragments, l'écrivain américain défend l'idée que la culture numérique poursuit l'entreprise de critique et d'individuation du roman occidental, en favorisant l'introduction de matériaux bruts et d'inserts accidentels, en cherchant la sérendipidité plutôt que la téléologie, en brouillant les frontières entre l'information et la fiction, entre le récit et l'analyse. Chez Bridle ou chez Shields, la réalité que doit rechercher le roman n'est pas celle d'une *mimèsis* à fond essentialiste ou matérialiste, mais celle d'un monde composite où se mêlent des formes extralittéraires de fictions issues de l'actualité ou de la culture pop, des projections identitaires variées liées à nos rêveries et l'accumulation de *mirabilia* et de *memorabilia* en un cabinet de curiosités numérique (utilisant, par exemple, Pinterest ou encore del.icio.us). On reconnaîtra dans ces positions américaines des usages du document, du collage, des déconstructions ontologiques ou génériques bien connus et parfois déjà anciens en esthétique et en littérature, mais qui atteignent dans la blogosphère des formes et des intensités non prévues par le paradigme postmoderniste. Chiffonnier numérique du temps, l'écrivain en ligne est celui qui « propose un usage créatif de l'incertitude, des dissonances cognitives, du désordre, de l'autoréflexivité et du vol », comme le résume Luc Sante[16].

Mutatis mutandis, ces positions esthétiques sont aussi celles du collectif Inculte, qui déploie sous la plume de Matthieu Larnaudie une poétique analogue. S'appuyant sur la théorie perecquienne de « l'infra-ordinaire[17] », Larnaudie défend le projet d'une écriture collective comme conception constructiviste et polyphonique du sujet. Il souligne l'importance de la culture populaire et défend les méthodes empiriques d'écriture et de diffusion en usage dans les réseaux sociaux. Pour Arno Bertina, autre membre du groupe, « le sujet fracturé, ouvert à tous les vents » de la modernité accède « à une intelligence qui le dépasse » : l'éclatement du « je », c'est « sa dissémination [...] heureuse en d'autres instances[18] ». D'où une esthétique qui correspond à une sorte d'extension des théories deleuziennes (le nomadisme identitaire) et barthésiennes (le sujet « scriptible ») à l'ère des réseaux : la littérature doit, pour « se mesurer à la multiplicité du réel », devenir esthétiquement et génériquement « profane » et profanatrice, « impropre » et déstabilisante, « hétérodoxe et hétérogène[19] ». L'étrange coffret *Le Ciel vu de la Terre* du groupe Inculte et des ses proches[20], comportant un volume de cartographie ancienne, la réédition des classiques *L'Éternité par les astres* d'Auguste Blanqui et *La Visite du capitaine Tempête dans le ciel* de Mark Twain, ainsi qu'une pléiade d'essais-fictions, rêveries et formes a-génériques variées, est l'une des figures de cette littérature ambitionnant de produire des mondes fictionnels polyphoniques, où les temporalités et les points de vue revendiquent leur hétérogénéité et leur dispersion, tout en ménageant, par le jeu des libres associations imaginaires, des ponts hypertextuels souvent inattendus. Telle est désormais la figure prise par les univers de fiction sous influence numérique.

L'ordre des détournements

D'évidence, ce devenir social, épisodique et polyphonique de la littérature contrevient aux valeurs de l'art pour l'art et aux traditions livresques héritées du XIXe siècle, même s'il poursuit les options esthétiques de la modernité. En mauvaise part, on peut l'accuser de dévaloriser la littérature, de la réduire à une chronique superficielle de l'ordinaire ou d'asservir l'écriture à des finalités étrangères et surdéterminées par des besoins sociaux. Mais venir habiter les machineries du web 2.0 n'est peut-être pas faire le choix du degré zéro de la littérature. Contrairement à Christian Salmon, qui affirme que le « *storytelling* assisté par ordinateur » constitue le prolongement des dispositifs de contrôle et de maîtrise de la technostructure et qui dénonce les « ingénieurs du *storytelling*, bien décidés à prendre au sérieux les possibilités d'informatisation du récit[21] », il me paraît difficile de réduire internet à un « nouvel ordre narratif » : les formes de déconstruction critique, de pluralisation de l'événement, de réfraction énonciative sont présentes au cœur même des dispositifs de renarrativisation dénoncés par ceux qui voient dans les nouveaux médias des instruments d'asservissement et dans les auteurs du web de simples « écrivants[22] ». Dans la *timeline* de Facebook (mode de présentation de notre réalité quotidienne qui entend nous conduire à transcrire sous la forme d'une biographie numérique l'ensemble de nos activités, et même à inscrire dans une flèche temporelle partant de notre naissance le cours de toute une vie), la pluralité des types documentaires et la latitude offerte au jeu sur l'identité contreviennent à la normativité des catégories suggérées par la compagnie de Mark Zuckerberg : mariage, enfant, religion, etc. Les *mashups* (dispositifs d'agrégation et de totalisation) et les outils d'enregistrement de nos actions virtuelles ou mondaines (actions sémantisées, contextualisées et géolocalisées jusqu'à l'intrusion) ont pour contrepartie des formes d'évasion textuelle, d'interpénétration des identités et d'interaction, qui interdisent d'en donner une interprétation globale — et ce d'autant moins qu'il ne faut sous-estimer ni la créativité des détournements (*hacking* poétique, mouvements de libération des données, collaboration avec les machines[23]), ni la contre-culture anarchiste et subversive du web, que le tournant capitalistique d'internet n'a pas réussi à étouffer — sans parler des résistances au réseau engendrées par le réseau lui-même, prompt à dénoncer ses propres addictions, à se penser comme menace et à suggérer aux utilisateurs de se retirer du monde virtuel[24]. Quel que soit leur mode d'enregistrement, les données d'une vie relèvent de ce qu'on appellerait en informatique des *big data* : des diagrammes, des listes, des graphes ou des cartographies dont la visualisation produit plus de poésie que de sens[25] ; les biographèmes fuient de leurs cadres numériques, comme ils fuyaient de toute totalisation biographique sur le papier, et ils nous appellent à des réappropriations inventives dans lesquelles nous reconstruirions nos vies numériques comme des œuvres d'art. « J'aime, je n'aime pas : cela n'a aucune importance pour personne ; cela, apparemment, n'a pas de sens. Et pourtant tout cela veut dire : mon corps n'est pas le même que le vôtre. Ainsi, dans cette écume anarchique des goûts et des dégoûts, sorte de hachurage distrait, se dessine peu à peu la figure d'une énigme corporelle, appelant complicité ou irritation[26] », écrivait Roland Barthes dans une extraordinaire anticipation de la recomposition libre et flottante des identités numériques, où, par la magie performative des actions virtuelles, existence et écriture de l'existence s'identifient. Fils Twitter animés par des fantômes, déplacements photographiques du soi, vies imaginaires numériques, auto-observations distanciées, lambeaux comiques ou tragiques du désir, ou florilèges de bons mots alimentent de manière heureuse nos *timelines* numériques. La puissance de la littérature comme subversion ironique, détournement subjectivant ou transformation réflexive des discours communs s'y vérifie puissamment.

Le règne des amateurs ?

De la littérature d'écrivains au sens traditionnel du terme, nous sommes passés à l'évocation d'amateurs[27], voire à une complète démocratisation de l'écriture, dans ce que Milad Doueihi nomme le « nouvel humanisme numérique[28] ». Contre l'autarcie aristocratique du livre, contre l'expulsion hors de l'écriture du quotidien et des variations individuelles, le jeu du numérique s'intègre à un espace commun, celui du « littéraire » au sens très large du terme, où se redéploient comme démocratiquement les pouvoirs et les bénéfices de l'écriture. Lorsque la littérature en ligne invente autant d'écrivains d'eux-mêmes et du monde qu'il y a de scripteurs numériques, autobiographes miraculeux de poésie par la grâce de leur profil Facebook ou diaristes redéployant en ligne l'ironie d'un Jules Renard, internet réaffirme cette essence égalitariste du génie : « La littérature est ce nouveau régime de l'art d'écrire où l'écrivain est n'importe qui et le lecteur n'importe qui », comme le rappelle Jacques Rancière[29].

À côté de la présence, sur les réseaux sociaux ou les blogs, de toute une génération d'écrivains qui ont en commun de défendre *via* internet une écriture ludique et décomplexée (Éric Chevillard, Claro) ou qui assument, comme les Incultes, l'incorporation de la culture populaire à la grande littérature, la richesse du net est celle des anonymes, autopubliés sur Amazon ou modestement nichés dans des communautés restreintes. La vraie littérature-monde est peut-être celle du web 2.0, où les blogueurs deviennent des écrivains et les écrivains des blogueurs, où l'espace intime se fait surface de réflexion immédiate des catastrophes lointaines, où les associations et les amitiés esthétiques se redistribuent avec une fluidité que les affinités électives du monde livresque n'avaient jamais connue, avec pour conséquence que l'institution littéraire est bousculée, si ce n'est abolie. Si l'on peut être sceptique quant au règne des amateurs dans les domaines du journalisme ou du savoir universitaire (quoique), le talent littéraire, conçu ici comme capacité à produire un univers personnel de formes textuelles et d'images, est précisément ce que les réseaux font voir et ce que l'effacement des intermédiations traditionnelles du livre (l'agent, l'éditeur, le critique) ne saurait détruire. Dans l'un des textes les plus intéressants du collectif *The Late American Novel*[30], où la jeune génération des écrivains américains (la fameuse « génération Y ») s'exprime avec un mélange de lucidité, d'ironie et de nostalgie, Benjamin Kunkel affirme que le charme, la fraîcheur du romanesque se retrouvent désormais plus dans les formes d'appropriations par les amateurs et les indépendants que dans la fiction littéraire consacrée.

Ce n'est pas de l'introduction arbitraire et quelque peu artificielle du web dans la salle de théâtre[31] qu'il faut attendre un renouvellement, mais plutôt de l'utilisation du web comme un vaste théâtre à l'échelle du monde. Les écritures de vies numériques usent des réseaux sociaux comme d'espaces favorisant le collage, les résonances multimédias. Elles se rendent scriptibles et jouent avec la distribution des paroles et des rôles, elles réarticulent les surfaces de l'actualité historique et de « l'extime[32] », du commun et du secret. Elles utilisent le monde social comme un miroir pour interroger leurs identités, ou profitent de la toile pour déployer de fascinants jeux de doubles ou de triples énonciations, en cachant sous de fausses confessions une pensée de la généralité, ou au contraire, en dissimulant des aveux privés dans des dispositifs verbaux publics et faussement autotéliques. Comme la littérature au sens conservateur du terme, les espaces sociaux numériques, par blogs ou par flux, abandonnent, d'une manière plus ou moins tenue et maîtrisée, la chair de leurs textes au regard d'autrui en les publiant et acceptent les principes énonciatifs de la (non-) communication littéraire, son mélange de transitivité et d'intransitivité, de sincérité et de stratégie : confession pathétique et lucidité souveraine s'y confondent.

Partages et redistributions

Les affinités entre les explorations esthétiques et communicationnelles de la littérature et internet sont si fortes qu'il est parfois difficile de dire si celui-ci est une généralisation du modèle hypertextuel des *Essais* de Montaigne, la mise en œuvre du programme mallarméen du Livre, un monde virtuel échappé d'un rêve de Borges, une extension du cabinet de curiosités de Breton, un calcul poétique de Queneau, Calvino ou Ted Nelson, ou bien plutôt si le réseau n'est qu'une réalisation technique produisant, par reconstruction rétrospective, une modernité littéraire dont les jeux formalistes et la cybernétique poétique, la prime donnée à la fiction, le goût du commentaire et de l'entretien infini, l'indifférence générique seraient les valeurs.

Si la congruence entre nos théories du texte et nos théories de l'hypertexte, notre intérêt philosophique pour les mondes possibles et les univers virtuels est une évidence, paradoxalement les idéaux textuels auxquels pourrait laisser rêver internet en tant que livre des livres ont été réalisés sur papier, en amont : les romans de Calvino ou de Cortázar et autres machines postmodernes sont des monstres précurseurs dont l'existence tient précisément à la torsion qu'ils font subir à la logique du livre relié, bataille avec la matière rendue inutile par la libération et même l'invitation à la prolifération des hyperliens sur la toile. Ainsi, dans un article récent et fort discuté, intitulé « La mort de l'hypertexte[33] », Dylan Kinnett, spécialiste américain de la littérature numérique expérimentale, rejoignait le constat proposé par Paul LaFarge, pour qui les romans hypertextes relèvent, comme les voitures volantes, d'un imaginaire technologique du futur dépassé[34], et soulignait notamment la quasi-disparition des entreprises de fiction numériques qu'avait connues le web à ses débuts et qui semblent s'épuiser après 2001. Malgré des exemples brillants de livres augmentés, de l'extraordinaire édition iPad de *The Wasteland* de T. S. Eliot[35] aux hyper-romans de Paul LaFarge, en passant par les *e-books* de Bob Stein, malgré le programme initié aux États-Unis par les premiers expérimentateurs de l'hyperfiction (Michael Joyce ou Judy Malloy) et la présentation optimiste qu'en donne Robert Moor[36], on ne peut que trouver assez décevantes les réalisations de la fiction hypertexte. La chronologie de référence de Stuart Moulthrop[37] s'arrête en 2002, et la fiche Wikipedia sur le même sujet en 2001[38]. C'est sur d'autres fronts que la littérature, en tant que modalité particulière de jeu avec le langage, en tant que discours différentiel et potentiellement antisocial, est affectée par le numérique.

Si des effets de différenciation formelle entre les médias peuvent être anticipés, c'est sans doute bien que dans l'ère numérique les valeurs portées par l'écrit, la dimension sociale de la lecture et les modes d'insertion dans le réel de la littérature sont très profondément affectées. Le vaste spectre de la cyberculture a suscité nombre de manifestes qui soulignent, contre le scepticisme d'observateurs comme Evgeny Morozov[39], les ruptures sociales, politiques, esthétiques et philosophiques à attendre du web[40]. Si le numérique est apte à reconfigurer la condition humaine, on peut s'attendre à ce que la condition esthétique s'en trouve affectée dans sa globalité, ne serait-ce que parce qu'un texte n'est pas une essence, une entité abstraite, parce que sa matérialité est profondément liée à son contenu, comme le rappelle le profond adage de McLuhan (« *the medium is the message*[41] »), et surtout aux formes d'interactions que nous pouvons entretenir avec le médium, formes d'inscriptions dans les supports et modes de fonctionnement des communautés de lecteurs qui attendent leurs philologues et leurs sociologues. Assurément, l'heure des réseaux est celle d'un retour victorieux de l'écriture dans le réel, d'une réappropriation de l'Histoire par le sujet, d'une réévaluation des pouvoirs d'influence du style et de la rhétorique : en ligne, les multiples voix individuelles résonnent des échos d'un monde globalisé et traversé des constants soubresauts de l'actualité, mais existent, souvent hors de toute institution, par la force de leur individualité énonciative et stylistique, par la puissance et l'acuité de leurs options. Favorisant la tendance à l'accélération[42] et à l'émiettement des représentations, mêlant les fictions personnelles de chacun aux voix de l'actualité mondialisée qui traversent les réseaux, on peut penser que le monde numérique participe également d'un retour de la littérature à un intérêt pour l'horizon du réel constitué par les superpositions originales des faits ordinaires et des faits historiques, des conversations intramondaines et des luttes sociales ou politiques, de l'écriture ordinaire de soi et du monde tel qu'il va. Dans des formes de récits émancipées de leurs cadres génériques traditionnels et souvent profondément éclatées, dont les statuts sur Facebook ou Twitter seraient les modèles emblématiques, le réseau autorise et incite à la privatisation des grands récits, facilite la fabrication de mondes possibles par la capacité de l'écrivain à saisir et à agréger le réel ; surtout, il rend à l'écriture sa capacité de reconfigurer les représentations sociales de manière originale, il redonne au travail de la parole sa force de séduction et de persuasion, sa faculté à transcender l'ordinaire en y faisant s'y réfléchir l'Histoire. Le réseau replace l'artisan de la langue et le manipulateur des figures au centre de la cité virtuelle : dans le nouvel empire de la rhétorique que sont les réseaux, l'inventivité esthétique, l'humour, l'aptitude à produire des idées ou des formes pouvant se diffuser de manière virale sont les instruments du pouvoir symbolique en ligne. Si l'on prend le mot dans son acception large, internet, c'est la littérature.

Face à ce monde qui vit déjà « après le livre », pour reprendre le titre suggestif de François Bon, après en tout cas la version d'un livre conçu comme une formule sacralisée mais préformatée et fermée par le XIXe siècle, ce ne sont donc pas les réactions d'hostilité (celles, brillantes, de Richard Millet[43] ou de Jonathan Franzen[44], ou celles, plus faibles, de Yann Moix[45]) qui me semblent devoir retenir notre attention, dans la mesure où elles ne font que réactiver un imaginaire de la décadence du livre déjà éculé[46], ce sont plutôt les effets de redistribution : lorsqu'il ne fait pas le choix de l'inflation formelle ou de la démultiplication des procédés, le livre papier peut au contraire rejouer sa légitimité en choisissant ce qui, dans le livre au sens traditionnel, ne peut être remplacé par le numérique. Kenneth Goldsmith[47] prédit que, pour se différencier d'internet considéré comme une œuvre totale, le devenir de la littérature sera conceptuel, à l'instar de la peinture qui, libérée du besoin de représenter, a pu investir le territoire de l'abstraction. On peut imaginer que, face aux tablettes et aux liseuses, la littérature du livre papier cherche la radicalité et l'épure, élise son lectorat, assume son pouvoir de désocialisation, ou encore réinvestisse l'objet-livre d'affectivité et choisisse, plutôt que des écritures originales d'avant-garde, des formes de simplicité, en renouant avec le rêve d'intimisme et de communication qui avait été celui de la Renaissance. Quels que soient les avantages technologiques que le livre papier possède encore par rapport aux formes électroniques (prix, durabilité, portabilité), l'avènement du livre numérique et la profonde restructuration de l'économie du livre qui ne peut que s'ensuivre favoriseront peut-être un livre rare, précieux, osant un dialogue intense avec la langue française et son lecteur, inventant et tenant une voix, le livre d'une littérature délivrée du soupçon mais qui tournerait le dos à l'éparpillement propre à la lecture numérique, à sa froideur supposée, à sa rapidité, en imposant le fil continu et original d'une plus grande présence matérielle et d'un plus grand retrait.

Notes

1. Voir Azoumana Ouattara, « Ernst Bloch visionnaire de notre temps », *Le Portique*, 5-2007. URL : http://leportique.revues.org/index1399.html.
2. La distinction est de Rainer Rochlitz, *L'Art au banc d'essai : esthétique et critique*, Paris, Gallimard, 1998, p. 26.
3. André Breton, « Introduction au discours sur le peu de réalité » [septembre 1924], dans *Point du Jour*, Paris, Gallimard, « Folio essais », 1992, p. 9.
4. Richard Millet, *L'Enfer du roman : réflexions sur la postlittérature*, Paris, Gallimard, 2010.
5. URL : http://itunes.apple.com/us/app/opuss/id473948939?mt=8.
6. Frédéric Clément, *Le Paradisier (Roman flottant)*, Paris, Le Castor astral, 2010. Voir son site : http://www.fredericlement.net/.
7. François Bon, *Après le livre*, publie.net, 2011.
8. Où sont parus *Montparnasse monde* de Martine Sonnet (2009), *En avant marge* de Pierre Ménard (2011), *Insulaires* de Laurent Margantin (2011), etc.
9. URL : http://twitter.com/#!/regisjauffret.
10. URL : http://fr-fr.facebook.com/pages/Inculte/280286342033485. Voir mon article sur le microblogging, « Une création littéraire collective ? L'écriture par statuts » dans les actes de la journée d'études « Parergon en secteur E-Formes », université Paris-VIII, Saint-Étienne, Presses universitaires de Saint-Étienne, « Digitarts », 2012.
11. URL : http://l-autofictif.over-blog.com/.
12. Voir Alexandre Gefen et Tiphaine Samoyault, « Petit roman du XXe siècle deviendra grand », in *La Taille des romans*, Paris, Classiques Garnier, 2012.
13. *L'Autofictif* du 3 février 2012. URL : http://l-autofictif.over-blog.com/article-1483-98481651.html.
14. Voir le site *Network Realism* : http://shorttermmemoryloss.com/portfolio/project/network-realism/.
15. David Shields, *Reality Hunger : A Manifesto*, New York, Alfred A. Knopf, 2010. Je partage en tout point les analyses de Luc Sante sur ce texte dans « The Fiction of Memory », *New York Times*, 12 mars 2010. URL : http://www.nytimes.com/2010/03/14/books/review/Sante-t.html.
16. *Ibid.*
17. Mathieu Larnaudie, « Propositions pour une littérature inculte », *La Nouvelle Revue française*, n° 588, février 2009, pp. 338-354.
18. Arno Bertina, « L'histoire et moi », *Inculte*, n° 11, septembre 2006, pp. 12-15, cité par Cécile Jobé, *L'Émergence d'Inculte (2004-2009) : les enjeux littéraires et sociologiques du collectivisme en littérature française contemporaine*, mémoire en vue de l'obtention du grade de maître en langues et littératures françaises et romanes, Liège, université de Liège, 2010, p. 61.

18\. Mathieu Larnaudie, article cité, pp. 352, 346, 348, 351.

20\. *Le Ciel vu de la Terre*, Paris, Éd. Inculte, 2011, trois volumes. Aux auteurs du collectif (Mathias Énard, Arno Bertina, Claro, Maylis de Kerangal, Mathieu Larnaudie, Olivier Rohe, etc.) se joignent de nombreux invités (dont Jean-Marie Blas de Roblès, Iain Sinclair, etc.).

21. Christian Salmon, *Storytelling : la machine à fabriquer des histoires et à formater les esprits*, Paris, La Découverte, 2007, pp. 99-100.

22. Voir Roland Barthes, « Écrivains et écrivants » in *Essais critiques*, Paris, Éd. du Seuil, 1964, pp. 147-154.

23. Voir l'article d'Hubert Guillaud sur l'écriture avec les « bots », « #Lift 12 : Écrire avec les machines », internetACTU.net, 8 mars 2012. URL : http://www.internetactu.net/2012/03/08/lift12-ecrire-avec-les-machines/.

24. Voir Thierry Crouzet, *J'ai débranché : comment revivre sans Internet après une overdose*, Paris, Fayard, 2012. Les ouvrages sur ce thème ne manquent évidemment pas en langue anglaise, tels les plaidoyers récents d'Ilana Gershon (*The Breakup 2.0 : Disconnecting over New Media*, Ithaca, Cornell University Press, 2010) et de Viktor Mayer-Schönberger (*Delete : The Virtue of Forgetting in the Digital Age*, Princeton, Princeton University Press, 2011).

25. Voir Stephen Wolfram, « The Personal Analytics of My Life », *Wired*, 8 mars 2012. URL : http://www.wired.com/epicenter/2012/03/opinion-wolfram-life-analytics/.

26. Roland Barthes, *Roland Barthes par Roland Barthes*, Paris, Éd. du Seuil, 1975, p. 121.

27. Sur le règne des amateurs, voir Patrice Flichy, *Le Sacre de l'amateur : sociologie des passions ordinaires à l'ère numérique*, Paris, Éd. du Seuil-La République des idées, 2010.

28. Milad Doueihi, *Pour un humanisme numérique*, Paris, Éd. du Seuil, « La Librairie du XXIe siècle », 2011.

29. Jacques Rancière, *Politique de la littérature*, Paris, Galilée, 2007, p. 21. Cité par http://www.fabula.org/revue/document6835.php#ftn2.

30. Jeff Martin et C. Max Magee (éd.), *The Late American Novel : Writers on the Future of Books*, Berkeley, Soft Skull Press, 2011.

31. Joan Pann, « Can Social Networking Enhance the Theater ? », *Mashable Social Media*, 9 mars 2012. URL : http://mashable.com/2012/03/09/theater-social-networks/.

32. Sur le concept d'extimité, voir Serge Tisseron, *L'Intimité surexposée*, Paris, Ramsay, 2001 ; *Virtuel, mon amour : penser, aimer et souffrir à l'ère des nouvelles technologies*, Paris, Albin Michel, 2010.

33. Dylan Kinnett, « The Death of Hypertext », *No Categories*, 23 février 2012. URL : http://nocategories.net/ephemera/the-death-of-hypertext/.

34. Paul LaFarge, « Why the Book's Future Never Happened », *Entertainment Salon*, 10 avril 2011. URL : http://entertainment.salon.com/2011/10/04/return_of_hypertext/singleton/.

35. URL : http://itunes.apple.com/fr/app/the-waste-land/id427434046.

36. Robert Moor, « Bones of the Book », *n + 1*, 27 février 2012. URL :

http://nplusonemag.com/bones-of-the-book.

37. Stuart Moulthrop, « A Subjective Chronology of Cybertext, Hypertext, and Electronic Writing ». URL : http://iat.ubalt.edu/moulthrop/chrono.html.
38. URL : http://en.wikipedia.org/wiki/Hypertext_fiction.
39. Evgeny Morozov, *The Net Delusion : The Dark Side of the Internet*, New York, PublicAffairs, 2011.
40. Voir, par exemple, le *Manifeste cyborg* de Donna Haraway. URL : http://www.cyberfeminisme.org/txt/cyborgmanifesto.htm.
41. Voir les travaux de Marie-Ève Thérenty sur le support, notamment « Pour une poétique historique du support », *Romantisme*, n° 143, janvier 2009, pp. 109-115.
42. Hartmut Rosa, *Accélération : une critique sociale du temps*, traduit de l'allemand par Didier Renault, Paris, La Découverte, 2010.
43. Richard Millet, *L'Enfer du roman*, *op. cit.*
44. Alison Flood, « Jonathan Franzen Warns E-books Are Corroding Values », *The Guardian*, 30 janvier 2012. Voir aussi « Jonathan Franzen : "Twitter Is the Ultimate Irresponsible Medium", *The Guardian*, 7 mars 2012.
45. Yann Moix, « Orgie numérique », *La Règle du jeu*, 7 février 2012. URL : http://laregledujeu.org/moix/2012/02/07/656/orgie-numerique/.
46. Voir mon travail au sujet des discours contemporains sur la mort de la littérature (URL : http://www.fabula.org/lht/6/dossier/118-gefen) ou, à propos du domaine anglo-saxon, l'article de Andrew Gallix, URL : http://www.guardian.co.uk/books/2012/jan/10/in-theory-death-of-literature.
47. Kenneth Goldsmith, « Why Conceptual Writing? Why Now? ». URL : http://www.ruyi-wong.com/2/post/2011/10/why-conceptual-writing-why-now-kenneth-goldsmith.html.

Du devenir de la lecture

En guise de conclusion

Au terme de cette étude, force est de constater que la lecture ne s'est jamais aussi bien portée. Nicole Robine, Martine Poulain le rappellent, malgré la persistance de l'illettrisme, la grande majorité de la population vit aujourd'hui plongée dans les textes[1]. Mieux, même, par le web, elle est incitée à découvrir chaque jour davantage de contenus et à cliquer sans fin sur de nouveaux liens pour parcourir encore et toujours de nouvelles pages. Jamais autant de textes n'ont été disponibles pour ceux qui aiment à se laisser porter par les mots. Mais cette lecture quotidienne, banale ou mécanique, est devenue pour l'essentiel une lecture utilitaire, ou futile, sans visée intellectuelle, sans passion. Tantôt simple lecture en quête d'informations, tantôt à la recherche de divertissements. La lecture lettrée ou savante a beau rester le modèle de la lecture véritable aux yeux de l'Éducation nationale[2], le plaisir du texte n'opère plus auprès des *digital natives*, le désir d'idées neuves, de pensées fortes, l'envie de débrancher le téléphone pour sombrer dans la lecture d'un grand roman semblent avoir abandonné une large frange de la population. La lecture progresse, la fréquentation des chefs-d'œuvre recule. La lecture ardente — ce « vice impuni » — est sur le déclin.

La transformation de la lecture en quelque chose de l'ordre du surf est sans doute l'un des faits majeurs de la vie culturelle contemporaine ; la lecture lettrée n'est plus l'apanage que des seules élites intellectuelles et autres professionnels de la culture. Dans le livre de Bernard Lahire, déjà ancien, sur les pratiques culturelles — ouvrage qui comporte de très nombreux entretiens avec toutes sortes de personnes —, seul, parmi les lecteurs peu formés, un vieil ouvrier avoue encore vouer à Zola une passion lancinante et presque désuète[3], toutes les autres personnes d'un faible niveau d'études ne se cachent plus de n'avoir aucun intérêt pour les lettres, et les classes sociales plus favorisées ne semblent guère plus tentées par l'appel des grands livres. En clair, il ne reste plus guère que les survivants de l'époque où la lecture a pu être la pratique culturelle de référence, le mode naturel d'acculturation, pour entretenir encore un lien profond avec les textes malgré un faible niveau d'études à l'occasion ; dans toutes les autres composantes de la société les médias audiovisuels l'ont emporté, proposant des divertissements qui ont pour but avoué d'endormir le cerveau.

« Il faut bien convenir en effet que le cercle des personnes qui s'intéressent à la vie littéraire [...] n'a pas évolué de manière significative, constate Olivier Donnat, et que les jeunes générations manifestent un intérêt croissant pour des formes narratives nouvelles : livres de science-fiction ou de *fantasy* dont les références sont, dans le contexte actuel de convergence technologique et culturel, de plus en plus multimédias, mais aussi films, séries télévisées, jeux vidéo, etc. Comment penser que l'immersion davantage précoce des jeunes générations dans un bain audiovisuel quasi permanent puisse être sans conséquence sur leurs façons de satisfaire leur goût du romanesque et leur capacité à faire fonctionner leur imaginaire à partir des mots seuls, et donc *in fine* sur leur rapport aux romans, qu'ils soient classiques ou contemporains[4] ? »

La croyance dans la richesse des lettres s'est effondrée, dans leurs vertus ou leurs bienfaits, le grand public désormais préfère se divertir plutôt que se cultiver — ou plus exactement se divertir *sans* se cultiver, alors que la lecture a longtemps permis les deux, et même plus encore. En traversant Balzac ou Dumas des générations entières de lecteurs enfiévrés ont pu frissonner, rêver ou trembler, rire ou pleurer, tout en explorant les coulisses de l'histoire de France et tout en découvrant la face cachée des grands hommes. À la lecture intensive, profonde, fouillée, s'est mêlée depuis longtemps une autre lecture, extensive, légère, frivole, une lecture de divertissement, liée à l'essor du roman[5]. Ce sont toutes ces lectures qui ont été le principal mode d'acculturation des Français. Pour certains comme François de Singly, « la conversion à la lecture de livres naît [...] dans un contexte social où les livres peuvent remplir différentes fonctions simultanément pour un même individu[6] ». C'est justement parce qu'elle a toujours eu cette extraordinaire capacité à remplir mille fonctions, distraire, renseigner, surprendre, éduquer, que la lecture a eu tant d'importance et semblé vitale à tant de monde. C'est ce qui explique que tant d'intellectuels aient du mal à concevoir un monde d'où cette lecture ancienne, cette formation de l'être par la fréquentation des œuvres de l'esprit, puisse être absente.

Ce déclin de la lecture traditionnelle, cet « adieu à la littérature » a de grandes conséquences dans le domaine éditorial : jadis destinées à un large public plus ou moins érudit, les productions généralistes sont de plus en plus dépouillées, réduites à leur plus simple expression, prévues pour être de purs divertissements, en concurrence avec les programmes télévisés : qu'ont à voir aujourd'hui les œuvres publiées chez Grasset avec celles données au public par la même maison un siècle plus tôt ? Alexandre Jardin, Yann Moix ou Frédéric Beigbeder sont-ils les héritiers de Marcel Proust ou de François Mauriac ? Même la littérature dite de recherche, ou de création, tend à se simplifier et ressemble de plus en plus à des sous-produits culturels. Nombre d'auteurs à la mode, révélés dans de petites maisons bien comme il faut, intègrent, une fois le succès venu, des maisons commerciales où leurs œuvres sont tout à fait à leur place. Quelle différence de fond entre des auteurs comme Iegor Gran, Nicolas Fargues ou Marie Darieussecq et des auteurs grand public[7] ? Aucune sinon peut-être leur bonne réputation et leur recension flatteuse dans les médias — tandis que les malheureux Marc Lévy ou Guillaume Musso sont condamnés à subir les quolibets de la grande presse pour leurs œuvres à peine plus marketisées que celles de leurs collègues des petites marques chic du Paris des lettres[8].

Jadis en quête de textes fins, d'œuvres de qualité, les éditeurs sont aujourd'hui à la recherche de textes simples, *cool*, branchés. Quel éditeur serait assez fou pour se couper du public ? Il fallait hier donner le meilleur aux lecteurs, les surprendre, leur imposer des textes dont ils ne voulaient pas, il importe aujourd'hui tout à rebours de deviner leurs désirs pour leur vendre une œuvre sur mesure, fabriquée *in vitro* pour être conforme à leurs souhaits potentiels[9]. Les lecteurs venaient hier trouver l'évasion, l'inattendu, la surprise en littérature, ils attendent désormais la sempiternelle resucée du même et font la fête aux productions les plus conventionnelles ou les moins novatrices. Vocabulaire limité, théories simplistes, mise en scène directe de la vie contemporaine — c'est l'absence même de toute originalité qui est la clé de la réussite de Michel Houellebecq, c'est l'abandon de toute idée forte, de scène marquante, de propos tranchés, d'ambition esthétique ou stylistique qui lui a permis de décrocher le Goncourt. Pour toucher le grand public il ne faut surtout plus rien qui clive, qui effraie, qui décourage, la littérature doit devenir un filet d'eau tiède, un courant de conscience anonyme, une œuvre creuse qui pourrait tout aussi bien avoir été écrite par n'importe qui, un assemblage de textes interchangeables qui disent la vie des temps contemporains dans sa plus extrême platitude. Une littérature évidée. Un roman sans qualités.

Il fallait hier améliorer les textes, les enrichir, les pousser vers leur point de perfection ; il faut aujourd'hui les affadir, les dénaturer, les simplifier. L'exemple le plus étonnant vient d'en être donné avec la nouvelle version du *Nom de la rose*, suspectée d'avoir été repensée après une conversation de l'auteur, le sémillant Umberto Eco, avec un de ses éditeurs, convaincu que les complexités du texte l'ont empêché de toucher le très grand public, de moins en moins lettré. Quelle que soit l'ampleur exacte des modifications apportées effectivement au texte, republié en 2011, le simple fait qu'une rumeur de simplification du texte « pour les neuneus du numérique[10] » ait pu courir et qu'elle ait pu sembler crédible suffit à faire comprendre qu'il y a bien là une tendance de fond, un mouvement de vulgarisation de la littérature. Une volonté de faire de la production courante quelque chose qui de plus en plus ressemble à ce qui pourrait s'appeler « la littérature pour les nuls ».

Ces succès d'une littérature simplifiée, facile d'accès, sont inséparables d'un refus des classiques, d'un abandon des textes anciens, vendus encore, parce que prescrits à l'école, mais qui ne font plus l'objet qu'épisodiquement d'études spontanées, libres, de lecteurs qui ne soient pas des professionnels des arts et lettres. Les lecteurs d'aujourd'hui veulent pouvoir lire — ou ne pas lire — ce qui leur plaît et refusent de se voir rappeler les hiérarchies du monde de la culture. Si distinction il y a, celle-ci est jugée artificielle par tous ceux que les productions de qualité supérieure effraient ou rebutent. Il est entendu qu'il existe des auteurs nommés Voltaire ou Rousseau et qu'ils ont meilleure réputation que Marc Lévy ou Guillaume Musso mais il reste à prouver que leurs œuvres soient de meilleure qualité et qu'elles puissent être plus profitables pour l'esprit, plus prometteuses pour qui souhaite s'enrichir, s'améliorer, sortir des limites de sa propre pensée pour aller à la rencontre du meilleur de la production humaine.

Christian Baudelot, Marie Cartier, Christine Détrez vont même jusqu'à douter que le sens des hiérarchies soit encore partagé. « Le phénomène le plus significatif [de l'époque], écrivent-ils, est l'absence de conscience de la hiérarchie culturelle des lectures et des auteurs. Il s'agit là d'un effet indirect du rapport ordinaire au livre. Si toute lecture est référée à la vie quotidienne et à l'expérience personnelle, il n'y a aucune raison de faire sien un classement des auteurs établi sur leur valeur littéraire. Loin d'être contesté, il est plus simplement ignoré[11]. » Que l'échelle des auteurs soit ignorée ou contestée, le résultat est le même. Les lecteurs d'aujourd'hui sont dans un « c'est mon choix » qui ne souffre aucune contestation.

L'idée que la haute culture n'est que distinction l'a largement emporté. L'idée que la plongée dans les richesses de la production humaine n'est que stratégie ou pur snobisme s'est imposée et a donné à penser que les chefs-d'œuvre ne servent à rien sinon briller en société. Cette étrange idée n'a-t-elle pas fait croire à une large part de la population que la consommation intensive de sous-produits pouvait être tout à fait équivalente à la lecture lettrée ou à mille autres pratiques substantielles ? N'est-ce pas là la cause d'un grand nombre d'aigreurs ou de désarrois ? Cette extraordinaire duperie n'est-elle pas responsable d'une bonne part du malaise contemporain ? Certains comme Pierre Jourde posent ouvertement la question[12].

Car la haute culture écrite est plus que jamais distinctive, au sens où elle permet plus que jamais à ceux qui en maîtrisent les richesses de s'élever, grâce aux vertus des grandes œuvres, grâce aux apports de la pensée humaine, mais elle le permet désormais pour une toute petite élite qui croit davantage dans les joies du savoir que dans les bonheurs de la marchandise, une élite de plus en plus coupée du grand public. Le projet même de démocratisation de la culture a été abandonné avec la conversion au libéralisme et l'avènement d'une production d'œuvres en harmonie avec les attentes du grand public : le volontarisme intellectuel, l'ambition de donner le meilleur de la production humaine au grand public n'est plus possible aujourd'hui, cet élitisme est jugé trop irrespectueux des attentes d'une large frange de la population.

Ce triomphe du « c'est mon choix », cette suprématie du caprice crée la plus grande confusion chez les professionnels du livre comme l'expliquent François Gèze et Jean-Pierre Ohl[13]. Insaisissables ou imprévisibles, les lecteurs occasionnels choisissent leurs livres en fonction de prescriptions variées où les médias traditionnels se mêlent au net et à ses réseaux effilochés ; les libraires ne comprennent plus la logique de leurs achats, les éditeurs encore moins, qui regardent les listes des meilleures ventes pour essayer d'analyser le marché et surveillent le web pour suivre avec un temps de retard la grande valse des buzz. « Étant donné que les institutions, et avant tout l'École, vouée depuis toujours à la conservation et à la diffusion du "canon" traditionnel de la lecture et de ses valeurs, ont perdu leur capacité d'influence, [le lecteur-consommateur] se comporte sur le marché d'une manière désordonnée et imprévisible, écrit Armando Petrucci : il achète et n'achète pas, il choisit et ne choisit pas, il s'intéresse aujourd'hui à tel secteur et demain à tel autre, il se laisse séduire par une ristourne, ou par la présentation, ou par les sollicitations du moment, ou par les rafales de la publicité. En somme, il est lui aussi privé de tout critère de sélection, ce qui rend difficile tout type de programmation rationnelle de la production fondée sur les goûts prévisibles du public. Ces goûts ne restent fermes que dans le groupe réduit des "forts lecteurs", qui lisent plusieurs livres par an et constituent dans toute société le groupe le plus conservateur et donc le plus stable du monde des lecteurs, mais dont le faible nombre ne saurait intéresser beaucoup les éditeurs, ni aux États-Unis ni en Europe[14]. »

Paradoxalement, ce grand public aux goûts insondables tend de plus en plus à acheter les livres dont tout le monde parle, accentuant le fossé entre un tout petit nombre de productions-stars, dont les chiffres s'envolent, et le reste des publications, condamnées à devenir de plus en plus confidentielles. Le « c'est mon choix » s'avère être bien souvent celui de tout le monde. Celui de cette culture qui plaît à tous, comme le dit Frédéric Martel[15].

Les libraires sont les premiers menacés par cette évolution des pratiques culturelles dans la mesure où le grand public pour qui le livre n'est qu'un objet de consommation parmi d'autres achète ses *best-sellers* comme ses CD, ses DVD, en grande surface ou en hypermarché ; c'est toute l'organisation du système-livre qui est chamboulée par la vente massive de *fast books* portés par les médias, écrasant le reste de la production, vendue de moins en moins chez les libraires, de plus en plus sur Amazon où tout est disponible à toute heure de n'importe quel coin du territoire. Comme le remarque très justement Hubert Guillaud dans son blog, ce n'est pas le numérique qui représente le plus gros danger pour la librairie traditionnelle mais l'évolution des modes de consommation et tout particulièrement le fait que le livre pour beaucoup n'est plus qu'un objet de consommation *parmi d'autres* et non un objet unique, précieux, *à l'exclusion de tous les autres*, nécessitant d'aller chez le libraire, ce commerçant avisé, précieux, dédié au roi-livre et à lui seul[16].

Les inquiétudes face au dépérissement de la lecture lettrée sont-elles vraiment le fait d'intellectuels rétrogrades, fâchés de voir leur position de pouvoir menacée ? N'est-ce pas plutôt l'abandon du rêve de la culture pour tous, de la générosité du savoir partagé, que regrettent une Danièle Sallenave, un Alain Finkielkraut ? N'est-ce pas même la certitude que la culture est là, plus que jamais disponible, qui les anime — prête à transmettre ses richesses à ceux qui peuvent vouloir s'en saisir et par elles *se distinguer* ? Ce n'est pas la libre consommation des sous-produits culturels que déplorent les défenseurs de la culture lettrée — eux aussi, comme Sartre, et comme tout le monde, ont lu des romans de la « Série noire » —, c'est l'abandon des chefs-d'œuvre et de tout ce qu'ils promettent à ceux qui s'en nourrissent. Car s'ils ont lu des romans de la « Série noire », les amoureux des belles lettres n'ont pas lu que ces productions divertissantes à la gouaille savoureuse…

Ce qu'ils regrettent encore, et Bernard Lahire avec eux[17], c'est l'abandon de toute forme d'ambition culturelle ou intellectuelle chez les grands éditeurs parisiens — exception faite de la NRF qui a fêté avec éclat son centenaire en 2011. Quand la maison Flammarion s'est lancée dans l'édition à la fin du XIXe siècle, elle a certes été mue par une très grande ambition commerciale mais elle s'est imposée par la vente des œuvres de Zola, déjà fameuses. De même Louis Hachette ou Michel Lévy, s'ils n'ont pas masqué leur ardent désir de réussir, n'ont jamais songé à y parvenir sans un grand souci de la qualité des textes produits. Quelles qu'aient pu être leurs options politiques, tous les grands acteurs du livre au XIXe siècle se sont fait une haute idée de leur responsabilité et n'ont à aucun moment transigé sur les vertus des œuvres publiées[18]. Quels qu'aient pu être les lectorats qu'ils ont voulu toucher, l'idée même d'aller à la rencontre des nouveaux adeptes du livre, fraîchement tombés dans les joies de la lecture, ne les a jamais conduits à penser que cela pût justifier d'en rabattre dans le domaine de l'ambition intellectuelle. Ils ont été « animés […] d'une foi dans le progrès qu'apport[e] l'instruction » et « ils ont mis leur entreprise au service de cette ambition et tout fait pour vendre leurs livres à un public de masse[19] », constate Jean-Yves Mollier. Michel Lévy, même, en lançant sa collection à un franc pièce, en 1855, n'a-t-il pas voulu provoquer « un besoin culturel aussi fort que l'envie » de boire ou manger[20] ?

Ces ambitions font sourire aujourd'hui. Rien ne retient plus les éditeurs de proposer des textes aussi pauvres que possible pour aller à la rencontre de publics que la littérature fait grimacer. Si le plaisir du texte, si le charme des grands récits n'opèrent plus, les éditeurs estiment ne plus avoir d'autres choix — François Laurent le rappelle[21] — que de publier des textes accrocheurs par tout un ensemble d'éléments où se mêlent la confession intimiste ou le style *trash*. Tout se passe au fond comme si les professionnels du livre avaient pris acte de la fin des lettres. Tout se passe comme s'ils avaient décidé de publier de la littérature d'*après* la littérature — de la « postlittérature » comme l'appelle Richard Millet. « Un mixte de roman policier, de gnose sociologique et de psychologisme de magazine féminin, rédigé dans un sous-état de langue[22]. » Éric Chevillard qui préfère en rire constate que les plus ambitieux des jeunes loups du divertissement ont abandonné le livre pour la caméra : « Après Alexandre Jardin ou David Foenkinos, c'est donc Frédéric Beigbeder qui s'apprête à *sortir son film*. La littérature laissée pour morte derrière eux, sus au cinéma ! On s'étonnera un instant que ce soit justement les écrivains les plus calamiteux qui disposent des moyens de réaliser des films (ces sommes colossales englouties consciemment par les producteurs dans des abîmes de niaiserie), avant d'admettre qu'ils ont obtenu ces moyens grâce à ce même entregent, ces mêmes stratégies de séduction et de conquête qui leur avaient permis déjà de publier des livres malgré l'absence de toute espèce de talent à l'exception précisément de celui-ci, séduire, conquérir, noyauter le système, faire tourner cette industrie de bandits cyniquement vouée à détrousser les pauvres d'esprit[23]. »

Les grandes maisons parisiennes profitent ainsi de l'absence organisée de hiérarchies culturelles pour imposer leurs sous-produits. L'absence de vision des lettres au sein du grand public est une aubaine pour ces structures qui peuvent en profiter pour vendre leurs auteurs marketisés en les faisant passer pour des créateurs dignes des plus grands. Le remplacement de la culture classique par un éventail de productions éclatées est un véritable coup de chance pour les vendeurs de sous-littérature dont le discours promotionnel ne rencontre plus aucun obstacle. L'idée même de critique littéraire est devenue suspecte — au nom dc quelle autorité un lecteur formé, aux grandes compétences, peut-il encore prétendre juger la production contemporaine ? Qui le lui a demandé ? Pour quoi ? Au nom de qui ? Le coup de cœur fonctionne toujours, l'emballement subjectif, comme hier ceux de Michel Polac ; le rappel des hiérarchies, des critères objectifs de qualité de la langue, de l'écriture, de la subtilité du récit, de la richesse des thèmes évoqués, tout cela désormais est devenu inaudible pour une large part du grand public.

Ce à quoi nous assistons *in fine* c'est au remplacement d'une authentique culture populaire — qui en littérature comprend aussi bien les œuvres de Dumas que les romans de la « Série noire » sans oublier les pièces de Labiche ou Feydeau sinon les poésies de Prévert — par des sous-produits standardisés, conçus pour correspondre aux attentes du grand public, de moins en moins lettré, de plus en plus acquis aux valeurs matérielles[24]. Tout est donc lié dans cette évolution, la baisse de la lecture savante, la pénible agonie des librairies traditionnelles, l'abandon des littératures classiques par les marques prestigieuses au profit de sous-produits souvent *trash*. C'est l'évolution des pratiques culturelles, de plus en plus liées aux divertissements et au refus de l'effort intellectuel, qui explique la crise dans laquelle est entrée la haute culture écrite. Elle survit certes dans de petites maisons comme chez quelques grands éditeurs mais elle est devenue ou redevenue l'affaire d'une élite.

Le numérique en l'occurrence peut être un défi, un danger comme une véritable chance. À première vue l'électronique semble avant tout l'agent de propagation d'une nouvelle culture du clic, du surf ou du zapping. Et nombreuses déjà sont les études sur les limites voire les risques de la lecture sur écran. « Alors que la lecture d'un livre papier appelle réflexion, intériorité, le format numérique semble au contraire déboucher sur une “lecture d'immersion”, sollicitant et dispersant davantage l'attention du lecteur », lit-on dans le magazine *Livres Hebdo* qui s'inquiète de cette bascule dans un nouvel univers[25]. « Les fixations oculaires quand on lit sur écran témoignent d'une lecture plus fragmentée, moins continue que la lecture sur papier », assure le spécialiste de la question Thierry Baccino. « L'œil va partout, il se promène sur l'ensemble de la page dans un mouvement de papillonnement, écrit-il. Le but est de repérer rapidement une information, l'analyse et la compréhension de cette information se fera plus tard, au besoin. Sur le web, le foisonnement d'informations disponibles accentue cette tendance à faire de la lecture sélective. Il s'agit de zapper de bloc en bloc pour prendre de l'information, et de suivre des liens pour aller plus profondément dans l'analyse de cette information[26]. » Tous les penseurs du numérique évoquent l'inconfort de la lecture sur écran : « l'expérience actuelle est d'une moindre lisibilité [...] et d'une vitesse inférieure d'au moins 25 % de lecture sur écran par rapport à la lecture sur papier[27] ». Mais n'est-ce pas là un souci lié au rétro-éclairage et au fait que les technologies numériques en sont encore à leurs balbutiements comme le rappelle Hervé Bienvault[28] ? N'est-on pas en droit d'espérer demain de beaux écrans à la résolution parfaite, bien plus confortables pour lire qu'un vieux poche mal imprimé ?

Les analystes de la question insistent également sur les difficultés liées aux spécificités de la page numérique. « Le *scrolling*, c'est-à-dire le déroulement de la page à l'écran par le biais d'une icône maniée avec la souris, entraîne une certaine instabilité spatiale, remarque Christian Robin, ce qui implique une perte de temps parce que le lecteur doit revenir sur le texte pour le mémoriser. Ainsi sa mémoire spatiale est-elle dégradée. La lecture hypermédiatique aboutit donc souvent à une désorientation cognitive, surtout si le lecteur n'a pas une connaissance du sujet qu'il aborde. L'hypertexte introduit de la perturbation, ce qui nuit à la compréhension de la cohérence du texte. Enfin, la mémorisation de celui-ci en est rendue ardue. En conséquence, la lecture sur le web tend à devenir superficielle, une sorte d'écrémage centré sur la recherche d'informations plus qu'un travail en profondeur[29]. » Mais au fond cette lecture superficielle est-elle vraiment liée à la technologie et aux limites de l'écran ? N'est-ce pas plutôt le fait de la culture du zapping propre à l'époque ? Qu'est-ce qui garantit que la lecture ne fût pas devenue tout aussi transversale en restant liée au papier ?

Dans l'univers numérique en tout cas le lecteur doit lutter contre toutes les tentations, toutes les sollicitations, le nouveau *poke* d'un ami sur Facebook, le *tweet* d'une cousine, le *mail* d'un collègue — le combat est rude. Qui préfère poursuivre la lecture d'un roman de Christine Angot plutôt que de répondre au message d'un amant ou d'une maîtresse ? Lors du forum *Livres Hebdo* sur ces questions, le temps de la lecture numérique a été évoqué comme « un temps de cerveau disponible[30] ». Sursollicité de toutes parts, le lecteur sur écran est un hyperconsommateur aux mains des entreprises, de Google à YouTube en passant par tous les réseaux sociaux, qui lui donnent l'illusion de vivre plus et mieux, dans une connexion frénétique et dérisoire au monde entier.

Claire Bélisle remarque ainsi très justement que le plaisir de lire se transforme. « Alors qu'avec le livre papier, le plaisir de lire est associé à des romans, à des récits historiques ou de science-fiction, à des bandes dessinées, avec l'écran, ce plaisir de lire se vit avec les blogs, les courriels, les fils twitter, les chats, les résultats de moteur de recherche, les sites web, les pages personnelles... Ce n'est donc pas seulement le support qui change, mais ce sont aussi les raisons de lire, les matériaux lus, et les moments de la lecture qui ne sont pas d'abord vécus comme des moments de solitude, mais comme des temps d'échange et de communication[31]. » « Il ne s'agit plus tant de lire pour se construire une culture personnelle, remarque-t-elle encore, mais pour partager, échanger des informations, créer le réseau, animer la communication[32]. » Ainsi la lecture est-elle en train de changer radicalement, et le plaisir du texte avec elle. Alors qu'hier cette joie a pu être liée au bonheur de se plonger dans un autre univers, une pensée nouvelle, un imaginaire inconnu, aujourd'hui c'est le plaisir narcissique de se lire ou d'être l'objet de mille attentions, par *mail* ou sur des sites communautaires, qui grise le lecteur. Il ne s'agit plus de devenir quelqu'un d'autre, de mieux en mieux, il faut au contraire persévérer dans son être, de plus en plus. La lecture n'est plus un moyen de s'enrichir, de s'oublier, de se transformer ou de s'améliorer, elle est au contraire le moyen de se noyer dans son propre reflet cybernétique, de se contempler dans le miroitement de ses mille et un tweets ou textos, dans la glace de ses pages personnelles, dans l'élaboration d'un soi virtuel, par les mots, créature horizontale, offerte à la contemplation de milliards d'internautes.

Cette lecture-miroir qui le renvoie perpétuellement à lui-même n'empêche-t-elle pas le lecteur de se plonger en profondeur dans des textes et d'en saisir la cohérence, la force, la singularité ? « La notion même de texte vient à éclater, assurent Alain van Cuyck et Claire Bélisle. Ce n'est plus le livre papier qui propose un texte, son propre texte, construit à travers plusieurs pages au lecteur, mais le lecteur lui-même qui compose un texte, son propre texte, à travers sa manière de parcourir l'espace que lui offre le numérique[33]. » De « l'œuvre ouverte » d'Umberto Eco nous voilà à l'ère du « chacun son texte pour soi ». « Ce à quoi nous assistons aujourd'hui est le reflux du roman comme mode de lecture par défaut, conclut Christian Vandendorpe. Les lecteurs sur écran, habitués à choisir leur propre cheminement de lecture et à surfer d'une page à une autre, ont développé un jeu de compétences cognitives qui les rend à la fois intellectuellement actifs et peu disposés à abandonner leur imagination au contrôle d'un romancier, aussi bon soit-il[34]. »

Le nouvel ordre numérique brise le fil linéaire de la lecture classique et oppose à la densité du texte ancien, au creusement du sens, à l'approfondissement de la phrase, une langue démembrée, sautillante, étoilée. Sans parler de l'éclatement du verbe remarquable dans les morceaux de textes en lambeaux disponibles par millions sur le net, comparables à des explosions de textos, ne voit-on pas déjà en littérature des textes désagrégés, aux syntaxes disloquées, qui fonctionnent par agrégats de mots compactés[35] ? Les amateurs de lettres classiques peuvent-ils espérer des œuvres de valeur produites de manière destructurée ? Claire Bélisle remarque que le souci de la langue, par nature, est pour ainsi dire incompatible avec la logique de l'univers numérique ; les lectures désormais sont « moins attentives à la langue comme telle et centrées d'abord sur une interaction plus fonctionnelle et plus opératoire avec l'information[36] », écrit-elle. Comment croire que la qualité des textes puisse être possible si le souci de la forme, si l'attention à la langue et à ses richesses ont disparu ? Comment imaginer que la littérature puisse avoir quoi que ce soit à gagner dans cette bascule électronique ?

Le texte de Philippe Bootz dans le volume de l'Enssib sur ces questions montre à la fois toutes les potentialités de l'invention numérique et toutes ses limites[37]. L'auteur qui est écrivain et physicien présente les productions cybernétiques d'hier à aujourd'hui, il recense les créations, il évoque des œuvres qui sont des combinatoires informatiques, des réalisations techniques, autant de choses qui relèvent de l'expérimentation, du jeu, de l'avant-garde électronique — rien qui ne soit jamais comparable au *Quichotte*, à *Madame Bovary* ou au *Voyage au bout de la nuit*. Philippe Bootz parle même de « texte-à-voir[38] », c'est avouer sans le dire que ces écrits ne sont pas vraiment faits pour être lus et *a fortiori* qu'ils n'ont pas été créés dans une densité de sens, dans une volonté de s'inscrire en profondeur dans la culture écrite, riche d'enseignements, douée d'une haute force d'expression. Il y a là sans doute mille promesses d'amusements, d'essais, de tâtonnements, rien qui soit de nature à marquer durablement la culture des hommes, c'est-à-dire la vie de l'esprit, la manière de penser le monde.

Mais le numérique permet aussi une hyperdémocratie des textes, il favorise une certaine forme d'activisme intellectuel, brouillon, échevelé, frénétique, dont témoignent les blogs, disponibles partout, tout le temps, perpétuellement mis à jour, corrigés, commentés, entretenant une intense vie de réflexions, de cogitations, de débats. Si le net ne peut remplacer l'ordre sélectif de l'édition traditionnelle[39], qui peut nier qu'il y ait là aussi des trésors potentiels, de vrais laboratoires créatifs, des moyens de travailler de façon participative — autant d'expériences excitantes, stimulantes, qui font vivre la littérature ? « Une forte propension de sites s'inscrit en rupture avec l'économie du système éditorial classique, notamment par rapport à sa fonction de filtre, remarque Bertrand Legendre[40]. De toute évidence, dans le domaine qui nous concerne, le web est d'abord un outil permettant d'échapper au modèle sélectif de l'édition traditionnelle, une voie d'accès à la publication pour les auteurs refoulés du système dit traditionnel. Même s'il se publie près de 10 000 romans chaque année, ce nombre ne représente que 1 à 2 % de ce qui est proposé aux éditeurs par les auteurs. Pour l'ensemble des sites qui ne sont pas liés à des maisons d'édition, la publication de fiction sur le web agit donc, d'une manière qui apparaît un peu paradoxale si on a à l'esprit le discours récurrent sur la surproduction éditoriale, comme un passage d'une forme d'économie de la rareté (mais labellisée) à une économie de l'abondance (mais non labellisée). » Déjà, aux États-Unis, et même en France, des auteurs ont réussi à se faire connaître par le net, par leurs blogs ou leurs pages personnelles. Cette espèce d'effervescence d'écriture où le pire est probable et le meilleur toujours possible est aussi la preuve, le témoignage d'une vie intense, par l'écrit, dans les textes, qui doit réjouir les plus inquiets des tenants de l'ordre ancien. Si trop souvent cela ne conduit pas les *digital natives* à pousser plus avant leur conquête de la culture écrite et des richesses de la langue, combien quand même n'ont-ils pas découvert des auteurs de cette manière ? Comment nier que le net ne soit un extraordinaire accélérateur de particules intellectuelles ? Une gigantesque machine à activer les leviers de la curiosité ?

Il est bien difficile de deviner ce que peut devenir l'écriture dans l'univers numérique. Il est entendu que cette bascule amène immanquablement la littérature à créer de nouvelles formes — Alexandre Gefen ici même en indique quelques-unes[41] — des formes d'écrits inventifs, inconnus, inattendus.

En tout état de cause le texte vif, enlevé, risque de devenir sinon la norme en tout cas le modèle imposé de la littérature de demain. « Le format court est une tendance majeure de tous les médias pour des raisons de concurrence exacerbée pour capter l'attention de spectateurs, auditeurs, lecteurs qui subissent une offre pléthorique[42] », remarque Dominique Boullier pour qui le spot de pub, avec sa rapidité, son efficacité, est devenu la norme télévisuelle ; dans le domaine de la musique, également, le *single* a remplacé l'album. Le livre n'est pas épargné par cette dictature du petit format. Christian Robin pense de même. Les « écritures d'écran se conforment souvent à des codes imposés par les responsables éditoriaux des sites web ou par tous les acteurs, spécialisés ou non, qui les font exister, écrit-il. Cela démontre une nouvelle fois à quel point les formes matérielles par lesquelles nous accédons aux textes et, plus largement, aux informations conditionnent le sens. [...] Une forme courte et un ton léger sont souvent privilégiés dans un style qui se veut plus informationnel que recherché. Il s'agit de ne pas risquer de perdre l'internaute pour qui la tentation du clic est forte[43]. » Comment la littérature lue sur écran peut-elle échapper à cette logique ?

« Les pratiques observées dans le surf et l'évolution des formats vers le court se réunissent progressivement pour faire de l'activité de lecture une unique activité de surf, gouvernée par un impératif de l'alerte, écrit Dominique Boullier. La prise de connaissance n'est plus un critère univoque fondé sur une mémorisation, une activité d'interprétation et une appropriation que l'on supposait constitutives de la lecture. À ce modèle intensif de la lecture s'est substitué un modèle extensif, que l'on pourrait caractériser par l'expression "connaître peu de beaucoup", c'est-à-dire "avoir une idée", "avoir entendu parler", voire même avoir une opinion sur une grande quantité d'œuvres ou d'informations, sans avoir dû les explorer par soi-même en mobilisant une attention dans la durée[44]. » De fait, parce que le format court « met en valeur les saillances[45] », parce qu'il accroche, il a un rôle de premier ordre à jouer dans le texte de demain. « On conçoit aisément le trouble, voire la désespérance, qu'une telle évolution peut engendrer dans les maisons d'édition[46] », admet l'auteur qui estime que ce phénomène, cette poussée de la lecture indicielle, semble pour l'instant ignoré « par les fournisseurs de contenus pour les plates-formes de livres numériques[47] ». À ses yeux les professionnels doivent pouvoir s'y adapter. Et le *smartphone* lui semble être un support tout à fait intéressant dans cette perspective. « La clé du succès de cette filière réside à nouveau non dans les terminaux ni dans les plates-formes, mais dans l'invention des formats sémiotiques et des genres qui seront en résonance avec ces nouveaux supports. Il sera dès lors très présomptueux de les appeler encore *e-books* ou livres numériques car nul ne sait ce qui émergera de ce chantier à ciel ouvert qui est désormais lancé[48]. » De même, pour lui, la lecture numérique est devenue très variée, complexe, plurielle, et là encore, estime-t-il, « l'offre de livres numériques paraît [...] très largement en deçà de ce qu'on peut attendre en matière de document augmenté pour la lecture exploratoire[49]. » Des genres nouveaux doivent apparaître à partir de ce que permet la technologie...

Par ailleurs, note Dominique Boullier, « la modification du régime d'autorité » entraîne une explosion des divisions anciennes entre auteur et lecteur. Il constate que des médias interactifs comme *Le Monde* gagnent des lecteurs en leur offrant des espaces d'écriture au bas des articles ou sur des blogs. « Ce faisant, on les fait entrer dans le cycle de la visibilité, de la notoriété propre à tous les auteurs et aisément mesurable sur le web. Ils écrivent certes pour être lus mais on peut dire aussi qu'ils lisent pour écrire pour ensuite être lus. Ce mécanisme touche notamment la lecture des commentaires de ses propres publications, commentaires que l'on veut malgré tout contrôler ou tout au moins vérifier, dans un jeu de miroirs sans fin, en temps réel, assez différent du rapport d'un auteur de l'imprimé à ses lecteurs, éloignés, différés et rarement réactifs[50]. » « La lecture serait-elle alors devenue, non seulement lecture-écriture, mais un équivalent de la conversation ? » demande assez logiquement l'auteur. Tout est en tout cas désormais perçu, jaugé, apprécié, au travers du filtre des consultations, subissant les contraintes « de l'économie de l'opinion » : « la mesure comptable des échos de ses contributions devient parfois le critère essentiel de la réputation », écrit-il ; « lire devient alors écrire mais aussi citer et participer ainsi à cette mesure d'audience permanente qu'est devenu le web. Y ajouter des étoiles, des recommandations, des avis ou des commentaires alimente sans cesse un cercle de réputation dans lequel la division du travail entre lecteurs et auteurs tend à disparaître, car seul le grand "buzz" nous fait agir tous[51]. »

Christian Robin espère ainsi que les « livrophobes » seront séduits par les textes *via* le numérique. « Pour certains, pour qui les livres imprimés n'ont jamais, ou pas vraiment, fait partie de leur univers, l'accès à la culture écrite par des appareils multifonctions comme les *smartphones*, les tablettes ou les ordinateurs portables est l'occasion de rencontrer des textes plus ou moins longs et d'un intérêt plus ou moins fort. Voilà donc de nouveaux publics à conquérir, pour lesquels la désacralisation du livre favorise le contact avec les œuvres[52] », assure-t-il. Il faut l'espérer avec lui mais comment croire que l'outil puisse faire naître le désir ? À quoi bon offrir un fusil à celui que la chasse révulse ? Les professionnels peuvent toujours rêver à de soudains coups de cœur pour Maupassant ou Boris Vian chez de jeunes lecteurs ayant téléchargé par erreur leurs textes sur des plates-formes de textes gratuits — car qui peut croire qu'ils soient prêts à payer pour assouvir des désirs qu'ils n'ont pas ? — mais comment cette rencontre inopinée peut-elle déboucher sur un mariage de passion avec les lettres dans un contexte de désaffection pour la lecture intensive et d'incroyance dans les vertus des chefs-d'œuvre ? Le média pourra sans doute accidentellement favoriser des rencontres avec des textes comme avec des inconnus sur des réseaux sociaux, mais pourra-t-il à lui seul convaincre des bienfaits de la littérature et faire découvrir aux lecteurs de demain la joie de se plonger dans les aventures d'Arsène Lupin ou de Nestor Burma ?

Les tablettes et autres *readers* permettront sans doute pour l'essentiel des lectures superficielles comme le montre l'étude d'Hervé Bienvault[53], le livre papier restera le lieu premier de la lecture intensive. Christian Robin le remarque lui-même : « Il est [...] probable que la lecture attentive ou savante nécessite ce support spécifique qu'est le papier. Les livres, dans le sens commun qu'on leur a donné pendant des siècles, risqueraient, dans ce cas, de devenir ou redevenir des objets réservés à une élite pour ceux dont le texte est l'essentiel, ou des objets à vocation plus ou moins décorative ou réservés à des usages très spécifiques pour les autres[54]. »

Tous les analystes de la bascule numérique s'inquiètent de l'avenir du livre. Retrouvera-t-il de sa superbe ? « Va-t-il être définitivement ringardisé ou au contraire retrouver une partie de son pouvoir symbolique perdu ? » se demande Olivier Donnat[55]. N'est-il pas condamné à être plus séduisant que jamais pour se distinguer de l'écran ? Tout n'est pas perdu, loin de là, « la lecture numérique constitue avant tout une expérience qui fait regretter le papier[56] », constate Alexandra Saemmer. C'est la preuve que le *codex*, objet indépassable, indéfectiblement lié à la lecture intensive, doit être sans fin réinventé, toujours plus beau. Si le numérique ne promet qu'un délassement ou une information, il revient donc au volume imprimé, vieux de tant de siècles, de continuer à faire naître le désir de tout ce que promet ou de tout ce que permet la lecture traditionnelle — un rapport au monde plus riche, plus intense, plus profond.

Notes

1. Voir les entretiens avec Nicole Robine et Martine Poulain.
2. Voir le volume collectif *La Lecture numérique : réalités, enjeux et perspectives*, sous la direction de Claire Bélisle, Lyon, Presses de l'enssib, 2004, pp. 82-83.
3. Voir Bernard Lahire, *La Culture des individus, Dissonances culturelles et distinction de soi*, Paris, La Découverte, 2004, p. 398 et suivantes.
4. Olivier Donnat, « Lecture, livre et littérature, évolution 1973-2008 » in *Lecture et lecteurs à l'heure d'internet, Livre, presse, bibliothèques* (sous la direction de Christophe Evans), Paris, Cercle de la librairie, 2011, p. 39.
5. Voir sur ce point l'introduction au volume *Lire dans un monde numérique* (sous la direction de Claire Bélisle), Lyon, Presses de l'enssib, 2011.
6. François de Singly, « La lecture de livres pendant la jeunesse : statut et fonction » in *Lire en France aujourd'hui* (sous la direction de Martine Poulain), Paris, Cercle de la librairie, 1993, p. 160.
7. Voir sur ce point les études de Pierre Jourde moquant les faiblesses de la littérature vantée par la presse parisienne.
8. Pascal Fioretto, qui ne s'y trompe pas, pastiche tout aussi bien les textes de la grande littérature industrielle que ceux qui se prétendent plus créatifs dans ses ouvrages hilarants, *Et si c'était niais ?* ou bien encore *L'Élégance du maigrichon*.
9. Voir sur ce point Olivier Bessard-Banquy, *La Vie du livre contemporain, Étude sur l'édition littéraire 1975-2005*, Bordeaux-Tusson, Presses universitaires de Bordeaux-Du Lérot éditeur, 2009 (nouvelle édition sous le titre de *L'Industrie des lettres*, Paris, Pocket, « Agora », 2012).
10. Voir le site web Actualitté, http://www.actualitte.com/actualite/monde-edition/les-maisons/le-nom-de-la-rose-reecrit-pour-les-neuneus-du-numerique-27140.htm. L'expression est une allusion voilée au célèbre cri d'alarme lancé par Nicholas Carr en 2008, « Est-ce que Google nous rend idiot ? », voir http://www.lemonde.fr/technologies/article/2009/06/05/est-ce-que-google-nous-rend-idiot_1203030_651865.html.
11. Christian Baudelot, Marie Cartier, Christine Détrez, *Et pourtant ils lisent...*, Paris, Seuil, 1999, p. 151.
12. Voir Pierre Jourde, *C'est la culture qu'on assassine*, Paris, Balland, 2011, p. 71.
13. Voir l'entretien avec François Gèze et le texte de Jean-Pierre Ohl.
14. Armando Petrucci, « Lire pour lire : un avenir pour la lecture » in *Histoire de la lecture dans le monde occidental* (sous la direction de Guglielmo Cavallo et Roger Chartier), Paris, Seuil, 1997, p. 413.
15. Frédéric Martel, *Mainstream, Enquête sur cette culture qui plaît à tout le monde*, Paris, Flammarion, 2010.
16. Voir les posts d'Hubert Guillaud sur « la fin de la librairie », http://lafeuille.blog.lemonde.fr/category/librairie/.

17. Voir l'entretien avec Bernard Lahire.
18. Voir sur ce point Jean-Yves Mollier, *La Lecture et ses publics à l'époque contemporaine, Essais d'histoire culturelle*, Paris, PUF, 2001.
19. *Ibidem*, p. 141.
20. *Idem*, p. 33.
21. Voir l'entretien avec François Laurent.
22. Richard Millet, *L'Enfer du roman, Réflexions sur la postlittérature*, Paris, Gallimard, 2010, p. 105.
23. Éric Chevillard, *L'Autofictif*, en date du 10 janvier 2012, http://l-autofictif.over-blog.com/.
24. Voir sur ce point Pierre Jourde, *op. cit.*, pp. 143-144.
25. Voir les débats sur la lecture numérique dans *Livres Hebdo*, n° 821, 14 mai 2010.
26. Thierry Baccino, cité par Christian Vandendorpe, « Quelques questions clés que pose la lecture sur écran » in *Lire dans un monde numérique*, *op. cit.*, pp. 53-54.
27. Voir *La Lecture numérique : réalités, enjeux et perspectives*, *op. cit.*, p. 155.
28. Voir le texte d'Hervé Bienvault.
29. Christian Robin, *Les Livres dans l'univers numérique*, Paris, La Documentation française, 2011, p. 108.
30. Voir les débats sur la lecture numérique dans *Livres Hebdo*, n° 821, 14 mai 2010.
31. Claire Bélisle, « Du papier à l'écran : lire se transforme », *op. cit.*, pp. 138-139.
32. *Ibidem*, p. 141.
33. Alain van Cuyck et Claire Bélisle, « Pratiques de lecture et livres électroniques » in *La Lecture numérique : réalités, enjeux et perspectives*, *op. cit.*, p. 91.
34. Christian Vandendorpe, *op. cit.*, p. 55.
35. Voir par exemple l'écriture déconstruite, techniciste, syncopée, de François Bon dans son dernier ouvrage, *Après le livre*, Paris, Seuil, 2011.
36. Claire Bélisle, « Du papier à l'écran : lire se transforme », *op. cit.*, p. 144.
37. Philippe Bootz, « La littérature numérique en quelques repères » in *Lire dans un univers numérique*, *op. cit.*, pp. 205-253.
38. *Ibidem*, p. 237.
39. Voir l'étude sur la publication cybernétique dans le volume collectif *L'Écrit à l'épreuve des médias du Moyen Age à l'ère électronique*, Paris, Classiques Garnier, 2012, pp. 203-218.
40. Bertrand Legendre, « Lectures numériques : approches économiques » in *La Lecture numérique : réalités, enjeux et perspectives*, *op. cit.*, p. 191.
41. Voir le texte d'Alexandre Gefen. Voir également la contribution de Gilles Bonnet au volume collectif sur les *Fins de la littérature* (sous la direction de Laurent Demanze et Dominique Viart), Paris, Armand Colin, 2012, pp. 183-195.

42. Dominique Boullier, « Profils, alerte et vidéo : de l'outre-lecture à la fin de la lecture ? » in *Lecture et lecteurs à l'heure d'internet, Livre, presse, bibliothèques*, *op. cit.*, p. 50.
43. Christian Robin, *op. cit.*, p. 107.
44. Dominique Boullier, *op. cit.*, p. 51.
45. *Ibidem.*
46. *Idem*, p. 52.
47. *Idem.*
48. *Idem*, p. 53.
49. *Idem*, p. 55.
50. *Idem*, p. 57.
51. *Idem*, pp. 57-58. Christian Robin quant à lui appelle ces mêmes personnes des « écrilecteurs ».
52. Christian Robin, *op. cit.*, p. 150.
53. Voir le texte d'Hervé Bienvault.
54. Christian Robin, *op. cit.*, p. 151.
55. Olivier Donnat, *op. cit.*, p. 38.
56. Citée par Christian Robin, *op. cit.*, p. 96.

Bibliographie sélective

Baccino (Thierry)
— *La Lecture électronique*, Grenoble, Presses universitaires de Grenoble, 2004.

Baudelot (Christian), Cartier (Marie), Détrez (Christine)
— *Et pourtant ils lisent…*, Paris, Seuil, 1999.

Bélisle (Claire) (sous la direction de)
— *La Lecture numérique : réalités, enjeux et perspectives*, Lyon, Presses de l'enssib, 2004.
— *Lire dans un monde numérique*, Lyon, Presses de l'enssib, 2011.

Berry (Gérard)
— *Pourquoi et comment le monde devient numérique*, Paris, Collège de France-Fayard, 2008.

Bessard-Banquy (Olivier)
— *La Vie du livre contemporain, Étude sur l'édition littéraire 1975-2005*, Bordeaux-Tusson, Presses universitaires de Bordeaux-Du Lérot éditeur, 2009 (nouvelle édition sous le titre de *L'Industrie des lettres*, Paris, Pocket, « Agora », 2012).

Bon (François)
— *Après le livre*, Paris, Seuil, 2011.

Bonaccorsi (Julia)
— *Le Devoir de lecture, Médiations d'une pratique culturelle*, Paris, Hermès-Lavoisier, 2009.

Camus (Renaud)
— *La Dictature de la petite bourgeoisie*, Toulouse, Privat, 2005.
— *La Grande Déculturation*, Paris, Fayard, 2008.

Cavallo (Guglielmo) et Chartier (Roger) (sous la direction de)
— *Histoire de la lecture dans le monde occidental*, Paris, Seuil, 1997.

Chantepie (Philippe) et Le Diberder (Alain)
— *Révolution numérique et industries culturelles*, Paris, La Découverte, 2005.

Chartier (Anne-Marie) et Hébrard (Jean)
— *Discours sur la lecture (1880-2000)*, Paris, BPI-Fayard, 2000.

Chartier (Roger) (sous la direction de)
— *Pratiques de la lecture*, Paris, Rivages, 1985.
— *Histoires de la lecture*, Paris, Imec-Maison des sciences de l'homme, 1995.

Chartier (Roger)
— *Le Livre en révolutions*, Paris, Textuel, 1997.

Citton (Yves)
— *L'Avenir des humanités, Économie de la connaissance ou cultures de l'interprétation ?*, Paris, La Découverte, 2010.

(Collectif)
— *L'Outre-lecture, Manipuler, (s')approprier, interpréter le web*, Paris, BPI, 2003.

Dacos (Marin) et Mounier (Pierre)
— *L'Édition électronique*, Paris, La Découverte, 2010.

Darnton (Robert)
— *Apologie du livre. Demain, aujourd'hui, hier*, Paris, Gallimard, 2011.

Donnat (Olivier)
— *Les Pratiques culturelles des Français à l'ère numérique*, Paris, ministère de la Culture et de la Communication-La Découverte, 2009.

Evans (Christophe) (sous la direction de)
— *Lectures et lecteurs à l'heure d'internet, Livre, presse, bibliothèques*, Paris, Cercle de la librairie, 2011.

Finkielkraut (Alain)
— *La Défaite de la pensée*, Paris, Gallimard, 1987.

Horellou-Lafarge (Chantal) et Segré (Monique)
— *Regards sur la lecture en France*, Paris, L'Harmattan, 1996.
— *Sociologie de la lecture*, Paris, La Découverte, 2007.

Jourde (Pierre)
— *La Littérature sans estomac*, Paris, L'Esprit des péninsules, 2002.
— *C'est la culture qu'on assassine*, Paris, Balland, 2011.

Komur-Thilloy (Greta) et Réach-Ngô (Anne) (sous la direction de)
— *L'Écrit à l'épreuve des médias du Moyen Âge à l'ère électronique*, Paris, Classiques Garnier, 2012.

Lahire (Bernard)
— *L'Invention de « l'illettrisme » : rhétorique publique, éthique et stigmate*, Paris, La Découverte, 1999.
— *La Culture des individus, Dissonances culturelles et distinction de soi*, Paris, La Découverte, 2004.

Larizza (Olivier)
— *La Querelle des livres, Petit essai sur le livre à l'âge numérique*, Paris, Buchet-Chastel, 2012.

Leenhardt (Jacques) et Jozsa (Pierre)
— *Lire la lecture : essai de sociologie de la lecture*, Paris, L'Harmattan, 1999.

Manguel (Alberto)
— *Une histoire de la lecture*, Arles, Actes Sud, 1998.

Mollier (Jean-Yves)
— *La Lecture et ses publics à l'époque contemporaine, Essais d'histoire culturelle*, Paris, PUF, 2001.

Patino (Bruno)
— *Le Devenir numérique de l'édition, Du livre objet au livre droit*, Paris, La Documentation française, 2008.

Picard (Michel) (sous la direction de)
— *La Lecture littéraire*, Paris, Clancier-Guénaud, 1987.

Poulain (Martine) (sous la direction de)
— *Pour une sociologie de la lecture*, Paris, Cercle de la librairie, 1988.
— *Lire en France aujourd'hui*, Paris, Cercle de la librairie, 1993.

Richaudeau (François)
— *Sur la lecture*, Paris, Albin Michel, 1992.

Robin (Christian)
— *Les Livres dans l'univers numérique*, Paris, La Documentation française, 2011.

Robine (Nicole)
— *Lire des livres en France des années 1930 à 2000*, Paris, Cercle de la librairie, 2000.

Sallenave (Danièle)
— *Le Don des morts, Sur la littérature*, Paris, Gallimard, 1991.
— « *Nous, on n'aime pas lire* », Paris, Gallimard, 2009.

Seibel (Bernadette) (sous la direction de)
— *Lire, faire lire, des usages de l'écrit aux politiques de lecture*, Paris, Le Monde éditions, 1995.

Vandendorpe (Christian)
— *Du papyrus à l'hypertexte, Essai sur les mutations du texte et de la lecture*, Paris, La Découverte, 1999.

Vernus (Michel)
— *Histoire d'une pratique ordinaire, La lecture en France*, Saint-Cyr-sur-Loire, Éditions Alain Sutton, 2002.

Table des matières

Études éditoriales

« Les cahiers du livre » sont le fruit d'un travail des enseignants et des étudiants de l'IUT Michel de Montaigne — université de Bordeaux-III au sein du Pôle des métiers du livre, placée sous la responsabilité de Marie Dinclaux et Jean-Pierre Vosgin. Ce quatrième volume a été réalisé avec les étudiants de la promotion 2010-2012.

Les entretiens, réalisés par les enseignants, ont été transcrits par les étudiants. L'entretien avec Nicole Robine a été mis en forme par Joanna Thibout-Calais, l'entretien avec Olivier Donnat par Marlène Demen et Marion Ollivier, l'entretien avec Bernard Lahire par Chloé Chevalier et Laura Vincent, l'entretien avec Martine Poulain par Aloïs Duneau-Délis et Joanie Soulié, l'entretien avec François Laurent par Hélène Esnault et Émilie Pesou, l'entretien avec François Gèze par Mélissa Bildé, Loïk Maille et Manon Marcillat.

La quatrième de couverture, reprise et amendée par les enseignants, a été rédigée par Cyrielle Lévy.

La maquette a été conçue par José Rodrigues et réalisée par Dominique Bordes avec le concours des étudiants.

Le volume a été relu et corrigé par Catherine Bonfils.

Achevé d'imprimer
G.N. Impressions - 31340 Villematier
email : gnimpressions@wanadoo.fr
Dépôt légal : octobre 2012
Imprimé en France